DuMont's Kriminal-Bibliothek

Charlotte Matilde MacLeod wurde 1922 in Kanada geboren und wuchs in Massachusetts, USA auf. Sie studierte am Boston Art Institute und arbeitete danach kurze Zeit als Bibliothekarin und Werbetexterin. 1964 begann sie, Detektivromane für Jugendliche zu veröffentlichen, 1978 erschien der erste »Balaclava«-Band, 1979 der erste aus der »Boston«-Serie, die begeisterte Zustimmung fanden und ihren Ruf als zeitgenössische große Dame des Kriminalromans festigten.

Von Charlotte MacLeod sind in dieser Reihe bereits erschienen: »Schlaf in himmlischer Ruh'« (Band 1001), »... freu dich des Lebens« (Band 1007), »Die Familiengruft« (Band 1012), »Über Stock und Runenstein« (Band 1019), »Der Rauchsalon« (Band 1022), »Der Kater läßt das Mausen nicht« (Band 1031), »Madam Wilkins' Palazzo« (Band 1035) und »Kabeljau und Kaviar« (Band 1041).

Herausgegeben von Volker Neuhaus

Charlotte MacLeod

Der Spiegel
aus Bilbao

DuMont Buchverlag Köln

Für Peggy Barrett

Alle in diesem Buch beschriebenen Personen sind frei erfunden; jede
Ähnlichkeit mit realen – lebenden oder toten – Persönlichkeiten
ist daher rein zufällig.

Umschlagmotiv von Pellegrino Ritter
Aus dem Amerikanischen von Beate Felten

© 1983 by Charlotte MacLeod
© 1992 der deutschsprachigen Ausgabe by DuMont Buchverlag, Köln
Alle deutschsprachigen Rechte vorbehalten

Die der Übersetzung zugrundeliegende englischsprachige Originalausgabe erschien 1984
unter dem Titel »The Bilbao Looking Glass« bei Avon Books, Hearst Corporation, New
York, N. Y.

Druck und Verarbeitung:
Clausen & Bosse GmbH, Leck
Printed in Germany
ISBN 3-7701-5395-2

Kapitel 1

»Wo um Himmels willen«, sagte Sarah Kelling aus der Familie der Bostoner Kellings, »kommt denn bloß dieser Spiegel her?«

»Aus Spanien.«

Max Bittersohn stellte vorsichtig einen Korb mit Sarahs Habseligkeiten auf den Boden. Er war das erste Mal hier in der Diele des schindelgedeckten Sommerhauses, das bei den Kellings seit Präsident Grover Clevelands Tagen unter dem Namen Ireson's Landing bekannt war.

»Um ehrlich zu sein«, berichtigte er sich, »hat keiner je wirklich herausgefunden, wo genau diese Spiegel mit dem Marmorrahmen angefertigt wurden. Seeleute pflegten sie meist im 18. Jahrhundert im Hafen von Bilbao zu kaufen und als Geschenk für ihre Frau oder ihre Liebste mit nach Hause zu nehmen. Das muß noch vor der Zeit gewesen sein, als die feinen Korsettstäbchen aus Elfenbein in Mode kamen, nehme ich an. Was ist bloß in dich gefahren, so ein wertvolles Stück den ganzen Winter hier im Sommerhaus hängen zu lassen?«

»Das habe ich gar nicht. Das ist es ja gerade. Er gehört überhaupt nicht hierher. Ich habe den Spiegel noch nie im Leben gesehen!«

»Mich trifft der Schlag!« Bittersohn beugte sich vor und betrachtete die hübsche, kleine Antiquität mit geübtem Kennerblick. »Hast du etwas dagegen, wenn ich ihn kurz von der Wand nehme?«

»Warum sollte ich? Ich habe dir doch gerade gesagt, daß er mir nicht einmal gehört.«

»Und ich glaube dir sogar, mein Herzblatt, denn du müßtest verrückt sein abzustreiten, einen echten Spiegel aus Bilbao zu besitzen, wenn es tatsächlich deiner wäre. Außerdem schließe ich aus der hellen Stelle auf dieser scheußlichen Tapete, daß hier bis vor kurzem ein sehr viel größeres Objekt gehangen haben muß. Was war es denn?«

»Ein entzückendes altes Mezzotinto mit dem schönen Titel *Liebeserwachen*. Ich habe es mit nach Hause in die Tulip Street genommen, um damit Cousine Theonias Zimmer zu verschönern.«

»Da siehst du mal, wohin so etwas führen kann.«

Bittersohns Stimme klang unkonzentriert. Er hatte eine kleine Lupe aus der Tasche genommen und betrachtete wie ein echter Sherlock Holmes eingehend die grazilen, kleinen rötlichgelben Marmorpilaster des zierlichen Rahmens. »Ich wünschte, wir hätten etwas mehr Licht in diesem Vestibül oder wie zum Teufel man das Ding hier nennt.«

»Dein Wunsch sei mir Befehl.« Sarah drehte an einem der Lichtschalter. »Beinahe jedenfalls«, verbesserte sie sich, als nichts passierte, »wenn ich daran gedacht hätte, Mr. Lomax zu sagen, er solle den Strom wieder anstellen. Aber er wird bestimmt bald hier sein, nehme ich an. Ich habe ihm mitgeteilt, daß wir heute offiziell einziehen.«

»Hast du ihm übrigens erzählt, daß ich auch einziehe?«

»Ich glaube schon. Er weiß jedenfalls, daß ich die Wohnung für einen Mieter vorbereitet habe, denn das meiste dort hat er hergerichtet, und er kann sich wohl auch denken, daß mich jemand herfährt, da ich jetzt keinen eigenen Wagen mehr habe.«

»Ich habe dir bereits angeboten, daß du liebend gern einen als Hochzeitsgeschenk bekommen kannst.«

Bittersohn trennte sich von ihrem interessanten Fund und widmete sich Sarah lange genug, um sie davon zu überzeugen, daß sein Angebot immer noch galt. »Wenn du bloß aufhören würdest, jeden Tag deine Meinung zu ändern – «

»Max, das stimmt doch gar nicht. Ich brauche eben Zeit, mich wieder zu fangen, das ist alles. Du brauchst deshalb nicht zu versuchen, mich zu bestechen und zu korrumpieren.«

»Wie könnte man dich denn korrumpieren?« Seine freie Hand glitt sanft unter ihren Pullover.

»Hör sofort auf, du Lüstling. Ich dachte, du wolltest herausfinden, wie der Spiegel hier ins Haus gekommen ist?«

»Welcher Spiegel?«

»Max, das ist nicht nett.«

»Ich wäre netter, wenn du nicht so nett wärst. Wie findest du das als Liebeserklärung?«

Es gelang Bittersohn mit großer Willensanstrengung, seine Aufmerksamkeit wieder dem wunderschönen kleinen Kunstwerk zuzuwenden, das so unerwartet den Platz des *Liebeserwachens* eingenommen hatte.

»Hast du ein Handtuch oder so etwas?«

»Ich sehe mal in der Küche nach. Wärest du auch mit ein Paar Topflappen zufrieden?«

»Natürlich. Ich möchte bloß den Rahmen nicht direkt anfassen, falls Fingerabdrücke darauf sind.«

»Max, Liebling, ist das wirklich die Art, wie du arbeitest?«

»Ich denke schon. Allerdings nur, wenn du mir diese Topflappen gibst.«

»Oh, Entschuldigung.«

Sarah verschwand und kam mit einem Stück von einem halbvermoderten Vorhang zurück.

»Geht das? Etwas anderes konnte ich nicht finden.«

»Hervorragend. Hältst du mir mal die Eingangstür auf? Ich möchte den Spiegel nach draußen bringen und ihn mir bei Licht ansehen, und ich will dabei auf keinen Fall den Aufsatz zertrümmern.«

»Diese kleine Gipsurne und die vergoldeten Metallverzierungen sehen wirklich schrecklich zerbrechlich aus.«

»Sie sehen nicht nur so aus. Deshalb gibt es auch so wenige Spiegel aus Bilbao, die unbeschädigt geblieben sind. Es würde mich allerdings nicht wundern, wenn dieser hier in tadellosem Zustand wäre.«

Bittersohn wickelte den muffig riechenden Vorhang um den Rahmen und hob ihn vorsichtig an. »Verdammt, es geht nicht. Kannst du mal nachsehen, wo der Draht festhängt? Aber berühre dabei möglichst nicht den Rahmen, wenn es geht.«

»Den Draht kann ich also ruhig anfassen?«

»Natürlich. Auf Bilderdraht kann man keine Fingerabdrücke hinterlassen.«

»Warte einen Moment, er ist um den Haken in der Wand gewickelt. So, jetzt kannst du ihn abhängen. Der Draht sieht nagelneu aus, Max.«

»Wundert mich gar nicht. Wer immer auch der Besitzer von diesem Ding ist – er hatte es bestimmt an der Wand festgeschraubt. Siehst du die kleinen Blechschlaufen an den Seiten? Das ist typisch für alle Spiegel aus dieser Zeit. Sie waren einfach

7

so selten und wertvoll, daß man sehr sorgsam mit ihnen umgehen mußte.«

»Ich weiß. Man hat sogar massive Holzplatten in die Wände eingelassen, um die Spiegel daran zu befestigen, wenn der Verputz nicht sicher genug war. Tante Appie hat so etwas in ihrem Haus in Cambridge.«

»Ist das die Tante, deren Mann gerade gestorben ist?«

»Genau. Onkel Sam war schon seit Jahren leidend, er hatte ständig irgendwelche Beschwerden. Cousine Mabel sagt immer, woran er wirklich litt, war Tante Appie, aber was kann man von Cousine Mabel auch anderes erwarten? Stammen die Löcher auf der Rückseite von Holzwürmern?«

»Sí, Señora. Das ist ein Stück Eichenholz, typisch spanisch und verteufelt schwer. Die Löcher haben zweifellos echte spanische Eichenholzwürmer im 18. Jahrhundert geknabbert. Man konnte sie immer daran erkennen, daß sie ›Olé‹ riefen, bevor sie ihre kleinen Fänge in das Holz gruben. Aber es gibt bestimmt Leute, die versuchen würden, dir weiszumachen, daß dein Spiegel in Wirklichkeit in Italien angefertigt wurde, was blanker Unfug ist. Italienische Eichenholzwürmer hätten niemals einen derartigen Schaden anrichten können. Sie hätten nur ›Pocco, pocco, lente, lente‹ gesagt, was auf Italienisch soviel bedeutet wie: ›Ach, zum Teufel damit, laßt uns lieber eine Pizza bestellen.‹«

»Verschone mich mit deiner Gelehrsamkeit«, sagte Sarah naserümpfend. »Max, es ist mir ehrlich gesagt vollkommen egal, woher dieser Spiegel stammt. Ich möchte bloß wissen, wer ihn in meine Diele geschafft hat.«

»Glaubst du, daß einer deiner reichen Verwandten klammheimlich hier hereingeschlichen ist, um dir eine kleine Willkommensüberraschung zu bescheren?«

»Von wegen! Nenn mir einen Kelling, der eine wertvolle Antiquität unbewacht in einem Haus wie diesem hängen läßt, und ich nenne dir sechs andere Kellings, die sofort versuchen, ihn für gefährlich geisteskrank erklären zu lassen.«

»Fällt dir denn jemand ein, der einen Spiegel aus Bilbao besitzen könnte?«

»Da gibt es bestimmt irgend jemanden, wenn man bedenkt, wie viele Verwandte ich habe und wieviel Trödel sie über Jahre hinweg angehäuft haben. Ich glaube, daß Tante Emma draußen in Longmeadow so einen Spiegel besitzt, wenn ich mich recht erinnere, aber der Marmor ist irgendwie gelber, und oben drauf befindet sich ein scheußlicher Ziergiebel aus Walnußholz statt dieser hübschen Filigranarbeit.«

»Wundert mich gar nicht. Das hat man nämlich recht häufig getan. Wenn die Spitzen abbrachen, nahmen die Besitzer als Ersatz oft irgendeine Scheußlichkeit, die gerade im Holzschuppen herumlag. Aber selbst wenn er so verschandelt ist, kann man für einen echten Spiegel aus Bilbao immer noch 5000 Dollar und mehr bekommen. Weißt du was, *Süßele*? Ich glaube, wir sollten die Polizei rufen.«

»Oh, Max!«

Aber er hatte natürlich völlig recht. Dieses wertvolle, zerbrechliche Kunstwerk war schließlich nicht von selbst ins Haus gekommen, und außer Sarah und ihrem Hausverwalter Mr. Lomax besaß keiner einen Schlüssel. Es hatte in diesem Winter in den Sommerhäusern, die zum größten Teil unbewohnt waren, wie in den vergangenen Jahren wieder mehrere Einbrüche gegeben. Zwar würde kein Einbrecher seine Zeit mit dem Versuch verschwendet haben, etwas aus dem Kelling-Haus zu entwenden, doch vielleicht hatte er das einsam gelegene Gebäude als geeignetes Versteck für seine Diebesbeute betrachtet. Das bedeutete, daß er irgendwann zurückkommen und den Spiegel holen würde.

»Einverstanden«, seufzte sie. »Meinst du nicht auch, wir sollten am besten sofort nach diesem reizenden Sergeant Jofferty fragen?«

Er war es gewesen, der ihr damals die schreckliche Nachricht vom Autounfall ihres Mannes überbracht hatte, und genau hier vor dem Haus hatte er gestanden, in derselben Auffahrt, von der aus sie Alexander kurz zuvor zum Abschied zugewunken hatte. Alexander hatte so glücklich ausgesehen, als er mit seiner blinden Mutter aufbrach – und nicht wußte, daß dies die letzte Fahrt in seinem 1920er Milburn Electric sein würde, dem nach Sarah selbst seine ganze Liebe gehörte. Das war im letzten November gewesen. Jetzt war es Anfang Juni, fast sieben Monate später. Man hätte annehmen können, daß sie den Schmerz inzwischen überwunden hatte, doch manchmal tat die Erinnerung immer noch sehr weh. Deshalb war sie auch noch nicht in der Lage, das zu tun, was Max Bittersohn wollte und was sie selbst auch wollte, nur nicht in Augenblicken wie diesem, wenn sie wieder an ihren attraktiven, von Sorgen gequälten Ehemann denken mußte, der so viel älter als sie gewesen war und den sie über alles geliebt und auf so grausame Weise verloren hatte.

»Ich kenne Jofferty«, antwortete Max eine Spur zu schnell. Er wußte, woran sie dachte. Irgendwie schien er immer ihre Gedanken zu lesen. »Funktioniert das Telefon?«

»Ich denke schon. Ich habe es schriftlich ab ersten Juni wieder angemeldet. Die Nummer der Polizei steht auf dem Block da.«

In Alexanders kleiner, ordentlicher Handschrift. Irgendwann in naher Zukunft würde sie durch das Haus gehen und all die schmerzlichen kleinen Erinnerungen entfernen müssen. Es würde genauso sein, als ob sie ihn ein zweites Mal sterben ließ. Als Max die Nummer gewählt hatte und wieder hochschaute, sah er, daß Sarah weinte. Er schenkte ihr ein gequältes Lächeln, mitfühlend und verärgert zugleich, und zog sie nah zu sich heran, während er telefonierte.

»Ich hätte gern mit Sergeant Jofferty gesprochen. Ach so. Könnten Sie ihn denn vielleicht über Funk verständigen? Sagen Sie ihm, Mrs. Kelling draußen in Ireson's Landing möchte ihm unbedingt etwas zeigen. Nein, Gott sei Dank, nichts derartiges. Sie hat nur etwas gefunden, was darauf hinweisen könnte, daß jemand versucht hat, hier einzubrechen. Ich bin ihr Mieter, Max Bittersohn, Ira Rivkins Schwager. In Ordnung, ich werde es Ira ausrichten.«

Er legte auf und zückte sein Taschentuch. »Hier, putz dir die Nase. Ich hoffe, du verstehst, daß ich lediglich versuche, dich vor neuen Schwierigkeiten zu bewahren.«

»Das weiß ich doch, Max. Das ist es nicht.« Sie schniefte und putzte sich die Nase. »Es ist – ach, du weißt doch genau, warum. Warum holst du nicht meine restlichen Sachen aus dem Wagen, während ich den Korb nach oben bringe und auspacke? Was sollen wir denn jetzt mit dem Spiegel machen?«

»Ihn wieder dahin hängen, wo wir ihn gefunden haben, bis Jofferty kommt. Mach dir keine Sorgen, Sarah.«

Bittersohn, der den Rahmen immer noch mit dem Stück alten Vorhang festhielt, hängte den Spiegel wieder zurück an den Haken und ging dann nach draußen, um Sarahs Koffer zu holen, während sie den Korb in den ersten Stock trug.

Vor einigen Wochen hatte sie an ihrem 27. Geburtstag die Verfügungsgewalt über das Geld erhalten, das ihr Vater ihr hinterlassen hatte. Nach anfänglichem Zögern hatte sie etwas Geld dafür ausgegeben, um einige der Möbel zu ersetzen, die sie im letzten Winter aus Ireson's Landing mitgenommen hatte, als sie ihr Backsteinhaus auf Beacon Hill in eine Pension verwandelt hatte. In ihrem Zimmer gab es jetzt eine neue Matratze, und im Kutscherhaus eine weitere für Max. Er sollte nämlich in dem Häuschen wohnen, in dem früher der Kutscher untergebracht war. Die Verwandtschaft würde es zu skandalös finden, wenn Sarah und er im großen Haus schliefen, bevor sie brav und ordentlich den Bund fürs Leben geschlossen hatten. Noch wichtiger war, daß jetzt das Kutscherhaus wieder bewohnbar war, denn so würden sie einen Zufluchtsort haben, wenn zu viele ungeladene Familienmitglieder über das Haus herfielen, was zweifellos in diesem Sommer mehrfach der Fall sein würde.

Falls es zu unerträglich werden sollte, konnte Max immer noch zu seinen eigenen Verwandten flüchten. Seine Eltern wohnten ganz in der Nähe, in Saugus, und eine verheiratete Schwester lebte das ganze Jahr über drüben auf der anderen Seite von Ireson Town. Sarah kannte Miriams Ehemann Ira, dem die hiesige Tankstelle gehörte, schon seit Jahren flüchtig, ebenso ihren Sohn Mike, der dort als Tankwart arbeitete, wenn er nicht gerade an der Boston University studierte. Vor kurzem hatte sie auch Miriam kennengelernt. Nach einem etwas förmlichen ersten Besuch, als sie alle im Wohnzimmer gesessen und höfliche Konversation gemacht hatten und von der Gastgeberin gedrängt worden waren, ein verblüffendes Sortiment an Horsd'œuvres zu verspeisen, hatten sie bei ihrem zweiten Besuch am Küchentisch gesessen und waren bei Tee und Muffins richtig ins Gespräch gekommen.

Die unkomplizierte Gastfreundschaft der Rivkins war eine angenehme Abwechslung zu dem starren Familiensystem, in das Sarah hineingeboren war und dem sie – so sehr sie es auch versuchte – offenbar nicht entfliehen konnte. Tante Appie hatte ihren Besuch bereits für den kommenden Montag verbindlich angekündigt. Ihr Sohn Lionel hatte selbstverständlich angenommen, daß die Einladung auch für ihn und seine vier Söhne galt. Sie beabsichtigten, draußen irgendwo auf dem Grundstück ihr Zelt aufzuschlagen. Sarah wären die Goten und Vandalen lieber gewesen, aber ihr blieb nichts anderes übrig, als sie an die Stelle zu schicken, wo der Giftsumach am dicksten wucherte, und zu beten, daß möglichst viele Mücken ihren Weg dorthin finden würden. In ihrem Garten konnten sie sich glücklicherweise nicht breitmachen. In diesem

Jahr hatten sich Sarah und Mr. Lomax nämlich wirklich richtig in die Arbeit gestürzt. Pete, der Neffe des alten Hausverwalters, der ihm angeblich zur Hand ging, hatte von irgendeinem Kumpel eine Bodenfräse geborgt und 200 Quadratmeter Boden aufgerissen. Danach hatten er und sein Onkel eine Lastwagenladung stinkender Fischköpfe und Gedärme, die aus den Docks in Gloucester stammten, darin untergegraben.

Die Fischköpfe lockten immer noch Scharen von Möwen auf das Feld. Mr. Lomax versuchte, Sarah davon zu überzeugen, daß dies durchaus zu seinem Plan gehörte, da die Seemöwen durch ihre Exkremente den Boden zusätzlich bereicherten. Trotzdem mußte er die Kürbisse und Bohnen zweimal neu pflanzen, und den Mais hatten sie inzwischen sogar völlig aufgegeben.

Erbsen und Frühsalat nutzte Sarah allerdings bereits für die Verpflegung der Pensionsgäste zu Hause auf Beacon Hill, und es tröstete sie, daß der ideale Lagerplatz für Lionel und seine abscheuliche Brut genau in Windrichtung der Fischköpfe lag. Sie teilte diesen erfreulichen Gedanken gerade Max mit, als Sergeant Jofferty mit seinem Streifenwagen eintraf.

»Hallo, Mrs. Kelling. Nett, Sie wieder so froh und munter zu sehen.«

Auch wenn der Sergeant dabei nicht anzüglich in Max' Richtung sah, errötete Sarah trotzdem. »Sie sehen auch gut aus, Sergeant Jofferty. Kennen Sie übrigens Mr. Bittersohn?«

»Ira Rivkins Schwager, richtig?« Er stieg aus dem Wagen und schüttelte Max die Hand. »Nett, Sie kennenzulernen. Ira spricht oft von Ihnen. Behauptet immer, Sie seien ein reicher Verwandter, aber wenn man sich die Benzinpreise heutzutage ansieht, hat er selbst sicher auch ganz nette Einnahmen, was?«

»Leider muß er alles an die Ölgesellschaften weiterleiten«, knurrte Max.

»Über Ölgesellschaften wollten wir eigentlich nicht sprechen«, unterbrach Sarah. »Wir scheinen wieder einmal ein kleines Geheimnis aufklären zu müssen, Sergeant Jofferty. Als wir vor etwa 15 Minuten eintrafen, fanden wir etwas, das nicht hierher gehört. Max hat übrigens das Kutscherhaus für den Sommer gemietet«, sah sie sich verpflichtet zu erklären.

»Meine Tante, die auch gerade Witwe geworden ist, wird hier bei mir im Haus wohnen, aber das gehört ja eigentlich nicht zur Sache. Tatsache ist, daß wir die Tür aufgeschlossen haben und diesen Spiegel an der Wand in der Diele gefunden haben. Max meint, er sei wertvoll, und ich habe keine Ahnung, wie er ins Haus gekommen ist. Außer Mr. Lomax und mir hat keiner einen Schlüssel, und Jed Lomax kennen Sie ja selbst.«

Selbstverständlich kannte Jofferty Jed Lomax. Wie Sarah hielt er es für völlig ausgeschlossen, daß der Hausverwalter in irgend etwas verwickelt war, was auch nur den leisesten Verdacht erwecken konnte, unredlich zu sein. Während er versuchte, von Max den ungefähren Marktwert eines erstklassig erhaltenen echten Spiegels aus Bilbao zu erfahren, fuhr der alte Lomax persönlich in seinem nach Fisch stinkenden Kleinlaster vor. Wie sie bereits vermutet hatten, wußte er von nichts.

»Kann mich nich' erinnern, den Spiegel je gesehen zu haben, Miz Kelling. Sieht ja ganz hübsch aus, wenn man so Sachen mag. Aber wieso sind Sie denn überhaupt zur Vordertür rein? Ihre Familie nimmt doch sonst immer den Seiteneingang.«

»Ich weiß, aber meine Handtasche ist total vollgestopft mit allem möglichen Krimskrams, und ich habe diesen Schlüssel zuerst gefunden. Sonst hätte der Spiegel vielleicht den ganzen Sommer hier gehangen, ohne daß er überhaupt bemerkt worden wäre. Diese Diele hier ist so winzig und eng, daß keiner sie benutzt, es sei denn, es kommt jemand an die Vordertür, der sich nicht auskennt. Aber Sie überprüfen doch immer die Tür, nicht wahr, Mr. Lomax?«

»Tu ich, un' gestern hab' ich's genauso gemacht wie immer. Hab' keine Spur von 'nem Einbruch gesehen, sonst hätt' ich's doch sofort gemeldet. Sind Sie hier, um sich die Sache anzuschauen, Max?«

»Sie beide kennen sich?« erkundigte sich Sergeant Jofferty überrascht.

»Klar doch, Teufel auch. Das is' doch Isaac Bittersohns Junge aus Saugus. Den kenn' ich schon, seit er noch 'n kleiner Stöpsel war, kaum höher als 'ne Flunder. Jawoll, das is' der Junge, der seiner Mutter 's Herz gebrochen hat.«

Der Hausverwalter schüttelte sein graues Haupt, wobei der lange Schirm der schmutzigen Schwertfischerkappe, die er sommers wie winters trug, traurig von einer Seite zur anderen wippte.

»Miz Bittersohn hat Stein und Bein geschworen, daß aus Max nichts werden würd', als er anfing mit seiner komischen Arbeit, statt zu studieren un' 'n richtiger Doktor zu werden, wie sie's gern gehabt hätt'. Un' dann is' er hingegangen un' hat ihr 's Gegenteil bewiesen. War 'ne schreckliche Enttäuschung für sie, kann ich euch sagen.«

Lomax ließ sich so gut wie nie zu einem Lächeln hinreißen, doch er schenkte Mrs. Bittersohns traurigem Fehlschlag einen Blick, den man beinahe freundlich nennen konnte. »Joff, wenn Max hier dir sagt, daß der Spiegel so wertvoll is', daß ihn jemand klauen würd', dann isser auch gestohlen, darauf setz' ich meinen letzten Dollar. Darauf kannste dich verlassen.«

Kapitel 2

Lomax, dem es offenbar unangenehm war, daß er sich zu einer persönlichen Stellungnahme hatte hinreißen lassen, scharrte mit den Füßen, zog an seinen Hosenträgern und rückte seine Kappe zurecht.

»Kann ich noch irgendwas für Sie tun, Miz Kelling? Wenn nich', geh' ich jetzt besser die Tomaten aufbinden.«

»Noch eins, bevor Sie gehen, Jed«, sagte Max. »Vergessen Sie bitte sofort, daß Sie den Spiegel gesehen haben, ja?«

»Aber warum denn?« protestierte Sarah. »Wenn der Spiegel vielleicht aus einem der Häuser stammt, um die Mr. Lomax sich kümmert – «

»Werden sich die Besitzer bestimmt fragen, warum er hier in diesem Haus hängt und nicht mehr bei ihnen«, beendete Max ihren Satz.

»Oh. Aber sie würden doch nie im Leben – «

Sarah zögerte. Einen Moment lang hatte sie vergessen, daß Mr. Lomax in diesem Jahr nicht allein arbeitete. Dem wenigen nach zu urteilen, das sie bisher von seinem Neffen gesehen hatte, fragte sie sich, ob der gute Ruf der Familie Lomax in punkto Redlichkeit nicht vielleicht Gefahr lief, ein wenig angekratzt zu werden. Doch Pete würde wohl kaum gestohlene Beute hier verstecken, denn er wußte, daß Sarah das Haus früh beziehen würde – oder vielleicht doch nicht?

»Wie werd' ich was sagen. Nix als Holz.«

Mit diesen sibyllinischen Worten machte sich Lomax O-beinig auf den Weg zu seinen Tomatenpflanzen. Jofferty quittierte den Empfang des Spiegels aus Bilbao auf einem Blatt seines Notizbuchs und bat Max, das teure Stück so gut für ihn einzupacken, daß es nicht kaputtgehen konnte. Einen derart kostbaren Spiegel zu zerbrechen würde todsicher verdammt mehr als nur sieben Jahre Pech bringen, und er hatte auch so bereits mehr als genug Kritik wegen der vielen Einbrüche einstecken müssen.

»Sobald ich auf dem Polizeirevier bin, gehe ich sofort die Listen mit den gestohlenen Gegenständen durch«, versprach er. »Und ich werde Sie auf der Stelle informieren, wenn ich irgend etwas finde. Ein Spiegel aus Bilbao, wie?«

»Manchmal wird es auch Bilboa geschrieben«, erklärte ihm Max. »Bedeutet aber genau dasselbe. Außer in Bilbao, selbstverständlich. Hast du vielleicht Pappe und Einpackpapier, Sarah?«

»Bring das Ding am besten in die Küche. Mal sehen, was ich finden kann.«

Etwas einzupacken ist oft schwieriger, als es auf den ersten Blick scheint, und der Spiegel bereitete besondere Probleme. Schließlich hatten sie jedoch genügend Material zum Polstern und Verstärken gefunden, um einen sicheren Transport im Streifenwagen zu gewährleisten.

»So, das hätten wir, Sergeant.« Max trug das Paket selbst nach draußen und verstaute es im Kofferraum des Streifenwagens. »Ich habe ›zerbrechlich‹ draufgeschrieben, aber am besten sorgen Sie trotzdem dafür, daß Ihre Leute auf dem Revier auch wirklich vorsichtig damit umgehen. Und lassen Sie um Himmels willen nicht zu, daß es jemand auspackt.«

»Dazu wird keiner Gelegenheit haben«, versicherte Jofferty ihm. »Wir haben nämlich in der Bank ein besonderes Tresorfach, in dem wir Wertgegenstände aufbewahren, und zufällig bin ich dafür zuständig. Ich werde das Ding auf direktem Wege hinbringen und vergessen, einen Bericht darüber zu den Akten zu heften. Zufrieden? Ach so, grüßen Sie bitte Ihre Familie von mir.«

Während er den Zündschlüssel in seinem schlammbespritzten Wagen umdrehte, blickte er hinüber zu Bittersohns luxuriösem Wagen und grinste. »Ich wette, Ihre Mutter hat damals so ungefähr dasselbe zu Ihnen gesagt wie meine, als ich in der Fabrik für Fischbuletten aufgehört habe, um zur Polizei zu gehen. Ich hab' ihr gesagt, ab und zu Zielscheibe zu spielen sei immer noch besser, als ein Leben lang Schellfische auszunehmen. Bis dann, Max. Tschüs, Mrs. Kelling.«

»Das ist ja fabelhaft«, meinte Sarah schmollend, nachdem er losgefahren war. »Wenn Sergeant Jofferty dich bereits Max nennt, wenn er dich gerade 30 Sekunden lang kennt, warum nennt er mich dann nicht auch Sarah?«

Das hätte er sicherlich auch getan, wenn sie Mrs. Bittersohn und nicht Mrs. Kelling hieße. Gleichgültig, wie weit weg Max auch zog, hier an der Nordküste von Neuengland würde man ihn immer auf eine Art und Weise akzeptieren, die kein Mitglied ihrer Familie jemals kennenlernen würde, selbst wenn sie jeden Sommer hier einfielen, einige von ihnen sogar seit drei oder vier Generationen. Die Grenzen zwischen den Sommergästen und den Menschen, die das ganze Jahr über hier lebten, waren vielleicht inzwischen weniger genau abgesteckt als zu Zeiten ihrer Großeltern, doch es gab sie immer noch, und das war einfach nicht fair.

»Ihr seid eben echte Snobs, das ist alles. Nimm dich selbst, beispielsweise. Du kommst nicht einmal aus Ireson Town, und trotzdem behandeln dich alle wie ihren langvermißten Vetter. Selbst bei Alexander haben sie nie –«

Sie unterbrach sich jäh. Max hatte sicher allmählich mehr als genug von Alexander. »Komm mit nach oben, und hilf mir im Kampf mit den neuen Matratzen. Mr. Lomax hat sie in die falschen Zimmer gebracht.«

Sie waren noch damit beschäftigt, die Gästezimmer in Ordnung zu bringen, als das Telefon klingelte. Sarah hatte ein Kissen unter das Kinn geklemmt und war gerade dabei, es in einen Bezug zu stopfen, der offenbar bei der Wäsche eingelaufen war. »Gehst du bitte ans Telefon, Max?« murmelte sie undeutlich. »Es ist wahrscheinlich dein Freund Jofferty wegen des Spiegels. Vielleicht hat er herausgefunden, wem er gehört.«

Max lief zum Telefon, aber er war bereits wieder oben, bevor Sarah den zweiten Kissenbezug auseinandergefaltet hatte. »Es ist für dich. Irgendeine Frau namens Tergoyne. Sie dachte schon, sie hätte sich verwählt.«

»Warum hast du sie nicht davon überzeugt, daß sie recht hatte?«

Sarah verspürte nicht die geringste Lust, mit Miffy Tergoyne zu plaudern – oder eher ihr zuzuhören. Miffy gehörte zu der alten Clique vom Yachtclub, in dem auch Alexanders Eltern früher Mitglieder gewesen waren. Ihre offizielle Mitgliedschaft war zwar verfallen, als Alexanders Vater gestorben war und seine Yacht verkauft werden mußte, doch die Kellings zählten automatisch immer noch zum elitären Kreis, weil es eben immer so gewesen war.

Als Witwe, über die viel geredet wurde, und, was noch schlimmer war, die in den letzten Monaten beinahe mittellos dagestanden hatte, hatte Sarah als positive Nebenwirkung eher mit der gesellschaftlichen Ächtung von seiten des Yachtclubs gerechnet. Entweder war Miffy zu alt, um angestammte Gewohnheiten abzulegen, oder der Umstand, daß Sarah jetzt über das relativ kleine Erbe ihres Vaters verfügte, hatte sie wieder für den Kreis der erlauchten Gesellschaft qualifiziert. Nun ja, damit mußte sie eben leben.

Irgendwer hatte einmal behauptet, daß die echten »Bostoner Brahmanen«, die alteingesessenen konservativen Familien, Sitten, aber keine Manieren hätten. Wie bei den meisten Verallgemeinerungen basierte wohl auch diese Feststellung auf einigen unseligen Einzelfällen. Einer dieser Fälle konnte sehr wohl Miffy Tergoyne gewesen sein.

»Sarah!« Ihr nasales Kreischen war scharf genug, um die Telefonkabel zu durchschneiden. »Wer war dieser Mann?«

»Max Bittersohn, mein Mieter«, erklärte Sarah.

»Mein Gott, tust du das jetzt auch schon in Ireson's Landing? Alice hat es mir zwar erzählt, aber ich konnte es nicht glauben, nicht nach Alex. Hast du tatsächlich eine Affäre mit diesem Mann?«

»Wie nett, daß du dich so um mich sorgst«, erwiderte Sarah mit zuckersüßer Stimme.

»Soll ich das etwa als Antwort verstehen?«

»Warum denkst du, daß es dich überhaupt etwas angeht?«

Miffy war sprachlos, allerdings nur einen Augenblick lang. Dann räusperte sie sich und meinte mißbilligend: »Ich muß schon sagen, du hast dich wirklich sehr verändert.«

»Nein, das habe ich nicht. Das ist nur das erste Mal, daß du mir überhaupt richtig zuhörst, wenn ich etwas sage, das ist alles. Was verschafft mir übrigens die Ehre, Miffy?«

»Ich erwarte dich und Appie heute um halb sechs auf ein paar Drinks.«

»Tut mir leid, aber Tante Appie kommt erst am Montag.«

Miffy stieß ein gackerndes Lachen aus. »Das denkst du, Kindchen! Heute morgen habe ich Appie angerufen und sie überredet, sofort loszufahren. Sie müßte jeden Moment in deiner schrecklichen Auffahrt vorfahren.«

»Miffy, wie konntest du das tun! Ich bin noch nicht mal mit dem Haus fertig. Hast du es jemals in deinem Leben geschafft, deine Nase nicht in anderer Leute Angelegenheiten zu stecken?«

»Sei doch nicht albern. Warum sollte ich? Halb sechs also, und seid pünktlich. Bring deinen Freund mit. Alice und ich wollen ihn uns ansehen.«

Max kam gerade rechtzeitig herunter, um zu sehen, wie Sarah den Hörer auf die Gabel knallte.

»Was ist denn los?«

»Ach, überhaupt nichts«, schäumte sie, »außer daß Tante Appie hier jede Sekunde auf der Matte stehen wird, ohne mich auch nur vorzuwarnen, und Miffy uns Punkt fünf Uhr dreißig zu Drinks erwartet. Dich übrigens auch.«

»Verdammt, Sarah – ich dachte, wir hätten hier endlich einmal ein paar Tage ganz für uns allein.«

»Das habe ich auch gedacht, aber das läßt Miffy völlig kalt.«

»Hättest du ihr nicht einfach sagen können, sie solle sich zum Teufel scheren?«

»Habe ich ja, aber sie hat nicht zugehört. Miffy ist es ja gar nicht, Max. Das wirkliche Problem ist Tante Appie. Ich könnte nicht ertragen, wenn sie das Gefühl hätte, daß sie hier nicht willkommen ist. Wenn du sie erst einmal kennengelernt hast, wirst du mich verstehen. Tante Appie ist die ewige Pfadfinderin, jeden Tag eine gute Tat, und meistens erntet sie dafür nur Undank.

Du bist Onkel Samuel niemals begegnet, und dafür kannst du wirklich dankbar sein. Er war der absolute Hypochonder. Tante Appie hat an ihm sämtliche Krankheiten gepflegt, die es in einem medizinischen Lehrbuch überhaupt gibt. Schließlich ist er an einem Druckfehler gestorben, und ich glaube wirklich, sie trauert um ihn.

Als Cousin Dolph ihr erzählt hat, daß ich hier den Sommer verbringen wollte, und die brillante Idee hatte, sie könne doch auch herkommen, weil sie einen Tapetenwechsel brauche, hätte ich sie am liebsten beide erschlagen, aber ich habe es nicht übers Herz gebracht, ihr zu sagen, sie solle lieber zu Hause bleiben. Tante Appie hat sich all die Jahre immer so viel Mühe gegeben, Alexander das Leben zu erleichtern, als er nicht wegkonnte, weil er seine Mutter pflegen mußte.«

Jetzt ging es schon wieder los. Max sah stinkwütend aus, und sie konnte es ihm nicht einmal verdenken. Sarah schlang ihre Arme um seinen Hals. »Irgendwie werde ich das alles wiedergutmachen, das verspreche ich dir.«

»Das sagst du bestimmt nur so«, brummte er.

Doch er ließ sich immer noch bereitwillig von Sarah besänftigen, als sie das Bahnhofstaxi draußen über die Schlaglöcher holpern hörten. Mit den Fingern wischte Sarah hastig die Lippenstiftspuren von Max' Kinn.

»Wage es bloß nicht, dich davonzuschleichen. Du mußt sie sowieso früher oder später kennenlernen.«

»Wie lange will sie denn um Himmels willen bleiben?«

»Keine Ahnung. Höchstwahrscheinlich nicht sehr lange. Sie wird sich hier bestimmt nicht besonders wohl fühlen, wo das halbe Mobiliar in Boston ist und es außer dem Kaminfeuer keine Heizmöglichkeit gibt. Du weißt ja, wie scheußlich ungemütlich es so nahe am Wasser werden kann. Oje, ich hoffe wirklich, daß Mr. Lomax daran gedacht hat, den Kamin fegen zu lassen. Ich habe keine Ahnung, was die High-Street-Bank mit mir täte, wenn ich das Haus abbrennen ließe.«

Um Sarahs Besitz wurde wegen einer Hypothek, deren Gültigkeit noch nicht geklärt war, ein Rechtsstreit geführt. Das große Haus selbst war nicht viel wert, es sei denn, ein unternehmungslustiger Architekt hatte Lust, 100 000 Dollar aufzubringen und es in ein Haus mit luxuriösen Eigentumswohnungen zu verwandeln. Aber mit dem gut 140 000 Quadratmeter großen Grundstück, auf dem es stand, konnte jeder Bauunternehmer ein Vermögen machen. Bis die Angelegenheit geklärt war, blieb ihr nichts anderes übrig, als die Steuern zu bezahlen und das Beste zu hoffen.

Im Moment war Sarah sowieso nicht in der Lage, verbindliche Zukunftspläne zu schmieden. Alles hing davon ab, wie sich ihre Beziehung zu Max weiterentwickelte. Wenn er erst einmal den Sommer mit ihren lieben Verwandten und alten Bekannten verbracht hatte, würde er die ganze Sache vielleicht lieber abbrechen. Sie machte einen halbherzigen Versuch, ihr langes, feines hellbraunes Haar in Ordnung zu bringen, und ging nach draußen, um ihre Tante zu begrüßen.

»Ist das nicht alles wundervoll!«

Tante Appie kletterte aus dem Bahnhofstaxi und breitete überall fröhlich ihre Taschen und Koffer aus. »Als Miffy mich angerufen hat, habe ich schnell alles zusammengepackt und bin auf der Stelle hergesaust. Den Zug habe ich im letzten Moment gerade noch bekommen. Und ich habe uns einen wunderbaren Thunfischauflauf gemacht, so daß wir uns um das Abendessen keine Sorgen zu machen brauchen.«

»Das war doch wirklich nicht nötig«, protestierte Sarah, und sie meinte es wirklich. Sie kannte Tante Appies Aufläufe besser, als ihr lieb war. »Cousine Theonia hat uns so viel Essen eingepackt, daß es ewig reicht. Aber es ist natürlich sehr lieb, daß du dir die Mühe gemacht hast«, fügte sie hinzu, denn es war sicher schrecklich umständlich gewesen, die Auflaufform den ganzen Weg von Porter Square bis zur North Station, nach Ireson's End und dann schließlich bis hierher zu transportieren. Wenn es dunkel geworden war, konnte sie die undefinierbare, fade Masse immer noch heimlich für die Stinktiere und Waschbären nach draußen schütten. Denen war es egal, was sie fraßen.

»Aber Tante Appie, du kannst doch die ganzen Sachen unmöglich alle allein tragen. So, ich nehme die Auflaufform und deine Tasche. Max kümmert sich um die Koffer. Du erinnerst dich doch sicher noch an Max Bittersohn, du hast ihn bei Dolphs und Marys Hochzeitsempfang kennengelernt.«

»Aber natürlich«, rief Appie, die sich eindeutig nicht erinnerte, aber nicht im Traum daran dachte, es zuzugeben, weil sie es nicht übers Herz brachte, die Gefühle anderer zu verletzen. »Sind Sie ein Nachbar?«

»Max ist ein Pensionsgast von mir und außerdem ein sehr guter Freund«, antwortete Sarah an seiner Stelle. »Er wohnt im Kutscherhaus.«

Ihre Tante strahlte. »Ach, wie nett! Dann haben wir einen Mann, der den Abfall zur Halde bringen kann. Ich habe mir schon die ganze Zeit im Zug darüber Gedanken gemacht, wie wir das alles allein schaffen sollen.«

Mit äußerster Beherrschung gelang es Sarah, nicht mit den Zähnen zu knirschen. »Tante Appie, du brauchst hier überhaupt nichts ›zu schaffen‹. Du bist einzig und allein als Gast hier, vergiß das bitte nicht! Du sollst hier keinen Schlag tun, sondern nur deine Freunde besuchen und dich entspannen, und Max ist alles andere als ein Gelegenheitsarbeiter, also schmiede bitte erst gar keine Pläne, daß er uns das Haus streicht oder dir einen Kajak baut.«

»Sarah, du hast aber auch die merkwürdigsten Ideen. Was sollte ich denn bloß mit einem Kajak anfangen? Aber was machen wir nun wirklich mit dem ganzen Abfall?«

»Mr. Lomax kommt mit dem Kleinlaster und holt ihn ab, genau wie sonst auch. Er kümmert sich auch um Reparaturen, um das

21

Grundstück und den Garten. Ich werde das Unkraut in den Gemüsebeeten ausrupfen, und Max erledigt seine eigenen Angelegenheiten. Wir werden alle drei schrecklich beschäftigt sein, du mußt dich also mit Miffy und der Clique vom Yachtclub zufriedengeben. Die halten dich schon in Trab, keine Sorge. Also komm nach oben, und mach es dir bequem.«

»Ich möchte nur schnell meine Lungen mit dieser wunderbaren Luft hier volltanken. Um-aah!«

Es gab zwei Sorten von Kellings, die großen und die kleinen. Die großen Kellings besaßen meist längliche Gesichter und Adlernasen. Einige wenige, beispielsweise Sarahs verstorbener Ehemann, hatten es geschafft, attraktiv auszusehen. Die meisten jedoch nicht.

Die kleinen Kellings hatten eckige Gesichter, gerade Nasen und Lippen, die man als Kußmund beschreiben konnte, auch wenn die Kellings selbst dies nie tun würden. Die Konturen waren sanft geschwungen und reichten von angenehm voll bis übermäßig fleischig. Sarah selbst war eine außergewöhnlich attraktive Vertreterin der kleinen Kellings.

Tante Appie, ebenfalls eine Kelling-Kelling wie Sarah, da die Kellings dazu neigten, entfernte Cousinen oder Cousins zu ehelichen, um so das Geld in der Familie zu halten, gehörte zum hochgewachsenen Familienzweig und war eine der Langen – der dürren Langen. Als sie so dastand und mit ausgebreiteten Armen und geblähten Nasenflügeln die salzige Seeluft einsog, hätte sie geradezu als Inspiration für Cyrius Dallins *Anruf des Großen Geistes* dienen können, es fehlten nur noch das Pferd, die passenden Mokassins und ein Lendenschurz statt der praktischen Schnürschuhe und der Hemdbluse aus grünem Krepp, die irgendwie an eine Pfadfinderinnenuniform erinnerte.

Nachdem sie sich die Lungen ordentlich vollgepumpt hatte, marschierte Appie allen voran ins Haus, unter dem Arm ein überquellendes Fotoalbum, mit dem sie Sarah an ihren gemeinsamen langen, gemütlichen Abenden zu erfreuen gedachte. Max, der andere Vorstellungen hegte, was den Zeitvertreib im Mondschein betraf, beäugte das Album mißtrauisch.

»Dein Zimmer ist noch nicht ganz fertig, weil ich dich nicht vor Montag erwartet habe«, teilte Sarah ihrer Tante mit. »Max und ich sind gerade eben erst angekommen. Ich habe noch nicht einmal meine Sachen ausgepackt, und er auch nicht.«

»Dann werden wir jetzt alle fleißig hin und her schwirren und alles tadellos verstauen. Was für ein Spaß! Husch, husch, meine Küken! Die alte Glucke baut sich selbst ihr Nest und macht es sich darin urgemütlich. Oh, wie sie durch die Luft schwebt – «

Selbst Max konnte sich ein Grinsen nicht verkneifen, als sie Tante Appie Kissen aufschüttelnd und Schubladen schiebend zurückließen. »Jetzt verstehe ich, was du meinst«, murmelte er. »Ist sie immer so?«

»Meistens. Du mußt nur hart zu ihr sein, wenn sie dich bekochen will oder eine Exkursion zur Erforschung der Haubenmeise in ihrem natürlichen Habitat zu organisieren droht. Wenn alles gutgeht, wird sie bestimmt von einigen ihrer Freunde eingeladen, sobald sie erfahren haben, daß sie hier ist. Ich hoffe doch sehr, daß du uns zu Miffy fährst? Tante Appie wäre untröstlich, wenn sie das Gefühl hätte, daß du nicht an der allgemeinen Fröhlichkeit teilnehmen darfst.«

»Gibt es denn dort so etwas überhaupt?«

»Es wird bestimmt tödlich langweilig. Die interessanten Leute gehen nämlich nicht zu Miffy. Aber Tante Appie amüsiert sich immer köstlich. Wir brauchen sie nur auf der Party abzusetzen, und dann machen wir uns heimlich wieder aus dem Staub. Wenn die lieben Gäste sich erst einmal ein paar von Miffys Martinis zu Gemüte geführt haben, wissen sie sowieso nicht mehr, wer da ist und wer nicht.«

»Aber wie kommt sie wieder nach Hause?«

»Jemand wird sie früher oder später zurückfahren. Mach doch bitte nicht so ein finsteres Gesicht, Liebling. Wir finden schon irgendeine Lösung. Und jetzt komm, und schau dir endlich dein neues Heim an. Ich hoffe, die Farbe ist schon trocken.«

Trotz ihres Vorsatzes, kein Geld für Ireson's Landing auszugeben, bis sie genau wußte, ob es ihr auch wirklich gehörte, hatte Sarah einige Verschönerungen an dem Kutscherhaus vorgenommen. Es hatte einfach sein müssen. In der kleinen Wohnung über den Ställen hatte seit 1915 kein Kutscher mehr gewohnt, und die Spinnweben hatte man praktisch mit der Machete durchhacken müssen.

Zusammen mit Mr. Lomax hatte sie die Wände und Decken abgebürstet und abgeschrubbt und den alten grauen Putz in einem pastellgelben Farbton gestrichen. Den freiliegenden Balken hatte sie mit irgendeinem Zaubergemisch eingeölt, das Mr. Lomax höchstpersönlich gebraut hatte, das abgenutzte Mobiliar leuchtend rot gestrichen und soweit wie möglich durch Kissen und Überwürfe mit indischen Mustern kaschiert. Den Holzfußboden aus breiten Kieferndielen, für den jede Hilfe zu spät kam, hatten sie dunkelgrün gestrichen und mit einem Flickenteppich verschönt, den Mrs. Lomax vor einiger Zeit angefertigt hatte. Mrs. Lomax litt zwar inzwischen an Arthritis, doch sie war jederzeit gern bereit, etwas für den Jungen von Isaac Bittersohn zu tun, auf den sie immer große Stücke gehalten hatte.

An dem altmodischen Badezimmer konnte man nicht viel retten, man konnte es lediglich gründlich säubern. Eine Küche gab es leider nicht. Max würde seine Mahlzeiten bei ihr im Haus einnehmen, oder, wenn zu viele Kellings das Grundstück bevölkern sollten, zu Miriam oder seiner Mutter gehen und um eine milde Gabe bitten müssen.

Sarah hatte die Eltern von Max noch nicht kennengelernt. Offenbar war dies erst geplant, wenn sie bereit war, ohne Zittern und Zagen mit Max den Bund fürs Leben zu schließen. Sie wünschte, daß sie dazu schon in der Lage wäre. Es wäre sicher viel angenehmer, diese beiden hellen Zimmer hier mit Max zu teilen, als oben auf dem Hügel mit Tante Appie in der zugigen Arche von Haus die Zeit totzuschlagen. Sie schenkte ihm ein ziemlich hilfloses Lächeln und ging zurück, um ihre eigenen Sachen auszupacken.

Kapitel 3

»**A**lso Sarah, du schaust zwar ein klein wenig besser aus als bei unserem letzten Treffen, aber ich nehme an, daß du über den Verlust von Alex wahrscheinlich nie hinwegkommen wirst. Wirklich schade, daß ihr keine Kinder zusammen hattet. Das wäre wenigstens ein kleiner Trost gewesen, aber möglicherweise auch nicht, wenn man sich die heutige Jugend anschaut. Was hat Miffy um Gottes Willen bloß in die Martinis getan?«

»Ich habe keine Ahnung.«

Sarah unterdrückte den Wunsch, daß es ein tödlich wirkendes Gift sein möge, und eiste sich von Pussy Beaxitt los. Sie bemerkte, daß Max von irgend jemandem in die Enge getrieben worden war, der es auf ein kostenloses Gutachten für ein angeblich echtes Rembrandt-Peale-Gemälde abgesehen hatte, das höchstwahrscheinlich keines war. Sie vermutete, daß Max klug genug war, sich nicht darauf einzulassen. Eigentlich hätte sie es besser wissen müssen, als ihn herzuschleppen. Sie hatte vergessen, wie unendlich grauenvoll diese kleinen Gesellschaften bei Miffy sein konnten.

Vor einem Jahr hatte sie nur gleichgültig herumgesessen und sich gelangweilt, statt wie jetzt jede Minute zu hassen, die sie hier verbringen mußte. Sie hatte sich schon vor Jahren an ein Dasein in Langeweile gewöhnt, da es als ihr unausweichliches Schicksal erschienen war. Zuerst war sie nichts weiter als die Tochter von Walter Kelling gewesen, zu jung, um zu den Erwachsenen zu zählen, zu schüchtern, um sich zu den anwesenden Teenagern zu gesellen. Dann, ungefähr genau zu dem Zeitpunkt, als sie möglicherweise als junge Dame in die Gesellschaft hätte eingeführt werden können und vielleicht endlich bei den jungen Herren der Schöpfung ein wenig Interesse hervorgerufen hätte, war ihr Vater an Pilzvergiftung gestorben, und sie hatte den entfernten Verwandten geheiratet, den Walter Kelling zu Sarahs Vormund ernannt hatte. Wer hätte die stille, kleine Sarah auch bemerken sollen, wenn sie die ganze Zeit ihre Schwiegermutter bei sich hatte, die schöne, blinde, intelligente, willensstarke Caroline Kelling?

Aber heute war sie nicht mehr die kleine Sarah. Der plötzliche Tod ihres Mannes und die unerwarteten Probleme hatten ihr Leben verändert – sehr verändert, wenn auch nicht vollkommen, denn sonst stünde sie heute nicht hier mit einem Glas Wermut in der Hand, das nicht in die Martinis geschüttet worden war, und würde sich nicht fragen, warum sie eigentlich nicht den Mut aufbrachte, Pussy ordentlich die Meinung zu sagen.

Tante Appie amüsierte sich jedenfalls hervorragend. Sie hielt einen von Miffys grauenhaften Cocktails in der Hand und nippte mit einem Ausdruck höchsten Wohlbehagens daran, während sie eine Gruppe von Freunden mit einem detaillierten, von Seufzern unterbrochenen Bericht von Onkel Samuels letzter Krankheit unterhielt. Sie würde sicherlich ihrerseits ebenfalls mit vertraulichen Beschreibungen des schrecklichen Siechtums und stillen Ablebens von anderen Mitgliedern der alten Garde beglückt werden, je nachdem, wie es sich zugetragen hatte. Man würde sie mit Einladungen zu dieser und jener Veranstaltung überschütten, und niemand würde sonderlich betroffen darüber sein, wenn Appies Nichte Sarah zu beschäftigt war, sie zu begleiten.

Sarah hoffte nur, daß ihre Tante nicht vergaß, daß sie keinen Wagen hatten, mit dem sie sich hin- und herkutschieren lassen konnte wie mit einem Taxi. Sie wußte nur zu gut, was Cousin Lionel davon halten würde, sein kostbares Benzin zu verschwenden, weil er seine Mutter von einer Abendgesellschaft oder Feier zur nächsten befördern mußte, und Sarah wollte auf keinen Fall, daß Max eingespannt würde, um Appie zu fahren.

Da der gesamte Kelling-Clan bei Alexander seine Probleme abgeladen und er seiner Mutter als Blindenhund gedient hatte, hatte er schließlich für alle Zeit gehabt, nur für seine Frau nicht. Mit dem nächsten Mann, den sie heiratete, würde ihr das nicht passieren. Außerdem schien Max sowieso wenig Interesse daran zu haben, eine Art universale Vaterfigur zu werden. Sie dachte daran, was er wirklich wollte, und errötete, denn sie hatte ja in bestimmter Hinsicht ein recht behütetes Leben geführt.

»Warst du in der Sonne, Sarah?«

Einen Moment lang konnte Sarah den großen Mann mit dem wettergegerbten Gesicht und dem sonnengebleichten Haar nicht richtig einordnen. Dann entschied sie, daß es einer der Larrington-Brüder sein müsse. Hatte nicht irgend jemand neulich erwähnt, daß einer der Zwillinge sich hatte scheiden lassen? War es Fren oder Don gewesen?

Der Mann, der jetzt vor ihr stand, mußte jedenfalls Fren sein, denn Don trug immer seine Lieblingskrawatte mit dem Schweinchenmuster, man munkelte sogar, daß er sie auch beim Duschen anbehielt.

»Hallo, Fren«, antwortete sie auf gut Glück. »Nein, ich bin noch nicht lange genug in Ireson's Landing, um mich sonnen zu können. Es muß vom Wind kommen, von der heißen Luft hier. Wieso bist du denn nicht auf deinem Boot?«

»Es bekommt gerade den Rumpf abgekratzt.«

»Klingt ja scheußlich. Hoffentlich leidet es nicht zu sehr.«

»Wenn hier einer leidet, dann bin ich es. Mein Gott, Sarah, hast du eine Ahnung, wie teuer es heutzutage ist, ein Boot zu unterhalten?«

»Nein, und ich möchte es auch gar nicht wissen. Ich weiß nur zu gut, was all die anderen Sachen kosten.«

»Stimmt ja. Alexander hat dich auf dem Trockenen zurückgelassen, nicht? Muß ja ein schöner Schock für dich gewesen sein. Hab' gehört, du hast eine Pension oder irgend so ein verdammtes Ding aufmachen müssen, um dich über Wasser zu halten. Das gibst du sicher jetzt wieder auf, wo du Walters Geld in die Finger bekommen hast.«

»Warum sollte ich? Es macht mir Spaß, und ich kann die Steuern damit bezahlen.«

»Aber warum in Gottes Namen muß es denn eine Pension sein? Ist bestimmt gräßlich, einen Haufen wildfremder Leute überall im Haus zu haben.«

»Es handelt sich keinesfalls um einen Haufen wildfremder Leute«, informierte ihn Sarah ziemlich gereizt. »Bei mir wohnen Cousin Brooks und seine Frau, die alte Mrs. Gates aus Chestnut Hill, ein Buchhalter, der bei Cousin Percy arbeitet, und eine von Mrs. LaVallieres Enkelinnen.«

Fren zuckte die Achseln. »Dann hat Miffy mal wieder alles falsch verstanden. Sie hat mir nämlich erzählt, du hättest das ganze Haus voll Juden aus Lynn oder Chelsea.«

»Nur einen, und er ist aus Saugus.« Sarah wollte Fren nicht merken lassen, wie wütend sie war. »Und es handelt sich dabei um Max Bittersohn, er steht dort drüben an der Tür. Der Mann mit dem intelligenten Gesicht.«

Max hob sich in seinem leichten Blazer und der sorgfältig gebügelten Flanellhose wirklich auffällig ab von den ihn umgebenden nackten haarigen Beinen und schmutzigen Segelschuhen. Das hatten offensichtlich auch einige der anwesenden Damen festgestellt. Der Ausdruck auf ihren Gesichtern überraschte Sarah kaum, obwohl es erstaunlich war, wenn man bedachte, wer einige der weiblichen Wesen waren.

Max war inzwischen sicher daran gewöhnt, Hahn im Korb zu sein. Jedenfalls trug er weiterhin das höfliche, starre Lächeln zur Schau, das Sarah verriet, daß er sich bereits langweilte und sich schon fragte, warum er sich bloß hatte breitschlagen lassen herzukommen. Während Fren weiter über Klüverbäume und Achterstangen faselte, stand Sarah da und überlegte, wie schnell sie sich wohl aus dem Staub machen konnten, ohne unhöflich zu sein. Sie hatte gerade beschlossen, daß es unmenschlich war, Max hier auch nur einen Moment länger leiden zu lassen, als Alice B. mit einem Tablett hereinschwirrte, das mit irgend etwas Heißem und zweifellos Exotischem beladen war.

Sie bewegte sich immer so mechanisch, als ob man sie aufgezogen hätte, dachte Sarah. Sie selbst konnte sich noch daran erinnern, wie Alice B., die Namensgleichheit mit Alice B. Toklas war offenbar beabsichtigt, aufgetaucht war, um mit Miffy zu leben. Ein paar Intellektuelle in der Clique hatten daraufhin versucht, Miffy Gertrude zu nennen, selbstverständlich nach Gertrude Stein, doch daraus war nichts geworden. Miffy war und blieb Miffy, und damit basta.

Keiner wußte genau oder scherte sich großartig darum, welche Art von Beziehung Miffy und Alice B. miteinander verband. Sogenannte Bostoner Ehen zwischen finanziell unabhängigen Frauen, die entweder keine Männer mochten oder es nicht schafften, von ihnen gemocht zu werden, gab es hier schon seit ewigen Zeiten. Miffy hatte immer viel von kurzgeschorenem Haar und Egozentrik gehalten, während Alice B. ein Faible für ausgefallene Kleidung und exotische Rezepte hatte, und vom Kochen verstand sie wirklich etwas, das mußte man ihr lassen.

Tante Appie biß gerade wieder herzhaft in die von Alice B. für diesen Anlaß ersonnene Köstlichkeit und rief: »Superduper köstlich!«

Max wäre da anderer Meinung, wie Sarah sofort feststellte, als sie eines der Dinger probierte und die Füllung in dem luftigen Teig als eine Mischung aus pürierten Meeresfrüchten und Schlagsahne identifizierte. Max haßte Schalentiere und konnte schwere Speisen jeglicher Art nicht vertragen. Sie mußte ihn unbedingt warnen. Alice B. würde einen Riesenaufstand machen, wenn er nur einmal hineinbeißen und den Rest liegenlassen würde. Als Bradley Rovedock hereinkam und Fren sich ihm zuwandte, um sich über die unverschämten Kosten des Unterseitenabkratzens zu beschweren, nutzte sie die Gunst der Stunde, um sich davonzustehlen und auf die andere Seite des Zimmers zu schlendern.

Es tat ihr leid, daß sie keine Gelegenheit hatte, ein paar Worte mit Bradley zu wechseln, den sie schon immer gemocht hatte, doch sie durfte keine Zeit verlieren. Alice B. hatte sich inzwischen in die Frauengruppe eingereiht, die Max umschwärmte, und verteilte ihre Pasteten, zuckte mit ihrer spitzen, kleinen Nase mal hierhin, mal dorthin, und schnüffelte nach irgendwelchen Neuigkeiten, die man intensiver erforschen oder schnellstens weitergeben konnte.

Alice B. vergaß niemals ein Gesicht, einen Namen oder eine Skandalgeschichte. Allerdings wartete sie stets den denkbar ungünstigsten Augenblick ab, um freizügig auszuposaunen, was sie entdeckt oder gehört hatte. Es fiel ihr auch nie im Traum ein, daß sie sich vielleicht geirrt oder etwas falsch verstanden haben könnte. Zweifellos war es Alice B. gewesen und nicht Miffy, die das Gerede in Umlauf gebracht hatte, daß Sarah ihr ganzes Haus voll von Gott weiß wem aus Lynn hatte. Als Alice B. Max genau gegenüberstand, schlug sie ihre runden, dunklen Vogelaugen zu ihm auf und blickte ihn lange nachdenklich an. Dann sagte sie triumphierend: »Ich kenne Sie. Sie sind doch der Bittersohn-Junge. Was ist eigentlich aus dem Mädchen geworden, mit dem Sie damals zusammengelebt haben? Becky, hieß sie, glaube ich. Oder Bertha?«

Sarah bemerkte, wie sich Max Bittersohns Kiefermuskeln anspannten, doch seine Stimme klang ruhig. »Ihr Name war Barbara. Als ich zuletzt von ihr gehört habe, lebte sie in der Schweiz.«

»Was machte sie denn da?«

»Das weiß ich nicht.«

Das ging zu weit. Es war höchste Zeit, daß Sarah einschritt.

»Ich wette, du weißt auch nicht, daß es schon so spät ist«, sagte sie. »Wir sollten besser gehen, Max. Du hast mir doch versprochen, mich noch vor sechs nach Hause zurückzubringen.«

»Warum?« wollte Alice B. wissen.

Sarah ignorierte sie völlig. Max stellte sein Glas, das er kaum berührt hatte, irgendwo ab.

»Kommt deine Tante auch mit?«

»Ich nehme an, sie wird lieber noch ein bißchen bleiben. Bist du so nett und kümmerst dich darum, daß sie jemand nach Hause fährt, wenn sie gehen möchte, Alice B.? Danke für die Pastete mit den Meeresfrüchten. Sie war hervorragend.«

»Mr. Bittersohn hat noch gar keine davon probiert.«

Alice B. verstellte ihnen immer noch den Weg mit ihrem beinahe leeren Tablett. Sarah nahm eine der wenigen übriggebliebenen Pasteten und schlängelte sich geschickt an ihr vorbei.

»Er kann sie auf dem Heimweg essen. Ich muß mich jetzt wirklich beeilen. Sag bitte Miffy auf Wiedersehen von mir.«

Sie verließen das Haus und setzten sich in den Wagen, ohne auch nur ein Wort miteinander zu wechseln. Nachdem sie das Dorf verlassen hatten, öffnete Sarah ihr Fenster und warf die Pastete hinaus in die Büsche.

»Den Stinktieren wird es sicher hervorragend schmecken«, bemerkte sie. Selbst in ihren eigenen Ohren klang ihre Stimme so, als sei sie gerade im Begriff zu ersticken.

»Ich weiß, was du denkst«, stieß Max hervor.

»Ich hätte es eigentlich lieber von dir selbst erfahren als von Alice B. Im übrigen geht es mich natürlich überhaupt nichts an.«

»Sei doch bloß nicht so verdammt höflich! Ich hätte es dir schon vor Monaten erzählt, wenn ich gedacht hätte, daß es für uns irgendwie wichtig wäre. Aber ich habe Barbara seit zwölf Jahren nicht mehr gesehen, Herr des Himmels!«

»Und wie – « Nein, das konnte sie ihn unmöglich fragen.

Doch sie brauchte überhaupt nicht weiterzusprechen. Wie immer wußte Max genau, was sie sagen wollte. Er fuhr von der Straße herunter und hielt an.

»Wir bringen die Sache am besten sofort hinter uns, Sarah. Okay, in meinem Beruf treffe ich unweigerlich hin und wieder ein paar reiche, gelangweilte Damen, die der Meinung sind, sie hätten sich einen Zuchthengst engagiert und keinen Privatdetektiv. Und da du es unbedingt wissen willst: So einer bin ich nicht! Ich schlafe nicht mit meinen Klientinnen und auch nicht mit den Frauen meiner Klienten. Das ist einfach nicht mein Stil. Und das gilt auch für alle Verdächtigen, denn ich bin schließlich kein verfluchter Narr. Das heißt natürlich nicht, daß ich ein Heiliger bin wie dein wundervoller Alexander.«

»Laß bitte Alexander aus dem Spiel, Max. Du brauchst mir gar nichts zu erzählen, wenn du nicht willst.«

»Natürlich will ich, verdammt noch mal. Was meinst du wohl, was diese Frau deiner lieben Familie gerade noch alles über mich erzählt?«

»Diese Leute sind mir völlig gleichgültig.«

»Deine Tante gehört immerhin auch zu ihnen, oder etwa nicht?«

»Tante Appie denkt nie schlecht von anderen.«

»So ein Unsinn! Du sicher auch nicht, was? Sag ruhig, daß du dich schon fragst, auf was um alles in der Welt du dich da eingelassen hast.«

»Ich habe mich auf gar nichts eingelassen.«

»Da hast du allerdings recht. Das hast du wirklich nicht.«

»Max, das hat doch nichts mit dir zu tun. Das habe ich dir schon tausendmal erklärt. Es ist – also gut, erzähl mir von dieser Barbara, wenn du dich danach besser fühlst. Wer war sie?«

»Eine Studentin, die ich an der Boston University kennengelernt habe, als ich an meiner Doktorarbeit schrieb. Sie machte gerade ihren Magister in Kunstgeschichte, daher sind wir uns natürlich dauernd begegnet.«

»Dann ist es also schon eine Weile her.«

»Das habe ich dir ja gesagt.«

»Ach, hör doch auf! Wie alt warst du genau?«

»23.«

»Ist das nicht schrecklich jung, um eine Doktorarbeit zu schreiben?«

»Ich habe geschuftet wie ein Idiot, wenn du es genau wissen willst. Ich mußte diesen Abschluß einfach haben.«

»Hattest du damals schon zu arbeiten angefangen?«

»Ja, in kleinerem Rahmen. So haben Barbara und ich uns auch kennengelernt. Sie hatte einen Teilzeitjob in einer der Galerien in der Newbury Street und ein kleines Apartment im selben Haus, das sie mit einer Studentin teilte. Ich mußte zufällig ein paar Sachen für die Galerie erledigen, und sie lud mich immer zu einem

Drink ein, wenn sie mich dort sah. Und so hat sich dann irgendwie alles entwickelt.«

Max fühlte sich sichtlich unbehaglich. »Jedenfalls ist die Mitbewohnerin irgendwann ausgezogen, und ich bin eingezogen. Da hatte ich bereits promoviert und konnte richtig anfangen zu arbeiten. Ich habe genug verdient, um die Miete und die Brötchen zu bezahlen, also hat Barbara ihren Job aufgegeben, weil die Bezahlung sowieso lausig war, und angefangen, mir zu helfen. Sie arrangierte Termine, verschickte die Rechnungen, behielt die Kosten im Auge, machte ein paar Recherchen und nahm mir eine Menge Kleinkram ab, so daß ich mehr Aufträge übernehmen konnte. Sie war intelligent, hatte die richtige Ausbildung und kannte ein paar Leute durch die Galerie. Und sie war verrückt nach mir. Junge, war die verrückt nach mir!«

Seine Lippen zuckten. »So war das damals. Hand in Hand marschierten wir also auf der Straße des Lebens; ich machte mir Gedanken darüber, wie ich am schnellsten das Geld für eine Heiratserlaubnis zusammenkratzen konnte, und Barbara erklärte mir, daß das Nebensache sei, denn wir seien das ideale Traumpaar, ein Herz und eine Seele, und schlug vor, zum Abendessen ins Ritz zu gehen, wenn wir es uns schon nicht leisten konnten zu heiraten.«

»Also auf die Idee wäre ich bestimmt nicht gekommen«, bemerkte Sarah, um die Sache für ihn irgendwie etwas leichter zu machen.

»Was sollte ich denn schon machen?« stieß er hervor. »So wollte sie es eben, und damals war ich nicht in der Lage, es zu ändern. Jedenfalls lief eine Zeitlang alles recht gut. Mit Barbaras Unterstützung konnte ich ein paar wirklich gute Aufträge annehmen. Und dann bekam ich die Chance meines Lebens. Ich hörte von einem höchst sympathischen Lebenskünstler, der sich die Zeit damit vertrieb, reiche Sammler aufzuspüren und sie zu überreden, ihre überzähligen Kunstwerke Museen und Colleges zu stiften und dadurch Unmengen an Steuergeld zu sparen. Und er selbst bekam dafür ein bißchen Geld für seine Vermittlertätigkeit.«

»Aber Max, das ist doch nichts Ungesetzliches, oder? Ich weiß, daß auch Cousin Percy dem Worcester-Museum einen Bierstadt geschenkt hat, und außer Cousine Mabel hat sich keiner daran gestört.«

»Ja, sicher, aber ich nehme an, daß der Bierstadt, den dein Cousin dem Museum gegeben hat, auch der Bierstadt war, den das Museum bekommen hat. Der Typ damals hat die Sache aber so eingefädelt, daß die Spender zwar den vollen Wert der Originale von der Steuer absetzten, aber die Beschenkten früher oder später herausfanden, daß man ihnen eine Fälschung untergeschoben hatte. Daraus ergaben sich einige peinliche Situationen. Die ursprünglichen Besitzer hatten Angst, für seine Komplizen gehalten und der Steuerhinterziehung verdächtigt zu werden, obwohl sie doch nur in gutem Glauben gehandelt hatten. Die Museen waren verständlicherweise sauer, weil sie nicht das bekommen hatten, was man ihnen versprochen hatte, aber sie trauten sich nicht, zu lautstark zu protestieren, um nicht wie die Idioten dazustehen und andere mögliche Gönner gegen sich aufzubringen. Unser Freund ließ also einfach die Gemälde kopieren, brachte die Fälschung als Original an den Mann und behielt das richtige Bild. Ich beschloß, mich mit dem Fall auf eigenes Risiko zu befassen, in der Hoffnung, daß ich meine Ausgaben von einigen der Leute, die er betrogen hatte, wieder erstattet bekommen würde. Ich dachte, es wäre eine gute Werbung für mich, wenn ich ihn wirklich überführen würde. Ich habe viel Zeit und Geld dafür geopfert, um Spuren zu verfolgen und Beweismaterial zu sammeln, obwohl ich es mir gar nicht leisten konnte. Barbara kannte jeden Schritt, den ich machte, sie hat uns sogar einen gebrauchten Safe gekauft, damit wir darin die Beweisstücke sicher lagern konnten.«

Er schwieg wieder. »Und was ist dann passiert?« fragte Sarah.

»Und dann, gerade als ich bereit war, die Falle zuschnappen zu lassen, hat Barbara den Safe aufgeschlossen, das Beweismaterial herausgenommen und dem Kerl als Hochzeitsgeschenk überreicht. Die Flitterwochen haben sie in Zürich verbracht. Das nehme ich jedenfalls an. Von dort stammte nämlich der Stempel auf dem Umschlag, den sie mir schickte und in dem sich der Schlüssel für den leeren Safe befand.«

»Oh, Max! Und was hast du dann gemacht?«

»Na was schon! Mich selbst verflucht, weil ich so ein Trottel war, und wieder schlechtbezahlte Aufträge übernommen, damit ich wenigstens ein paar von den ausstehenden Rechnungen begleichen konnte. Seitdem habe ich allein gewohnt. Zufrieden?«

Er griff nach dem Zündschlüssel und ließ den Motor an.

Kapitel 4

Vielleicht hätten sie die Situation gemeinsam klären können, wenn Appie Kelling eine halbe Stunde länger auf der Party geblieben wäre. Max hatte das Kaminfeuer angezündet, um die Abendkühle zu vertreiben. Sarah hatte zwei trinkbare Whiskeys gemixt und einen einfachen Snack aus Käse und Cracker vorbereitet, was Max am liebsten aß. Sie hatten es sich gerade bequem gemacht, um sich noch einmal in aller Ruhe über die ganze Angelegenheit zu unterhalten, als Appie hereinstürzte.

»Hallihallo, Kinderchen! Wo seid ihr denn? Ah, ein Treibholzfeuer, wie wunderbar! Und seht bloß mal, was ich euch mitgebracht habe!«

Was sie mitgebracht hatte, machte zögernd einen Schritt vorwärts. »Hallo, Sarah. Tut mir leid, daß ich hier so unangemeldet hereinschneie. Bei Miffy hatte ich keine Gelegenheit, mit dir zu reden, und als Appie mich eben eingeladen hat, konnte ich einfach nicht widerstehen.«

»Bradley, wie nett. Wir haben uns ja ewig nicht gesehen.«

Sarahs Begrüßung fiel weniger herzlich aus, als es wohl der Fall gewesen wäre, wenn sie nicht so ärgerlich darüber gewesen wäre, daß Bradley ausgerechnet in diesem Moment aufgetaucht war, und wenn Max nicht so wütend dreingeblickt hätte. Jedenfalls würde sie jetzt den Plausch mit Bradley Rovedock nachholen, den sie sich bei Milly hatte entgehen lassen müssen, ob es ihr nun paßte oder nicht.

Bradley war ungefähr in Alexanders Alter. Die beiden hatten als Jungen zusammen geangelt, gesegelt und Krabben gefangen und waren auch als Erwachsene noch locker miteinander befreundet gewesen. Bradley hatte zu den wenigen Personen gehört, die sich bei den langweiligen Treffen, bei denen Sarah sich immer so fehl am Platze gefühlt hatte, die Mühe gemacht hatten, mit der kleinen Sarah zu sprechen. Die seltenen Segeltörns mit seiner

34

Yacht Perdita waren unvergessene Höhepunkte ihrer Sommer-
aufenthalte in Ireson's Landing gewesen.

»Ich wollte unbedingt mit dir sprechen, Sarah. Ich hatte keine
Ahnung von der Sache mit Alex und Caro. Ich bin gerade erst
wiedergekommen.«

Er sagte nichts weiter, sondern drückte einfach mitfühlend
Sarahs Hand. »Es geht dir doch gut, oder? Du siehst jedenfalls
großartig aus, wenn ich das sagen darf.«

»Danke, Bradley. Du siehst auch gut aus.« Bradley sah natürlich immer gut aus. »Hast du übrigens schon meinen Mieter Max
Bittersohn kennengelernt? Er wohnt diesen Sommer im Kutscherhaus.«

Warum hatte sie das bloß gesagt? Hätte sie Max nicht einfach
als das vorstellen können, was er wirklich war? Er stand zwar auf,
um Bradleys Hand zu schütteln, doch Sarah merkte genau, daß es
ihm sehr schwerfiel, höflich zu bleiben. Aber warum sollte es ihm
bessergehen als ihr? Für sie war es auch nicht gerade ein Honig-
lecken, oder?

Wie hätte sie auch wissen können, daß Max durch ihre Schuld
bei Miffy in Schwierigkeiten geraten würde? Alice B. war bestimmt nicht darauf aus gewesen, ihn persönlich vor der ganzen
Gesellschaft bloßzustellen, Alice B. scherte sich einen feuchten
Kehricht um den Bittersohn-Jungen. Sie wollte damit Sarah treffen, das hätte er sofort durchschauen müssen. Nicht, daß es Sarah
etwas ausmachte, daß Max schon einmal mit einer Frau zusammengelebt hatte, bevor sie sich kennengelernt hatten. Warum
sollte sie das stören? Schließlich hatte sie ja auch mit einem anderen Mann zusammengelebt.

Aber das war etwas völlig anderes gewesen. Nun gut, sie war
eifersüchtig. Eifersüchtig auf die weibliche Freibeuterin, die damals mit dem jungen Max Bittersohn in der kleinen Wohnung
über der Kunstgalerie geschlafen hatte, während die brave, kleine
Sarah Kelling sittsam auf Miffy Tergoynes schrecklichen Parties
ihre Zeit absaß und von allen übersehen wurde. Eifersüchtig auf
jene Barbara, die tun und lassen konnte, was sie wollte, gleichgültig, ob sie nun das Leben des Mannes, nach dem sie angeblich so
verrückt war, ruinierte oder nicht. Und Sarah Kelling Jahre später damit in Schwierigkeiten brachte, mit denen sie irgendwie
klarkommen mußte. Der Teufel sollte diese verdammte Barbara
holen!

Und auf Max war sie auch wütend, weil er ihr nicht vorher erzählt hatte, daß ihn eine geldgierige Frau hereingelegt hatte. Er wußte doch, daß Alexander jahrelang schweigend gelitten hatte, weil ihm etwas ähnliches passiert war. Und wie unglücklich Sarah dabei gewesen war, weil Alexander es für seine Pflicht gehalten hatte, die schreckliche Wahrheit von ihr fernzuhalten. Und auf Tante Appie war sie auch wütend, weil sie – nein, das war nicht fair, Appie Kelling konnte wirklich nichts dafür, daß sie eben Appie war. Und auf sich selbst ebenfalls, weil sie so verdammt feige und phantasielos war und ihr nichts Höfliches einfallen wollte, um diese beiden netten Menschen loszuwerden, so daß sie Max Bittersohn den Kopf zurechtrücken konnte, was er so verdammt dringend brauchte.

Gott sei Dank war Appie noch so sehr mit dem Besuch bei ihren Freunden beschäftigt, daß es Sarah erspart blieb, das Gespräch in Gang zu halten. Appie wandte sich immer wieder an Bradley, wenn sie sich an Einzelheiten nicht mehr erinnern konnte, was die meiste Zeit der Fall war. Er ergänzte jedesmal ihre Ausführungen, so gut es ging, auf seine angenehm lässige Art, die Sarah so vertraut war, als sei es für ihn keineswegs langweilig, sondern eine selbstverständliche Höflichkeit, auf die Appie ein natürliches Anrecht hatte und die er ihr gern zuteil werden ließ.

Sarah, der die Personen, über die gesprochen wurde, wenigstens bekannt waren, schaffte es, hin und wieder eine Bemerkung einzuflechten, um nicht unhöflich zu erscheinen. Max sagte so gut wie gar nichts. Als Appie versuchte, Bradley zu überreden, zu bleiben und mit ihnen zu Abend zu essen, war Sarah nicht überrascht, daß Max aufstand und sein leeres Glas so hart auf den Kaminsims stellte, als hätte er es am liebsten ins Feuer geschleudert.

»Nett, Sie kennengelernt zu haben, Rovedock«, sagte er mit einem kurzen Nicken.

»Sie wollen doch nicht etwa schon gehen?« rief Appie. »Ich hatte angenommen, daß Sie zum Essen bleiben würden. Es macht wirklich keine Umstände, ich brauche nur den Auflauf in den Herd zu schieben.«

»Tante Appie, das läßt du schön bleiben.« Sarah hoffte, daß ihre Stimme nicht zu laut geworden war, befürchtete allerdings das Gegenteil. »Ich habe dir bereits gesagt, daß du hier lediglich als Gast bist.«

»Sarah, Liebes, ich wollte doch nur – «

»Versuchen, dich nützlich zu machen, ich weiß. Wenn ich deine Hilfe brauchen sollte, werde ich keinen Moment zögern, dich darum zu bitten. Bis dahin halte dich bitte zurück. Gib ihr etwas zu trinken, Bradley, und sag ihr, sie soll sich benehmen. Max, soll ich dir etwas warm stellen, oder möchtest du einen kleinen Imbiß auf deinem Zimmer?«

»Mach dir wegen mir keine Umstände. Ich besorge mir schon was. Laßt euch das Abendessen gut schmecken.«

Weg war er. Tante Appies Redeschwall wurde dadurch allerdings nicht eingedämmt. Sarah ging in die Küche und knallte den Thunfischauflauf in den Backofen.

Vielleicht spürte auch Bradley, daß die Atmosphäre gespannt war. Als Appie aus persönlichen Gründen, wie sie es mädchenhaft verschämt ausdrückte, nach oben verschwand, griff er jedenfalls die Gelegenheit beim Schopf und sagte zu Sarah: »Hoffentlich hat mein Besuch nicht alle deine Pläne über den Haufen geworfen.«

»Ich hatte noch gar keine Zeit, welche zu machen«, erwiderte Sarah. »Max und ich sind erst heute nachmittag hier angekommen. Ich habe Tante Appie für nächste Woche erwartet, aber Miffy hatte die glorreiche Idee, sie anzurufen und zu überreden, jetzt schon herzukommen. Ich hatte nicht einmal Zeit, meine Zahnbürste auszupacken. Aber sag bitte Tante Appie kein Wort davon, in welche Verlegenheit sie mich gebracht hat, indem sie so früh gekommen ist. Sie würde entweder in Tränen aufgelöst nach Cambridge zurückeilen oder alles noch viel schlimmer machen, als es jetzt schon ist, indem sie versuchen würde, mitanzupacken und zu helfen. Im Moment kann ich beides nicht brauchen.«

»Arme, kleine Sarah. Ich finde es schrecklich, daß du Probleme hast. Es tut mir so furchtbar leid, daß ich nicht bei dir sein konnte, wo ich dir vielleicht hätte helfen können.«

Sarah hatte keine Lust, bei den Möglichkeiten der Vergangenheit zu verweilen. »Wo bist du denn diesmal gewesen?« fragte sie ihn. »Auf den Galapagos-Inseln?«

»Ich hab' mich hauptsächlich unten zwischen den Bahamas und den Antillen herumgetrieben, um dem Winter zu entkommen. Ein alter Mann wie ich spürt seine Knochen, weißt du.«

Sein Lächeln erinnerte an das von Alexander, dachte Sarah. Bradley Rovedock lächelte allerdings häufiger, aber schließlich hatte er auch viel mehr Gründe dazu. Er hatte genug Geld geerbt, um bequem davon leben zu können, und keinerlei Verpflichtungen. Die Mitglieder des Yachtclubs waren nicht gerade mit gutem Aussehen und Charme gesegnet, aber Bradley hatte mehr davon aufzuweisen als alle anderen, jetzt, wo Alexander nicht mehr lebte. Er hatte die wettergegerbte Haut eines Sportseglers, das gebleichte Haar, die Fältchen um die Augen, die man bekam, wenn man Tag für Tag, Jahr für Jahr stundenlang mit zusammengekniffenen Augen auf das Wasser schaute. Außerdem besaß er die schlanke Figur und die geschmeidige Haltung eines Mannes, der sich hauptsächlich im Freien aufhielt. Sarah, die bereits ihren zweiten Scotch trank, was bestimmt nicht gut für sie war, verspürte das Bedürfnis zu kichern.

»Was ist denn so lustig, kleine Sarah?«

»Ach, gar nichts«, antwortete sie. »Ich fürchte, ich bin ein kleines bißchen beschwipst. Ich dachte nur gerade an deine alten Knochen. Du wirst immer derselbe bleiben, Bradley.«

»Ist das jetzt als Kompliment oder als Kritik gemeint?«

»Momentan würde ich sagen, es ist ein Trost für mich.«

»Das freut mich.«

Er streckte die Hand aus und berührte mit den Fingerspitzen leicht ihren Handrücken. Dann kam Tante Appie nach unten, und es war Zeit für den Thunfisch. Nachdem sie gegessen hatten, verabschiedete sich Bradley, entweder aus Rücksicht oder weil er Angst vor einer zweiten Portion von Appies Auflauf hatte.

Das war das einzige, was wirklich für die Aufläufe ihrer Tante sprach, dachte Sarah, als sie nach dem Essen abwusch. Wenn sich erst einmal herumgesprochen hatte, daß Appie das Kochen besorgte, würde kein Mensch mehr eine Einladung zum Essen bei den Kellings annehmen. Alice B. würde Bradley bestimmt morgen über das, was er gegessen hatte, ausquetschen und aus dem, was er ihr nicht erzählte, die richtigen Schlußfolgerungen ziehen.

Sogar Appie selbst hatte sich um einen Nachschlag gedrückt, indem sie Alice B.s Pasteten als Vorwand angeführt hatte. Sarah stellte die noch fast volle Auflaufform nach draußen, damit irgendein anspruchsloses Nachttier sie leer fressen konnte, und blickte den Hügel hinunter, um zu sehen, ob im Kutscherhaus schon Licht brannte. Nein, Max war noch nicht zurück. Wahrscheinlich führte er gerade irgendwo ein Vorstellungsgespräch mit einer neuen Assistentin. Warum hatte er ihr bloß nichts von der Sache erzählt?

Weil er immer noch nicht verwunden hatte, daß Barbara ihn verlassen hatte, nahm sie an. So waren die Männer eben. Sie verdrängten alles, bis man nichts mehr davon merkte, und taten so, als ob es ihnen nicht das geringste ausmachte. Frauen konnten wenigstens weinen und sich beschweren oder eine richtige Szene machen. Genau danach war Sarah im Moment auch zumute.

Aber das würde ihr bestimmt nicht viel nutzen. Tante Appie würde auf der Stelle mit heißer Milch und Senfpflastern herumschwirren oder mit irgendwelchen anderen Scheußlichkeiten, und Max würde nicht einmal davon wissen, weil er irgendwo mit Gott weiß wem herumsaß.

Vielleicht verband er tatsächlich nie Sex und Geschäft miteinander, wie er behauptet hatte, aber Sarah glaubte nicht eine Sekunde lang, daß er seit Barbaras Verschwinden ganz allein geblieben war. Vielleicht hatte er gar nicht so sehr gelitten, wie er in den letzten Monaten vorgegeben hatte, als er sich angeblich so sehr danach sehnte, daß die junge Witwe Kelling endlich aufhören würde, Dingen nachzutrauern, die sie sowieso nie gehabt hatte.

Sarah war schließlich nicht dumm. Inzwischen war ihr ziemlich klar geworden, daß sie immer noch verzweifelt an etwas festhielt, das es nie gegeben hatte, an einer Ehe, die zwar sieben Jahre gedauert hatte, aber doch nie eine richtige Ehe gewesen war. Alexander hatte einfach zu sehr unter den tragischen Ereignissen gelitten, über die er nie gesprochen hatte, um sich den Dingen zuzuwenden, die bei anderen Menschen normalerweise eine Ehe ausmachten. Sarah hätte selbst eine Affäre haben können, dachte sie. Alexander hätte es sicher niemals gemerkt, und wenn doch, hätte er es ihr sicher nicht übelgenommen.

Aber sie hatte keine Affäre gehabt, und mit Max Bittersohn hatte sie ebenfalls nichts derartiges im Sinn. Von flüchtigen Beziehungen hielt sie nicht viel, und das war es auch nicht, was Max wollte. Jetzt verstand sie, warum er so darauf drängte, den sogenannten Bund fürs Leben zu schließen. Oder wenigstens bisher getan hatte, genauer gesagt bis heute nacht. Gab es überhaupt einen Mann, dessen Leidenschaft einen derartigen Sommer überstehen konnte, wie er sich abzuzeichnen begann?

Sarah konnte es Max nicht verübeln, daß er vor Tante Appie und Bradley Rovedock geflüchtet war. Wenn sie klug gewesen wäre, wäre ihr sicher eine gute Entschuldigung eingefallen, um mit ihm zu gehen. Wenn er das überhaupt gewollt hätte. Vielleicht brauchte Max nur ein wenig Zeit, um allein zu sein und alles zu überdenken. Allerdings stellte sie sich besser nicht vor, wie seine Gedanken wohl aussahen, sonst tat sie sicher die ganze Nacht kein Auge zu. Sarah ging zurück ins Haus, räumte die Küche auf und setzte sich zu Tante Appie und dem Familienalbum.

Kapitel 5

Lange, nachdem Tante Appie sich ins Bett gegähnt hatte, saß Sarah immer noch unten und erledigte die Arbeiten, die sie vorher nicht hatte machen können, wobei ihr Blick weitaus häufiger zum Kutscherhaus wanderte, als ihr lieb war. Das Licht draußen brannte, doch im Inneren des Hauses blieb es dunkel. Schließlich gab sie auf und ging ins Bett.

Die neue Matratze war äußerst bequem, und der Klang der Wellen, die gegen die Klippen schlugen, hätte eigentlich beruhigend wirken müssen. Doch es dauerte recht lange, bis Sarah endlich einschlief, und noch immer war kein Auto die Auffahrt hochgefahren. Sie wachte später auf, als sie geplant hatte, und auch dann nur, weil Appie ihr eine tropfende Tasse mit lauwarmem Tee unter die Nase hielt.

»Überraschung!« trällerte sie fröhlich. »Ich bin mit den Hühnern aufgestanden und habe mit den Möwen und den Seeschwalben geplaudert. Was für ein herrlicher Morgen! Du bleibst jetzt liegen und trinkst brav deinen Tee, Liebes. Ich sause nach unten in die Küche und mache uns ein paar leckere Pfannkuchen.«

»Das läßt du schön sein.« Wie Appie es schaffte, etwas so Dünnes wie einen Pfannkuchen stets außen schwarz anbrennen zu lassen, während er innen flüssig blieb, war ein Geheimnis, das Sarah niemals hatte enträtseln können, und sie verspürte nicht die geringste Lust, damit an diesem Morgen konfrontiert zu werden.

»Cousine Theonia hat ein köstliches Früchtebrot gebacken, das gegessen werden muß, bevor es zu trocken wird. Außerdem darf außer mir keiner auch nur einen Fuß in die Küche setzen. Befehl des Käptens, Tante Appie. Vergiß das bitte auf keinen Fall, sonst hetze ich dir einen Schwarm Möwen auf den Hals, die dich mit Muschelschalen bombardieren. Klingelt da nicht das Telefon? Kannst du bitte rangehen, wenn du so darauf brennst, dich nützlich zu machen? Falls es für mich ist, sag bitte, man möchte sich einen Moment gedulden, ich käme sofort.«

»Aye, aye, Käpten.«

Überglücklich, etwas tun zu können, egal, was es auch war, flitzte Appie von dannen. Sarah begab sich kurz ins Badezimmer, bespritzte sich das Gesicht mit kaltem Wasser, denn es gab kein warmes, und so würde es auch bleiben, bis sie kapitulieren und den Boiler anstellen würde, und schlüpfte in ihre alte Cordhose und einen Pullover, da der Morgen noch reichlich kühl war.

Während sie nach unten eilte, fragte sie sich, ob Max wohl angerufen hatte. Seit letztem Januar, als er in das Kellerzimmer in ihrem Haus in der Tulip Street eingezogen war, hatte sie sich daran gewöhnt, daß er das Haus sang- und klanglos verließ, um dann aus Mexico City oder sonstwo anzurufen und ihr mitzuteilen, er könne nicht zum Abendessen kommen. Er hatte ihr zwar gesagt, momentan liege nichts Dringendes an, doch das bedeutete nicht, daß er sich nicht inzwischen etwas Neues an Land gezogen hatte.

Tante Appie machte jedoch keine Anstalten, sie ans Telefon zu rufen. Als Sarah unten ankam, legte Appie die Hand über die Sprechmuschel und zischte: »Es ist Miffy.«

Ein Glück. Das bedeutete möglicherweise, daß Miffy ihre Tante zum Essen und Bridgespielen oder etwas ähnlichem einlud. Sarah schlüpfte in die Küche und begann Kaffee zu kochen. Sie konnte von hier aus wegen des Hangs und der Bäume das Kutscherhaus nicht besonders gut sehen, doch immerhin konnte sie erkennen, daß draußen kein Licht mehr brannte, und sie glaubte sogar, auch sein Auto durch die Blätter erkennen zu können.

Es wäre zwecklos, jetzt das Frühstück für ihn zu machen. Die Küchenuhr, die Mr. Lomax aufgezogen und in Gang gesetzt hatte, zeigte erst halb neun. Max stand niemals besonders früh auf, und der Himmel allein wußte, wann er letzte Nacht nach Hause gekommen war. Früher oder später würde er schon auftauchen, es sei denn, er war immer noch sauer.

Vielleicht sollte sie doch einen kleinen Spaziergang zum Kutscherhaus machen, nachdem sie sich eine Tasse Kaffee einverleibt hatte, und ihm ein Sträußchen Vergißmeinnicht vor die Tür legen. Aber warum sollte immer sie den ersten Schritt tun? Es war schließlich Max gewesen, der – nein, es war Alice B. gewesen, die den Keil zwischen sie beide getrieben hatte, und zwar aus reiner Bosheit. Wenn Alice B. oder Miffy annahmen, daß

42

Sarah Kelling je wieder eine ihrer Parties besuchen würde, hatten sie sich getäuscht. Sie stellte gerade Theonias appetitliches Früchtebrot auf den Tisch, als Appie in die Küche kam.

»Sarah?«

»Nimm dir einen Stuhl. Der Kaffee ist so gut wie fertig. Ich muß nur noch eben – Tante Appie, was ist denn los?«

»Es war Miffy.«

»Ich weiß. Du hast es mir doch eben schon gesagt. Was ist passiert? Ist sie etwa krank?«

»Es ist wegen Alice B. Sie ist tot.«

»Das ist doch nicht dein Ernst! Wie ist das denn möglich? Sie hat doch gestern noch völlig gesund ausgesehen. War es ein Herzschlag?«

»Vermutlich war es die Axt.«

»Die was?«

»Die Axt. Die vom Holzstoß, weißt du. Miffy und Alice B. kommen immer so früh nach Ireson Town und fahren erst wieder so spät–«

»Tante Appie, willst du damit sagen, sie hat selbst Holz gehackt und sich dabei so schwer verletzt, daß sie – nein, das kann nicht sein, oder? Irgend jemand hat sie–«

»Ich glaube nicht, daß sie jemand richtig zerhackt hat, Liebes. Jedenfalls nicht in Stücke. Sonst hätte Miffy ja nicht gewußt, daß es Alice B. war, nicht? Oh, Sarah!«

Nicht einmal Appie konnte nach einer derartigen Schreckensnachricht weiterhin froh und munter sein. Sie setzte sich an den Tisch und vergrub ihr Gesicht in der karierten Serviette, die Sarah für sie hingelegt hatte.

Sarah holte den Whiskey und goß ein Schlückchen in ein Saftglas.

»Hier, trink das. Ich mache dir einen schönen, heißen Kaffee.«

»Sarah, Liebes, ich brauche keinen–«

»Doch, und ob du den brauchst. Du stehst noch immer unter Schock.«

»Und was ist mit dir?«

»Ich bin an derartige Dinge gewöhnt«, teilte Sarah ihr grimmig mit. »Außerdem hast du Alice B. gemocht.«

»Aber natürlich, Liebes. Jeder hat sie gemocht.«

»Ich jedenfalls nicht.«

»Aber mit Alice B. hatte man immer so viel Spaß!«

43

»Alice B. war ein bösartiges altes Weib. Ihr Sinn für Humor bestand darin, anderen Menschen einen Dolch zwischen die Rippen zu bohren, wenn sie nicht damit rechneten.«

»Sarah, wie kannst du nur so etwas sagen?«

»Weil es zufällig genau der Wahrheit entspricht. Daß sie ermordet wurde, macht sie kein bißchen liebenswerter. Jetzt ist sie lediglich keine aktive Bedrohung mehr für andere Menschen. Ich würde mich kaum wundern, wenn du die einzige Person wärst, die ihr wirklich nachtrauert. Und Miffy wahrscheinlich, weil Alice B. sie jetzt nicht mehr rund um die Uhr bedienen kann.«

»Oh, Sarah.«

Appie Kelling nippte an ihrem Kaffee, den Sarah vor sie hingestellt hatte, und murmelte automatisch: »Köstlich. Aber Liebes, das ist ja alles so schrecklich.«

»Das bestreite ich ja auch gar nicht. Mord ist immer furchtbar. Doch wenn es je einer darauf angelegt hat, ermordet zu werden, dann war das Alice B. Hat Miffy irgendeine Ahnung, wer es gewesen sein könnte?«

»Sie konnte kaum noch sprechen. Ich muß unbedingt zu ihr, Sarah. Du hast doch ein Fahrrad, nicht? Oder vielleicht würde mich der nette junge Herr, der im Kutscherhaus wohnt –«

»Max Bittersohn? Ich nehme an, daß er das unter diesen Umständen tun würde, aber ich habe keine Ahnung, wie spät er heimgekommen ist oder wie lange er schlafen möchte. Kannst du nicht jemanden von der Clique anrufen? Das Bahnhofstaxi brauchst du gar nicht erst zu bestellen, das braucht immer Stunden, bis es hier ist. Hat Miffy dir nichts Genaueres gesagt?«

»Soweit ich es verstanden habe, ist sie gegen fünf Uhr morgens nach unten gegangen, um sich ein Alka-Seltzer zu holen, weil sie oben in ihrem Medizinschränkchen keins finden konnte. Aus irgendeinem Grund ist sie ins Eßzimmer gegangen, und da lag Alice B. auf dem Boden in einer Lache von –«

Appie stärkte sich mit einem weiteren Schluck Kaffee. »Miffy sagt, daß es ein Einbrecher gewesen sein muß. Einen anderen Grund konnte sie sich nicht vorstellen, und in der letzten Zeit gab es viele Einbrüche hier.«

»In der letzten Zeit?«

»Natürlich. Sonst würden die Leute ja nicht immer noch davon sprechen, oder? Ich glaube, gestern haben sie die ganze Zeit von nichts anderem geredet. Pussy Beaxitt haben sie sogar das Roßhaarsofa ihrer Urgroßmutter gestohlen. Kannst du dir so etwas vorstellen? Sie sagt, die fahren einfach mit einem Möbelwagen vor und laden das Zeug ein, frech wie Oskar.«

»Hat Miffy dir erzählt, ob sie irgend etwas vermißt?«

»Sie war viel zu aufgeregt–«

Was soviel hieß wie viel zu betrunken, um klar denken zu können, dachte Sarah. Mit einer Leiche auf dem Fußboden konfrontiert, war Miffys instinktive Reaktion sicher der Griff nach der nächstbesten Ginflasche gewesen.

»Am besten gehst du sofort zu ihr«, sagte sie laut. »Man sollte Miffy im Moment wohl besser nicht allein lassen. Hier, iß ein Stück Kuchen, und trink noch eine Tasse Kaffee. Du kannst nicht mit leerem Magen hingehen, sonst wird dir bestimmt schlecht. Während du frühstückst, laufe ich schnell zum Kutscherhaus und sehe nach, ob Max schon wach ist. Vielleicht kann ich mir sein Auto leihen und dich selbst hinfahren.«

»Oh gut, dann kannst du bleiben und mir mit Miffy helfen.«

»Auf gar keinen Fall. Ich habe hier mehr als genug zu tun. Außerdem möchte Max seinen Wagen sicher bald zurückhaben.«

»Aber für eine alte Freundin wie Miffy könnte er doch–«

»Max hat Miffy gestern zum ersten Mal in seinem Leben gesehen, und ich wage zu bezweifeln, ob er sie jemals wiedersehen möchte.«

»Aber Alice B. kannte doch ihn und diese Tante von ihm oder wer das war, bei der er gewohnt hat. Ich habe nicht richtig verstanden, worüber sie gesprochen haben, aber ich habe genau gehört, daß Alice B. etwas über eine Frau namens Bertha gesagt hat.«

»Ah, tatsächlich? Da muß ich mich mal erkundigen. Komm, ich schneide dir noch ein Stück Kuchen ab. Dann rufst du vielleicht am besten Pussy an, wenn sie dir nicht zuvorkommt. Ich nehme an, daß die Leitungen gleich heißlaufen.«

Eigentlich hätte Sarah einfach im Kutscherhaus anrufen können. Die alte Verbindung, die früher von der Küche hinunter zum Kutscherhaus geführt hatte, gab es natürlich schon seit Ewigkeiten nicht mehr, aber Max hatte sofort einen Privatanschluß legen lassen, als sie beschlossen hatten, daß er die Wohnung beziehen würde. Aber sie wollte nicht mit ihm sprechen, wenn Tante Appie im Hintergrund zischelte, außerdem wäre es dumm, eine Fluchtmöglichkeit ungenutzt zu lassen.

Sarah fand es herrlich, an einem Morgen wie diesem draußen zu sein. Vom Boden stieg Nebel auf, und das nasse Gras berührte ihre nackten Knöchel, als sie den ungemähten Hügel hinunterlief, statt gesittet dem Fußweg zu folgen. Sie kam sich zwar niederträchtig vor, weil sie den schrecklichen Tod von Alice B. als eine persönliche Erleichterung empfand, aber sie hatte sich schließlich noch nie etwas vorgemacht, und allmählich hatte sie absolut genug davon, am Frühstückstisch zu sitzen und immer nur zu allen lieb und nett zu sein.

Besonders zu Leuten, die einfach in ihr Schlafzimmer platzten und ihr Tee auf den Hals tropfen ließen, noch bevor sie überhaupt die Augen geöffnet hatte. Sarah hatte gehofft, daß dies ein ganz besonderer Sommer werden würde, vielleicht war es ja sogar der letzte, den sie je in Ireson's Landing verbringen würde. Es war schon jetzt genügend schiefgegangen, weil wieder alle versuchten, ihre Pläne über den Haufen zu werfen. Tante Appie war zwar eine liebe Seele, aber sie war auch eine schreckliche Nervensäge. Wenn sie drüben bei Miffy war, statt ihr vor den Füßen herumzulaufen, würde das für sie eine echte Erleichterung bedeuten.

Inzwischen hatte Sarah das Kutscherhaus erreicht. Als sie versuchte, die Außentür zu öffnen, stellte sie fest, daß diese nicht abgesperrt war. Sie mußte Max unbedingt daran erinnern, sie richtig zu verschließen, dachte sie, aber viel Sinn hatte es sowieso nicht, denn hier unten gab es absolut nichts, was es wert wäre, gestohlen zu werden. Der obere Teil des Hauses war sicher abgeschlossen. Vermutlich wäre es besser gewesen, einen separaten Eingang für die Wohnung einbauen zu lassen, aber es gab nun einmal keinen, lediglich eine Treppe mit einem bemerkenswert eleganten Geländer mit geflochtenem Gitterwerk, die vom Inneren des ehemaligen Sattelraumes bis nach oben verlief.

Sarah hatte sich hier schon immer gern aufgehalten, besonders an regnerischen Tagen, wenn ihre Eltern im Haupthaus zu Besuch waren und sie das einzige Kind unter den Gästen war. Hier konnte man wunderbar Seilchen springen oder mit dem Ball spielen. Einmal hatte sie sogar versucht, das lackierte Geländer herunterzurutschen und dabei Splitter in ihren Po bekommen. Sie hatte stillschweigend gelitten, bis sie wieder zu Hause in Boston waren, und dann lieber die Köchin gebeten, die Splitter herauszuziehen, als der Mutter alles zu beichten und damit zu riskieren, daß man ihr verbot, weiter im Kutscherhaus zu spielen. Im gro-

46

ßen und ganzen war sie bestimmt in Ireson glücklicher gewesen als an allen anderen Orten, an die sie sich erinnern konnte.

Alexander übrigens auch. Hier hatte er sich endlich seinem geliebten Milburn widmen können. Hier hatte er Feuerholz hacken und Treibholz sammeln können, das wunderschöne blaue Flammen zauberte, wenn man es später in dem riesigen Steinkamin anzündete. Sie hatten Wildblumen gesucht und gepflückt und Vögel durch ein Fernglas beobachtet, das für Sarahs Augen immer neu eingestellt werden mußte, weil Alexander so viel älter war als sie.

Alexander konnte alle Vögel an ihren Stimmen erkennen, während Sarah sie nur unterscheiden konnte, wenn sie es schaffte, sie im Laubwerk zu entdecken und ihr Federkleid genau zu betrachten. Eigentlich hätte sie ihn jetzt besonders vermissen müssen, doch irgendwie war das Gegenteil der Fall.

Sie hatte während der letzten Wochen oft genug an ihn gedacht, wenn sie mit dem Zug hergekommen war, um den Tag mit Mr. Lomax zu verbringen und zu entscheiden, wo sie am besten den Salat und die Gurken pflanzen sollten, und die wenigen Möbel umzuräumen, die noch hier geblieben waren, ein paar Zimmer bewohnbar zu machen und sich zwischendurch eine Stunde davonzustehlen, um am Strand und auf der Landzunge herumzustreifen.

Aber selbst als sie hinaus auf das Meer schaute, aus dem Taucher damals seinen zerschmetterten Körper geborgen hatten, fühlte sie sich nicht traurig. Alexander hatte das Meer immer geliebt. Vielleicht war für ihn der letzte Tag seines Lebens sogar der glücklichste gewesen, bis zu dem Augenblick, als die Bremsen seines Milburn versagt hatten und er hinab auf die Felsen unterhalb des Steilufers gestürzt war, seine Mutter neben sich auf dem Beifahrersitz.

Der Tod der beiden war unabwendbar gewesen. Das wußte Sarah heute. Sie hätte nicht das geringste tun können, um den sogenannten Unfall zu verhindern, weil sie gar nicht gewußt hatte, warum irgend jemand es für nötig hielt, die beiden zu töten. Sie hatte es erst erfahren, als es bereits zu spät war. Vielleicht wäre es noch viel schlimmer als ein schneller Tod gewesen, wenn Alexander am Leben geblieben wäre und mit der fürchterlichen Wahrheit konfrontiert worden wäre, was sich nicht hätte vermeiden lassen. Alexander war jedenfalls tot, und selbst wenn sie ihn noch so sehr vermißte, würde das ihn nicht zurückbringen. Und hier war sie, aber wo war Max Bittersohn? Sie klopfte gegen die Tür im oberen Teil des Hauses.

»Max, ich bin's, Sarah. Bist du da?«

Sie hörte erst ein Brummen, dann ein dumpfes Geräusch, und schließlich öffnete sich die Tür, und sie wurde gegen eine hellblaue Pyjamajacke gedrückt.

»Wieso hast du denn die *Mischpoke* nicht mitgebracht?« knurrte Max in ihr Haar. »Du bist doch nicht etwa noch immer böse wegen gestern abend?«

»Weil du weggelaufen bist und mich Tante Appie und dem Familienalbum ausgeliefert hast?«

»Was soll ich erst sagen! Ich mußte mit meinem Onkel bis halb drei morgens Cribbage spielen!«

»Ich hoffe nur, er hat dir das letzte Hemd abgeknöpft.«

»Hat mich sieben Dollar und 42 Cent gekostet. Alles deine Schuld. Was verschafft mir übrigens die Ehre?«

»Ich bin geschäftlich hier, mach dir also bloß keine falschen Hoffnungen. Tante Appie muß zu Miffy Tergoyne gefahren werden.«

»Vielen Dank, ich hatte bereits das Vergnügen.«

»Du kannst auch sofort wieder weg. Setz sie einfach ab, und flüchte.«

»Aber ich muß sie doch sicher wieder abholen?«

»Nein. Sie bleibt bei ihr. Für wie lange, weiß ich nicht genau.« Sarah drehte an einem seiner Schlafanzugknöpfe. »Es ist leider wieder etwas Scheußliches passiert.«

»Wie scheußlich?«

»Ziemlich. Soweit ich verstanden habe, ist gestern nacht ein Einbrecher in das Haus eingedrungen und hat Alice B. mit der Axt vom Holzstoß erschlagen. Miffy ist außer sich, wie du dir sicher denken kannst. Sie kann im Moment nicht allein bleiben, und Tante Appie hat es gern, wenn man sie braucht, also will sie unbedingt da sein, bevor irgendein anderer barmherziger Engel sich findet. Könntest du dich bitte beeilen?«

»Lauf, und sag ihr, sie soll ihre Pfadfinderabzeichen einpacken. Ich komme, sobald ich meine Hose angezogen habe.«

48

Kapitel 6

Sarah lief zurück zum Haus. Tante Appie telefonierte gerade, wie man es hätte erwarten können, mit Pussy Beaxitt. Sarah berührte sie leicht an der Schulter.

»Max macht sich gerade fertig. Sag Pussy, daß du sie gleich von Miffys Haus aus anrufst.«

Appie, die von ihrem verstorbenen Ehemann einen gebieterischen Ton gewohnt war, gehorchte auf der Stelle.

»Ich muß jetzt aufhören, Pussy. Sarahs Bekannter fährt mich hin. Du könntest ja auch – ach, das wolltest du sowieso? Dann also bis später.«

Sie legte den Hörer auf. »Pussy muß erst noch zum Yachtausrüster, um ein paar Togglebolzen zu holen. Ich glaube, das hat sie gesagt, Togglebolzen. Jedenfalls kommt sie danach sofort zu Miffy. Oh Sarah, wenn ich an die arme, liebe Alice B. denke –«

»Hast du dir alles zurechtgelegt, was du brauchst? Und hast du inzwischen gefrühstückt?« Sarah hatte nicht vor, sich wieder Erinnerungen an die arme, liebe Alice B. anzuhören.

»Ja, Liebes. Alles gepackt und marschbereit. Dieses Früchtebrot ist einfach köstlich. Ich habe mir schon überlegt, ob du den Rest nicht vielleicht Miffy schenken möchtest.«

»Miffy wird es sowieso nicht essen, und Max hat noch nicht gefrühstückt. Ich übrigens auch nicht, fällt mir gerade ein. Außerdem ist drüben bestimmt noch massenhaft Essen übrig.«

Darüber hinaus hatte Miffy Tergoyne bedeutend mehr Geld für Lebensmittel als Sarah Kelling, und sie würde auf keinen Fall zulassen, daß Tante Appie hinging und mit Cousine Theonias liebevoll gebackenem Kuchen die gute Fee spielte. »Mach ihr doch einen Egg-Nogg, wie du es immer für Onkel Samuel getan hast.«

»Oh ja, das ist eine gute Idee! Der gute Sam hat auch immer gesagt, daß meine Egg-Noggs die besten sind.«

In Wirklichkeit hatte Onkel Sam damit sagen wollen, daß Appies Egg-Noggs weniger scheußlich waren als der übrige Fraß, den er hatte essen müssen, vor allem, weil ihre Großzügigkeit nicht zuließ, daß sie mit Brandy knauserte. Erinnerungen, besonders die von Appie Kelling, konnten manchmal auf barmherzige Weise die Wahrheit verklären.

»Also, Sarah, mach dir bitte keine Sorgen. Ich bin früh genug wieder zurück, damit du hier nicht allein zu schlafen brauchst«, war Appies Abschiedsgruß, als sie in Max' Wagen stieg. »Willst du nicht doch mitkommen und Miffy ein wenig Trost zusprechen?«

»Ich muß auf Mr. Lomax warten«, schwindelte Sarah. »Und du mach dir bloß wegen mir keine Gedanken. Hier gibt es rein gar nichts, was ein Einbrecher auch nur geschenkt haben wollte, und außerdem ist Max ja ganz in der Nähe. Ich habe kein bißchen Angst, also bleib am besten so lange bei Miffy, wie sie dich braucht. Ruf einfach an, wenn du frische Kleidung brauchst. Oder das Familienalbum«, fügte sie noch hinzu, als sich der Wagen bereits in Bewegung gesetzt hatte, und ging wieder ins Haus, um sich eine Tasse Kaffee einzugießen.

Sie warf einen sehnsuchtsvollen Blick auf Cousine Theonias Früchtekuchen, entschied jedoch, daß es gemütlicher wäre, zu warten und mit Max zu frühstücken. Ihr Kompromiß bestand schließlich darin, sich ein winziges Stückchen Früchtebrot abzuschneiden und gemeinsam mit dem Kaffee auf die Seitenveranda zu tragen, wo Mr. Lomax ein paar Adirondack-Stühle aufgestellt hatte, die dringend gestrichen werden mußten. Alexander hatte vorgehabt, sie in diesem Sommer abzuschmirgeln und neu zu lakkieren. Arbeiten wie diese, die Sorgfalt erforderten, hatten ihm immer viel Spaß gemacht. Vielleicht fand sie irgendwann die Zeit, sich der Sache selbst anzunehmen.

Vielleicht konnte sie aber auch Pete Lomax fragen, fiel ihr ein. Pete war von Beruf Anstreicher, das hatte sie jedenfalls gehört. Allerdings konnte er mit Arbeit nicht allzusehr eingedeckt sein, sonst hätte er nicht so viel Zeit übrig, um seinem Onkel zur Hand zu gehen. Wenn sie richtig darüber nachdachte, kam ihr das allerdings merkwürdig vor. Im Juni rissen sich die Hausbesitzer hier in der Gegend förmlich um Anstreicher, und daß die Familie Lomax gute Arbeit leistete, war allgemein bekannt. Pete schien auch recht kräftig zu sein, den seltenen Gelegenheiten nach zu beurteilen, bei denen Sarah ihn bisher gesehen hatte.

Vielleicht half er dem nicht mehr ganz jungen Hausverwalter aus reiner Herzensgüte, doch das konnte Sarah sich irgendwie nicht vorstellen. Pete schien kein Mensch zu sein, der für diese Art der Selbstaufopferung viel übrig hatte, und er konnte als Assistent seines Onkels nicht einmal annähernd so gut verdienen wie durch seine Arbeit als Anstreicher. Aber vielleicht mochten ihn einige Leute ebensowenig wie sie, so daß er Schwierigkeiten hatte, allein Aufträge zu bekommen. Sarah beschloß, daß sie eigentlich keine Lust hatte, ausgerechnet jetzt über Pete Lomax nachzudenken. Sie wollte im Moment an möglichst gar nichts denken. Wahrscheinlich befand sie sich in einem Zustand, den ein belesener Besucher einmal als thalassale Regression bezeichnet hatte, jene wunderbare Entspanntheit, die Körper und Geist während der ersten Tage am Meer erfüllt, wenn man nur noch die Sonne auf der Haut, die salzige Luft in der Nase und das Geräusch der Brandung wahrnimmt. Sie konnte nicht mehr sagen, ob sie erst fünf Minuten oder bereits eine Stunde auf der Veranda gesessen hatte, als sie einen Wagen langsam die Auffahrt hochfahren hörte.

»Oh, das ist sicher Max.«

Jetzt konnte sie endlich ein zweites Stück Früchtekuchen essen. Sarah stellte fest, daß sie inzwischen wirklich hungrig war. Max hatte bestimmt auch Hunger, aber was war bloß mit seinem Auto passiert? Die edle Maschine, die von den Automechanikern seines Schwagers so liebevoll gewartet worden war, hatte bei der Abfahrt noch geschnurrt wie ein Kätzchen. Oder zumindest wie ein kleiner Tiger. Was bedeutete also plötzlich dieses Tuckern und Rasseln? Daß es nicht der Wagen von Max, sondern der alte Kleinbus von Cousin Lionel war, beladen mit seinen Söhnen, in teuren Privatschulen erzogenen jugendlichen Rabauken, die aus den Fenstern hingen und mit den Fäusten auf die Seiten des Fahrzeugs trommelten.

»Wo ist Mutter?« lautete Lionels freundliche Begrüßung.

»Sie schaut nach Miffy Tergoyne«, fuhr Sarah ihn an. »Dort ist letzte Nacht eingebrochen worden. Hast du davon in den Nachrichten noch nichts gehört?«

»Ich höre niemals Nachrichten«, erwiderte Lionel frostig. »Warum kann sich Alice B. nicht um Miffy kümmern?«

»Weil der Einbrecher sie umgebracht hat.«

»Super!« riefen seine vier Söhne wie aus einem Mund. »Wir wollen die Leiche sehen!«

»Jetzt siehst du, was du angerichtet hast, Sarah. Du weißt doch genau, was ich davon halte, unschuldige junge Menschen mit sinnloser Gewalt zu konfrontieren.«

Da die unschuldigen Kinder immer noch im Chor »Wir wollen die Leiche sehen« brüllten, war es etwas schwierig für ihn, sich Gehör zu verschaffen.

»Wann kommt Mutter wieder zurück?«

»Haltet endlich die Klappe, ihr kleinen Ungeheuer«, schrie Sarah. »Lionel, ich habe keine Ahnung, wann oder ob deine Mutter zurückkommt. Sie ist gerade erst weggefahren. Wenn du sie unbedingt sehen willst, warum fährst du nicht selbst zu Miffy? Ich nehme an, die Polizei hat die Leiche inzwischen abholen lassen, aber vielleicht sind noch ein paar Blutflecken übrig«, fügte sie hilfsbereit hinzu.

Lionel stieg aus seinem Lieferwagen und schlug die Tür zu, vielleicht in der irrigen Hoffnung, damit den Krach etwas zu dämpfen. »Vielen Dank, Sarah. Ich hoffe, ich kann dir auch irgendwann einen Gefallen tun. Ich wollte, daß Mutter auf die Jungen aufpaßt, während ich versuche, Surfboards für uns aufzutreiben. Da sie weg ist, mußt du eben nach ihnen sehen.«

»Kommt überhaupt nicht in Frage. Lionel, wenn du denkst, daß ich den Babysitter für dieses Rudel Hyänen spiele, hast du dich geschnitten. Ich habe euch nur erlaubt, bei mir auf dem Grundstück zu campen, weil Tante Appie mich auf der Beerdigung deines Vaters dazu überredet hat und ich es nicht übers Herz gebracht habe, es ihr abzuschlagen. Bitte vergiß aber nicht, daß ich euch nicht hier haben will und keine Lust habe, euch zu ertragen, wenn ihr mir auf die Nerven geht. Jetzt bewege bitte deinen Schrotthaufen hier weg und fahr ihn runter zum Bootshaus, denn ich lasse nicht zu, daß du mir die Auffahrt blockierst. Ihr könnt da unten euer Camp aufschlagen.«

»Herzlichen Dank, aber wir suchen uns unseren Platz zum Campen lieber selbst.«

»Tut mir schrecklich leid, aber entweder kampiert ihr am Bootshaus oder nirgends. Das ist die einzige Stelle, wo ihr frisches Wasser bekommen könnt, ohne mir lästig zu fallen. Dort könnt ihr auch die Toilette benutzen, und draußen gibt es eine Dusche. Ihr müßt das Wasser mit der Hand hochpumpen, und sei bloß verdammt vorsichtig mit der Pumpe, denn sie ist völlig veraltet, und Alexander ist nicht mehr da, um sie zu reparieren. Wenn einer deiner Bengel – «

»Sarah, ich möchte doch sehr bitten!«

»Ja, Lionel möchte doch sehr bitten!« schallte der Kleinbus-Chor.

»Ihr könnt alle soviel bitten, wie ihr wollt. Entweder ihr macht es genauso und nicht anders, oder ihr müßt euch einen anderen Campingplatz suchen. Was ich noch sagen wollte, wenn einer deiner Bengel wieder irgend etwas ins Klo stopft wie beim letzten Mal, als wir den Fehler gemacht haben, euch in unsere Nähe zu lassen, zahlst du höchstpersönlich den Klempner. Unter keinen Umständen kommt mir einer von euch ins Haus.«

»Sarah, das ist wirklich eine Frechheit«, stieß Lionel hervor.

»Nein, das ist es nicht. Ich weiß noch nicht einmal, ob dieses Grundstück mir gehört oder der High-Street-Bank. Ich kann nicht zulassen, daß hier irgend etwas beschädigt wird, wenn ich nicht riskieren will, daß sie mir noch ein Verfahren anhängen. Außerdem bleibt bitte auch auf jeden Fall weg vom Kutscherhaus, denn ich habe es für die Feriensaison vermietet, und ich will auf keinen Fall, daß ihr meinen Mieter nervt.«

»Wer ist denn dein Mieter?« brüllte Jesse, der älteste und lauteste von Lionels Sprößlingen.

»Das geht dich gar nichts an, weil er dich mit etwas Glück überhaupt nicht zu Gesicht bekommen wird. Wo ist eigentlich Vare? Warum um Himmels willen hast du sie nicht mitgebracht, wo du doch wußtest, daß du zwischendurch Besorgungen machen mußt?«

»Vare kommt nicht«, rief der neunjährige Woodson, der zweitälteste von Lionels Stamm. Seine Söhne hatten die unangenehme Angewohnheit, ihre Eltern mit dem Vornamen anzureden. »Sie wird jetzt 'ne Lesbe.«

»Das heißt Lesbierin, Woody«, korrigierte ihn sein Vater mit der ruhigen Distanz, die seine progressiven Ansichten erforderten. »Vare hat beschlossen, ihre homosexuellen Neigungen zu erforschen und lebt jetzt mit Tigger zusammen.«

»Das könnte die klügste Entscheidung sein, die sie je getroffen hat«, meinte Sarah.

Lionel zu heiraten und ihm im Laufe von weniger als vier Jahren vier Söhne zu gebären, um die bereichernde Erfahrung der Mutterschaft auszukosten, war zweifellos die dümmste gewesen, aber das war eben typisch Vare. Sarah erinnerte sich schwach, daß Tigger die ehemalige Zimmergenossin irgendeiner Cousine gewesen war. Sie hatte sich manchmal bei Familienfesten herumgedrückt, jeden angestarrt, der versucht hatte, mit ihr zu reden, und nie auch nur ein einziges Wort von sich gegeben. Kein Wunder, daß Vare sich zu Tigger hingezogen fühlte.

Sarah fühlte einen Anflug von Mitleid für die vier Horrorkinder in sich aufwallen, aber ihre schlechten Erfahrungen hatten sie gelehrt, wie gefährlich es sein konnte, in dieser Familie edlen Gefühlen nachzugeben.

»Fahr wieder von der Auffahrt«, forderte sie Lionel so bestimmt wie möglich auf. »Bieg nach links ab, wenn du die alten Reifenspuren siehst, und folge ihnen bis zum Bootshaus. Mr. Lomax kommt mit seinem Kleinlaster gut durch, du solltest also mit deinem Fahrzeug auch keine Probleme haben. Wenn du steckenbleibst, kannst du gern ein paar Schaufeln leihen und die Straße reparieren. Dabei wirst du wertvolle Erfahrungen sammeln und herausfinden, wie es ist, ein Grundstück wie dieses für nassauernde Verwandte in Schuß zu halten.«

Lionel wollte etwas sagen, besann sich aber offenbar eines Besseren und fuhr in einer Wolke aus blauem Rauch von dannen. Sarah, die das Gefühl hatte, zwar eine Schlacht gewonnen, den Krieg aber wahrscheinlich verloren zu haben, ging wieder ins Haus, zurück zu ihrem Kaffee, als Max endlich eintraf.

»Was zum Teufel ist denn da gerade an mir vorbeigefahren?« fragte er sie.

»Lionel Kelling und sein Wanderzirkus«, antwortete Sarah bitter. »Tante Appies einziger Sohn, Gott sei's gedankt, und seine schreckliche Brut. Ihre Mutter hat gerade beschlossen, lesbisch zu werden.«

»Hätte ihr das nicht eher einfallen können? Die bleiben doch nicht etwa hier?«

»Wir haben uns geeinigt, daß sie unten am Bootshaus ihre Zelte aufschlagen dürfen. Ich habe ihnen alles angedroht, was mir eingefallen ist, falls sie herkommen und uns auf die Nerven gehen, aber ich befürchte, das ist ihnen ziemlich gleichgültig.«

»Na ja, Kinder stören mich nicht.«

»Diese Kinder bestimmt«, versicherte Sarah. »Sie werden so erzogen, daß sie sich völlig frei entfalten können. Übersetzt heißt das, daß Lionel nicht den Mumm hat, so gemein zu sein, wie er gern möchte, also hat er seinen Sprößlingen beigebracht, seine Aggressionen für ihn auszuleben.«

»Gütiger Gott. Wie lange wollen sie bleiben?«

»Bis ich es schaffe, ihnen alles so zu vermiesen, daß sie wieder verschwinden, vermute ich. Komm ins Haus, und iß was. Du bist bestimmt halb verhungert. Hast du Tante Appie vorschriftsmäßig abgeliefert?«

»Kein Problem, Jofferty hatte Dienst. Er bestellt viele Grüße.«

»Ich hoffe, du hast ihm auch viele Grüße von mir ausgerichtet. Kaffee?«

»Ich bitte darum. Ich kann ihn brauchen.«

»War sicher ganz schön schlimm, oder?«

»Mehr schlimm als schön, nach dem zu urteilen, was Jofferty mir erzählt hat. Sie wollten mich nicht ins Haus lassen. Die Leiche hatten sie schon abgeholt, und das Zimmer, in dem sie gefunden wurde, war versiegelt. Für deine Tante war es sicher besser so. Jofferty glaubt, daß der Mörder einen persönlichen Haß gegen diese Miss Beaxitt hatte, wenn man davon ausgeht, wie er sie zugerichtet hat.«

»Beaxitt? Ich dachte, Alice B. ist umgebracht worden?«

»Die Lebensgefährtin von Miss Tergoyne, oder? Sie heißt mit Nachnamen Beaxitt.«

»Ach du liebe Zeit, stimmt ja. Ich hatte völlig vergessen, daß Alice B. nur ihr Spitzname war. Sie war irgendwie mit Biff Beaxitt, Pussys Mann, verwandt. Deshalb konnte Pussy sie auch nie ausstehen. Als Biffs Mutter starb, hat sie Alice B. irgendeinen scheußlichen Granatschmuck vererbt, an den Pussy ihr Herz gehängt hatte, was mir bis heute völlig unverständlich ist. Natürlich hat Biffs Mutter Pussy verabscheut und nur aus reiner Bosheit so gehandelt. Alice B. konnte sie zwar auch nicht leiden, aber so ist es jedenfalls damals gelaufen.«

»Wer bekommt den Schmuck jetzt?«

»Wenn Alice B. je dazu gekommen ist, ein Testament aufzusetzen, geht er wahrscheinlich an Miffy. Wenn nicht, wird wohl alles unter den Verwandten aufgeteilt. Es gibt Unmengen von Beaxitts.«

»Hat diese Alice B. denn viel hinterlassen?«

Sarah hielt mitten im Kuchenschneiden inne. »Weißt du, Max, das ist eine gute Frage. Da sie eine Beaxitt war, hatte sie be-

55

stimmt Vermögen, die Beaxitts sind alle nicht arm. Sie hat jahrelang auf Miffys Kosten gelebt und keinen Cent ausgegeben, also muß ihr ganzes Geld einfach auf der Bank gelegen und Zinsen gebracht haben. Es könnte sehr wohl bedeutend mehr sein, als man bei einer Person erwartet, die ihr Leben wie eine arme Verwandte gefristet hat.«

»Die Dame Tergoyne ist auch betucht, nicht? Angenommen, sie wäre an Stelle ihrer Freundin ermordet worden. Wer hätte dann ihr ganzes Geld bekommen?«

»Noch eine gute Frage. Miffy ist die letzte Tergoyne, und sie macht nie irgendwelche Spenden für Krankenhäuser oder dergleichen. Ich nehme an, sie hätte das meiste wohl Alice B. vererbt, vielleicht auch noch ein paar alte Freunde bedacht. Warum fragst du? Glaubst du, daß der Mörder Alice B. aus Versehen zerhackt hat? Aber man hätte die beiden doch nicht einmal im Dunkeln verwechseln können. Miffy ist mindestens einen Kopf größer und dünn wie eine Bohnenstange. Alice war untersetzt und klein – du hast sie ja selbst gesehen –, und diese Folkloregewänder, die sie so liebte, haben sie nur noch dicker aussehen lassen. So dunkel kann es auch gar nicht gewesen sein, sonst hätte der Mörder nicht sehen können, wo er hinschlagen mußte. Möchtest du noch etwas Früchtebrot?«

»Ich teile mir ein Stück mit dir. Auf den ersten Blick scheint es ein recht merkwürdiger Einbruch zu sein. Jofferty hat mir einen Teil der Liste mit den Gegenständen gezeigt, die laut Miss Tergoyne gestohlen wurden. Sie sind immer noch dabei, das Haus anhand irgendeiner Art Inventarliste zu überprüfen, die sie für die Versicherung zusammengestellt hat.«

Max fischte ein Stück Papier aus seiner Tasche. »Sie sagt, es fehlt ein Fantin-Latour. Wo hing er? Ich kann mich nicht erinnern, gestern einen gesehen zu haben.«

»Es ist ein großes Haus, und du warst nur im Wohnzimmer. Miffy bewahrt ihre Sachen an den ungewöhnlichsten Stellen auf. Wenn es ein Stilleben ist, hat es vielleicht in der Küche gehangen, so daß Alice B. sich daran erfreuen konnte, wenn sie Zwiebeln hackte.«

»Und der Mörder hat es mitgenommen, um sich daran zu erfreuen, nachdem er Alice B. zerhackt hat?«

»Max, ich finde das nicht besonders lustig. Was hat Miffy denn sonst noch als gestohlen gemeldet?«

»Das wird dich vielleicht interessieren.« Max hielt ihr seine hingekritzelten Notizen hin.

»Ein Spiegel aus Bilbao! Max, du glaubst doch nicht etwa – «

»Jofferty sagt, er habe Miss Tergoyne über diesen Gegenstand ganz besonders ausgefragt, ohne ihr den Grund für seine Neugier zu nennen. Sie schwört Stein und Bein, daß ihr Spiegel gestern morgen noch im Eßzimmer gehangen hat, als sie und Miss Beaxitt alles kontrolliert haben. Sie hat ihm erzählt, daß sie jeden Tag herumgegangen sind und die ganze Liste überprüft haben. Meinst du, daß sie die Wahrheit sagt?«

»Wie ich Miffy kenne, bezweifle ich das keine Sekunde«, erwiderte Sarah. »Sie ist sozusagen paranoid, was ihr Eigentum betrifft, besonders wo es hier in der letzten Zeit so viele Einbrüche gegeben hat. Sie verläßt ihr Haus so gut wie nie; nur wenn der Winter besonders hart ist, fährt sie für einen Monat oder so in den Süden. Und dann engagiert sie jedesmal einen Wächter von einer Versicherungsgesellschaft, der dort bleiben muß, und Gott steh ihm bei, falls auch nur ein Paket Cracker fehlt, wenn sie wiederkommt. Wenn Miffy sagt, ihr Spiegel aus Bilbao sei morgens noch da gewesen, dann kannst du ihr glauben. Sonst hätte sie nachmittags auch keine Gäste empfangen. Sie hätte bestimmt die Nationalgarde kommen lassen und Telegramme an den Parteivorsitzenden der Republikaner geschickt und verlangt, daß der Kopf irgendeines armen Menschen auf einer Lanze aufgespießt würde, falls sie ihr Eigentum nicht zurückbekäme. Ich kann mir nicht vorstellen, daß der Spiegel, den wir gefunden haben, ihr gehört. Aber es ist ein wirklich merkwürdiger Zufall.«

»Verdammt merkwürdig, für meinen Geschmack«, knurrte Bittersohn. »Ich hätte nicht gedacht, daß es hier so viele Spiegel aus Bilbao gibt, obwohl eine alte Hafenstadt wie Ireson Town nicht der schlechteste Platz ist, einen zu finden. Fällt dir an der Liste sonst noch irgend etwas auf?«

»Na ja, für ganz gewöhnliche Einbrecher haben sie sich das, was sich zu stehlen lohnte, äußerst sorgfältig ausgesucht, meinst du nicht auch? Sie haben offenbar nur Kunstgegenstände und Gemälde mitgenommen. Kein Silber beispielsweise, dabei hat Miffy tonnenweise davon. Und nichts Großes, wie etwa das Roßhaarsofa, das bei Pussy Beaxitt gestohlen wurde.«

Sie krauste nachdenklich die Nase. »Scheint ganz so, als ob der Einbrecher vorher genau gewußt hat, was sich zu stehlen lohnte und wo es zu finden war, denn bei Miffy herrscht ein schreckliches Durcheinander. Wolltest du das von mir hören?«

»Haargenau. Wer in der Clique könnte so viel Sachkenntnis besitzen?«

»Aber Max, du willst doch sicher damit nicht sagen – aber eine andere Möglichkeit gibt es ja wirklich kaum, oder? Ausgenommen, es war ein Fensterputzer oder der Teppichreiniger oder so jemand. Während der Sommersaison gibt es hier immer eine Menge College-Studenten, die alle möglichen Gelegenheitsjobs machen. Einige von ihnen sind recht gebildet.«

»Kann man sie auch als Party-Service engagieren?«

»Einige Leute tun das. Miffy allerdings nicht, denn sie serviert normalerweise sowieso nie mehr als die Martinis, die sie selbst macht, und Alice B. kümmert sich um das Essen und den Abwasch. Kümmerte sich, sollte ich jetzt wohl besser sagen. Was ihre Freunde betrifft –« Sarah zögerte.

»Wirklich schwer zu sagen. Sie sind alle auf Privatschulen gegangen und sind wohl gegen ihren Willen allesamt mit gewissen Grundkenntnissen der Kunstgeschichte vollgestopft worden. Aber die meisten von ihnen sind nicht sehr intelligent. Ach, hallo Fren«, fügte sie unfreundlich hinzu, als eine schlaksige Gestalt in Shorts und Sweatshirt in ihrer Küche auftauchte. »Wir haben gerade von dir gesprochen. Wir haben dich gar nicht klopfen hören. Kennst du Max Bittersohn schon?«

Fren Larrington kannte ihn noch nicht und verspürte offenbar auch wenig Lust, diesen Zustand zu ändern. Er starrte durch den Mann am Tisch hindurch, als wäre er Luft, drehte sich zu den offenen Küchenregalen, suchte sich eine Tasse und goß sich selbst Kaffee ein.

»Wo hast du den Zucker, Sarah? Keine besonders ordentliche Kombüse, muß ich feststellen.«

»Findest du? Es geht dich ja eigentlich auch nichts an, oder? Der Zucker ist in dem Behälter dort drüben mit dem Etikett ›Zucker‹. Nimm dir einen sauberen Löffel, und verschütte bloß nichts, sonst wimmelt es hier bald vor Ameisen. Warum bist du eigentlich nicht unten am Yachthafen?«

»Gute Frage.«

Fren schlürfte den kochendheißen Kaffee und nahm sich großzügig ein Riesenstück Früchtebrot. »Ich weiß doch, daß ich aus irgendeinem verdammten Grund hergekommen bin. Ach ja, jetzt fällt es mir wieder ein. Das Dinner im Yachtclub heute abend. Halb acht. Du mußt einen aus der Clique anhauen, daß er dich fährt. Ich selbst habe keine Zeit, dich abzuholen. Auf euren alten Milburn ist ja wohl endgültig kein Verlaß mehr, hä?«

Es schien Fren nicht aufzufallen, daß er gerade etwas Unverzeihliches gesagt hatte. Er griff sich das letzte Stück Früchtebrot von der Kuchenplatte, goß sich die Reste seines Kaffees in die Kehle und ging wieder, ohne Sarahs Antwort auch nur abzuwarten.

Kapitel 7

Sarah stand auf und hakte die Fliegentür ein, nachdem Fren das Haus verlassen hatte. Sie nahm die benutzte Tasse, die er so unhöflich genau vor Max Bittersohns Nase auf den Küchentisch geknallt hatte, und stellte sie zum Abwaschen in die Spüle. Doch dann besann sie sich anders, öffnete die Tür und schleuderte die Tasse, so weit sie konnte, in das hohe Gras.

»So«, sagte sie und hakte die Tür wieder ein, »wo waren wir stehengeblieben?«

»Wir waren gerade dabei, die merkwürdigen sozialen Gepflogenheiten der hiesigen Fauna zu analysieren«, erwiderte Max. »Herr des Himmels, da kommt ja schon der nächste.«

»Miz Alex«, brüllte Pete Lomax durch die Fliegentür. »Die Tür klemmt.«

»Keinesfalls«, informierte ihn Sarah. »Die Tür ist verschlossen, denn ich habe gestrichen die Nase voll von Leuten, die ohne zu klopfen hereinstürmen. Außerdem heiße ich Mrs. Kelling, da Sie offenbar vergessen haben, wie Sie mich anzureden haben. Wo ist denn Ihr Onkel?«

»Er mußte rüber nach Ipswich. Hat gesagt, ich soll herkommen und allein anfangen. Er kommt bald nach.«

Pete sprach unkonzentriert; er starrte Max an. Sarah hielt es für das Beste, die Situation zu klären.

»Das ist Mr. Bittersohn. Er hat das Kutscherhaus gemietet und nimmt hier im Haus seine Mahlzeiten ein. Ich hoffe sehr, daß man uns irgendwann einmal endlich in Ruhe und Frieden essen läßt. Weshalb sind Sie überhaupt gekommen, Pete?«

Pete hörte ihr nicht einmal zu, er war viel zu interessiert an Max. »He, ich kenne dich doch! Du hast mal als Fänger für Saugus High gespielt!«

»Sehr richtig. Und ich habe immer noch die Narben an meinem linken Bein, wo du mich absichtlich mit deinen Spikes verletzt hast, als ich dich dabei erwischt habe, wie du versucht hast, dich auf die Heimbase zu mogeln«, erwiderte Max ohne große Feindseligkeit. »Das war in dem Jahr, als wir euch neun zu null geputzt haben. Was gibt's Neues, Pete?«

»Du hast wahrscheinlich schon gehört, daß Miss Tergoynes Freundin vor'ge Nacht kaltgemacht worden ist?«

Pete lümmelte sich gegen den Türpfosten und warf einen flüchtigen Blick auf die Kaffeekanne. Jed Lomax würde sicher auf der Stelle tot umfallen, wenn er seinen Neffen bei einem gemütlichen Plausch mit seiner Arbeitgeberin erwischte. Wie verhielt sie sich also am besten? Sarah entschied sich für die Flucht nach vorn.

»Ihr beide könnt euch von mir aus gern über die guten alten Zeiten unterhalten, aber ich muß jetzt zurück an meine Arbeit. Pete, da Sie schon einmal hier sind, könnten Sie das Gras hinter dem Haus mähen. Ich habe Sie bereits vorige Woche darum gebeten, und die Woche davor auch schon.«

»Finden Sie nicht, daß es so eigentlich ganz hübsch aussieht, Miz Kelling?«

Die Art und Weise, wie Pete das »Miz Kelling« betonte, war mehr, als Sarah ertragen konnte. »Es ist keineswegs hübsch, wenn man die Beine voller Zecken hat, sobald man das Haus verläßt. Sehen Sie zu, daß Sie bis heute mittag fertig sind.«

Wenigstens hatte sie als Pensionswirtin gelernt, wie man Leute herumkommandierte. Sarah stolzierte aus der Küche und begab sich nach oben, um die Betten zu machen, und fragte sich, ob Pete wohl noch etwas anderes als Brutalität beim Baseballspiel auf dem Kerbholz hatte.

Vielleicht fragte sich Max gerade genau dasselbe. Wenn dies der Fall sein sollte, standen seine Chancen, etwas aus Pete Lomax herauszubekommen, bedeutend besser, wenn Sarah nicht in der Nähe war.

Mit der Vorstellung, daß ein Lomax etwas tun könnte, das auch nur ansatzweise tadelnswert war, konnte sie sich allerdings nur schwer anfreunden. Die meisten Familienmitglieder waren Polizisten, Feuerwehrmänner oder ehrliche Fischer. Es gab einen Methodistenpfarrer in der Familie und zwei Wachmänner an einem College irgendwo in der Nähe von Ashby. Ein Enkel hatte ein Stipendium an der Tabor Academy, und nicht wenige waren Schiffsoffiziere und Chefingenieure in der Handelsmarine. Aber in jeder großen Familie gab es auch schwarze Schafe, und Pete sah Sarah ganz wie ein möglicher Kandidat aus.

Vielleicht war es auch völlig falsch, ihn dafür zu tadeln, daß er seinem Onkel half, statt Häuser anzustreichen. Es gab hier bestimmt mehr als genug Männer, denen es zweifellos mehr als recht gewesen wäre, höchstpersönlich die Kunden von Jed zu übernehmen, wenn er seine alte Schwertfischerkappe zum letzten Mal an den Haken hängte, falls er das überhaupt jemals tun würde. Obwohl es zwischen Boston und Maine recht wohlhabende Landstriche gab, waren die Menschen an diesem Teil der Nordküste im großen und ganzen nicht besonders reich. Außerdem waren einige angeblich reiche Leute in Wirklichkeit alles andere als betucht, wie Sarah selbst aus schmerzlicher Erfahrung wußte.

Sie war weniger durch das beunruhigt, was Pete tat, als durch das, was er nicht tat, dachte sie ärgerlich, als sie in den Garten hinter dem Haus blickte, wo das Gras immer noch kniehoch im Wind wogte und die Zecken sich zweifellos fleißig vermehrten. Außerdem gefielen ihr Petes Manieren nicht. Sie erwartete nicht, daß Hausangestellte vor ihr Kniefälle machten, aber sie mochte es auch nicht, wenn sie sie anzüglich angrinsten.

Und da sie gerade beim Thema war, sie konnte es auch nicht ausstehen, sich von alten Bekannten tyrannisieren zu lassen. Was hatte sich Fren Larrington bloß dabei gedacht, einfach so hereinzuschneien und Befehle zu erteilen, als hätte er das gottverdammte Recht dazu, jetzt, wo Alexander nicht mehr da war? Selbst Cousin Lionel war es nicht gelungen, sich in so kurzer Zeit derart unbeliebt zu machen, obwohl man ihm lassen mußte, daß er es wirklich versucht hatte. Am besten hielt er ihr sein Wolfsrudel vom Hals, oder sie würde möglicherweise am Ende selbst noch die Axt schärfen.

Sarah setzte sich auf das Bett, das sie gerade gemacht hatte, und dachte über die tote Frau im Dorf nach. Was wußte sie überhaupt von Alice Beaxitt? Nicht viel, wenn sie ehrlich war, bloß daß Alice B. es anscheinend irgendwie geschafft hatte, mit Miffy viele Jahre lang in Harmonie zu leben, und daß sie die schärfste Zunge in der gesamten Yachtclub-Clique besaß, was ja wohl alles sagte. Sie hatte sich nie großartig verändert, hatte sich mit ausgefallenen Kleidungsstücken herausgeputzt, die sie in den Geschäften in der Nähe von Bearskin Neck gefunden hatte, hatte stets neue exotische Rezepte ausprobiert und versucht, einem mehr davon aufzudrängen, als man eigentlich essen wollte. Außerdem war sie höchst geschickt darin gewesen, andere mit ihrer scharfen Zunge zu verletzen, wie sie es gestern abend auch bei Max getan hatte.

Ob Alice B. ein glücklicher Mensch gewesen war? Sarah nahm an, daß sie wohl einigermaßen zufrieden mit ihrem Leben gewesen sein mußte. Warum hatte sie sonst alles beim alten gelassen? Wenn sie sich nicht mit Miffy zusammengetan hätte, wäre es ihr sicher gelungen, eine andere Gönnerin zu finden. Einige Menschen waren geborene Anhängsel. Vielleicht war das auch der Grund gewesen, warum Alice B. sich in theatralische Kostüme gehüllt und immer neue Gerichte ausprobiert hatte, um Miffys Gäste damit zu überraschen, und ständig neue Skandalgeschichten verbreitet hatte, um sie damit zu unterhalten. Ganz gewöhnliche Kleidung, gewöhnliches Essen und gewöhnliche menschliche Wärme hätten vielleicht nicht verbergen können, daß Alice in Wirklichkeit gar kein eigenes Leben hatte.

Andere Menschen niederzumachen, konnte ihre Rache dafür gewesen sein, daß diese wirklich genug waren, um Fehler zu begehen und in Schwierigkeiten zu geraten. Vielleicht hatte sich Alice B. immer danach gesehnt, selbst die Hauptrolle in einem großen Drama zu übernehmen, und sich nie getraut, es zu riskieren. Man sollte sich besser nie etwas wünschen, denn am Ende könnte sich der Wunsch erfüllen.

So würde der Boden nie sauber werden. Sogar Pete war schließlich an seine Arbeit gegangen. Sie konnte ihn vom Fenster aus sehen, wie er die alte Sense schwang, die Alexander immer mit einem Wetzstein so schön scharf gehalten hatte. Seinem Gesichtsausdruck nach zu urteilen, paßte es Pete ganz und gar nicht, daß er mit der Hand mähen mußte. Aber das war schließlich seine eigene Schuld. Inzwischen war das Gras nämlich so hoch, daß man es mit dem Rasenmäher nicht mehr bewältigen konnte. Sarah beschloß, von jetzt ab alle Instruktionen an den alten Jed zu geben. Je weniger sie mit Pete Lomax zu tun hatte, desto besser würde sie seine Anwesenheit hier ertragen.

Jetzt mußte sie noch die kleine Wohnung im Kutscherhaus aufräumen. Wenn Max Bittersohn wirklich wußte, wie man ein Bett machte, hatte er es gut verbergen können, seit er ihr Pensionsgast war.

Die Sache mit Barbara war auch noch nicht geklärt. Doch was konnte da noch großartig geklärt werden? Vielleicht sollte sie Max statt dessen bitten, sie zum Einkaufen zu fahren. Dann konnte sie schnell bei Miffy vorbeischauen und eine Tasche mit Kleidungsstücken für Tante Appie abgeben, in der Hoffnung, daß sie den Wink verstehen und länger bleiben würde. Wenn sie doch auch Cousin Lionel bei Miffy abladen könnte.

Aber das war leider unmöglich. Erstens haßte Miffy Kinder. Zweitens konnte man auf ihrem Grundstück nirgends zelten. Sie besaß nur ein Viertel Morgen makellose Rasenfläche, der von einer sorgfältig zurückgeschnittenen Ligusterhecke umgeben und mit einigen Bäumen und Büschen geschmückt war, die in Kugel- und Kegelform gestutzt worden waren. Miffy mußte offenbar selbst Mutter Natur beweisen, wer das Sagen hatte.

Wenn jemand Miffy mit der Axt den Schädel eingeschlagen hätte und nicht Alice B., hätte man den Mord eher verstehen können. Alice B. war bösartig und verschlagen gewesen, aber nicht gewalttätig. Miffy dagegen war eindeutig brutal. Jeder, der sich weigerte, auf sich herumtrampeln zu lassen, wurde sofort ihr Erzfeind.

Miffy lag inzwischen mit unzähligen Personen im Clinch, unter anderem mit vielen Leuten, die das ganze Jahr hier lebten, denn sie blieb immer sehr lange, selbst wenn der Yachtclub für den Winter geschlossen wurde und ihre üblichen Trinkkumpane bereits abgereist waren. War es nicht vielleicht doch möglich, daß Alice B. anstelle von Miffy ermordet worden war? Oder identifizierte man Alice B. so sehr mit ihrer Mäzenin, daß es dem Mörder gleichgültig gewesen war, wen von beiden er erwischte? Das setzte natürlich voraus, daß es ein persönliches Motiv für den Mord gab, eine Vermutung, für die bisher keine Anhaltspunkte existierten.

Auf die Liste mit den gestohlenen Gegenständen konnte sich Sarah noch keinen Reim machen. Sie selbst hielt sich nicht für eine besonders gute Kunstexpertin, doch sie hatte immerhin eine künstlerische Ausbildung hinter sich und außerdem viel Zeit in Museen verbracht; darüber hinaus hatte sie in der letzten Zeit eine Menge von Max gelernt. Außerdem hatte sie selbst einige schöne Dinge geerbt und sich darüber genau informiert, weil sie einige davon an Antiquitätenhändler hatte verkaufen müssen, als es ihr anfangs finanziell noch sehr schlecht gegangen war.

Die Liste erschien ihr beinahe zu gut, um wahr zu sein. Miffy mußte diese Gegenstände tatsächlich besessen haben, sonst hätte sie sich nicht die Mühe gemacht, sie kostspielig zu versichern. Viel mehr Kostbarkeiten konnte sie allerdings nicht haben, sonst hätte man zumindest etwas davon gesehen, und Sarah würde sich bestimmt daran erinnern. In ihrer Kindheit hatte sie genug Zeit damit verbracht, Miffys Wände anzustarren. Der Einbrecher hatte sich offenbar die Rosinen herausgepickt und die weniger wertvollen Stücke dagelassen, obwohl viele von ihnen größer und auffälliger waren. Der Dieb mußte ein Fachmann gewesen sein. Warum aber hatte er dann eine Frau derart brutal mit einer Axt ermordet?

Es war absurd zu glauben, daß Alice B. nach unten gegangen war, den Einbrecher überrascht und dann einfach geduldig im Eßzimmer gewartet hatte, bis er nach draußen zum Holzstoß gelaufen war, die Axt geholt hatte und zurückkam, um sie damit zu erschlagen. Noch verrückter war die Annahme, daß jemand, der beabsichtigte, kostbare, zerbrechliche Gegenstände wie den Spiegel aus Bilbao zu stehlen, eine derartig schwere, unhandliche Waffe bei sich trug. Ein Messer wäre genauso wirksam und sehr viel einfacher zu handhaben gewesen. Alice B. besaß nämlich unzählige, teure französische Stahlmesser für ihre Meisterküche. Wie es sich für eine gute Köchin gehörte, hatte sie stets dafür gesorgt, daß sie scharf wie Rasiermesser waren und sich griffbereit in dem dafür bestimmten Holzblock an der Wand befanden. Jeder, der das Haus gut genug kannte, um genau zu wissen, wo sich die Wertgegenstände befanden, hätte sicher auch irgendein Messer nehmen können – oder auch das Hackmesser, wenn er lieber hackte als stach.

War es möglich, daß innerhalb einer Nacht zwei voneinander unabhängige Verbrechen begangen worden waren? Konnte es sein, daß Alice B. gehört hatte, wie der erste Einbrecher verschwand, heruntergekommen und genau dem zweiten Verbrecher in die Arme gelaufen war, der dieselbe Idee gehabt hatte, aber weniger professionell ans Werk ging?

Wahrscheinlicher war es, daß der gutinformierte Dieb zur Unterstützung einen Komplizen mitgebracht hatte. Die Gegenstände mußten immerhin weggetragen und verstaut werden, selbst wenn sie nicht besonders groß waren. Allein der Spiegel aus Bilbao war so kostbar, daß ihn ein Fachmann aus Sicherheitsgründen wohl nur separat hinaustragen würde, um ihn nicht zu beschädigen. Schließlich wäre es sinnlos, einen derartigen Gegenstand erst zu stehlen und ihn dann zu zerbrechen, wenn man ihn zu einem Wagen trug.

Sie mußten einen Wagen gehabt haben, dachte Sarah. Er wäre nicht besonders aufgefallen, denn Miffys Haus lag schließlich nicht irgendwo verlassen im Wald wie ihr eigenes, sondern befand sich direkt an einer Kreuzung unten im malerischen Teil des alten Dorfes. Autos waren nicht gerade selten dort, besonders jetzt nicht, wo sich die Touristen allmählich einfanden, und die Hecke wuchs hoch genug, um einen guten Sichtschutz zu bieten.

Angenommen, der Einbrecher, der sich so gut auskannte, war im Haus gewesen und hatte die Beute durch das Küchenfenster nach draußen an seinen Komplizen weitergereicht, der sie dann zu seinem günstig geparkten Wagen trug. Angenommen, Alice B. war nach unten gekommen und hatte mit dem Dieb gekämpft, der ja auch genausogut eine Frau gewesen sein konnte, nicht größer als sie. Der Mann, der sich draußen befand, hatte vielleicht gesehen, daß sich seine Komplizin in Schwierigkeiten befand, war zum Holzstoß gelaufen und hatte die Axt geholt, war dann durch das Fenster ins Haus gestiegen und hatte Alice B. erschlagen.

Das würde auch erklären, warum das Silber im Eßzimmer nicht verschwunden war. Die Diebe hatten die wertvollen Gegenstände zuerst holen wollen, die unhandlichen erst ganz zum Schluß. Nachdem ein Mord passiert war, hatten sie nicht mehr den Mut, irgend etwas mitzunehmen, sondern dachten nur noch an Flucht. Vielleicht hatte Alice geschrien, und sie konnten schließlich nicht sicher sein, ob Miffy immer noch tief genug in ihrem Alkoholkoma lag, um nichts zu hören.

Wäre Alice B. leichtsinnig genug gewesen, einen Einbrecher auf eigene Faust anzugreifen, selbst wenn es jemand war, den sie kannte? Sie hatte natürlich auch getrunken, aber sie war sicher nicht betrunken gewesen. Vielleicht war das der kleine Fehler in einem ansonsten hervorragend geplanten Verbrechen? Denn weil Miffy nie nüchtern zu Bett ging, wenn es sich vermeiden ließ, ging wohl jeder davon aus, daß das bei Alice B. genauso der Fall war.

In Wirklichkeit aber hatte Alice B. nur sehr geschickt vorgetäuscht, genausoviel wie der Rest der Clique zu trinken, dabei aber heimlich ihre Drinks mit Unmengen von Eiswürfeln verwässert, so daß sie einen klaren Kopf behielt und nichts verpaßte.

Dank Miffys großzügiger Gastfreundschaft hatten die meisten Gäste wohl gestern abend das Haus in mehr oder weniger narkotisiertem Zustand verlassen, während Alice B. noch relativ nüchtern gewesen sein mußte. Zu Beginn war sie mit ihren Muschelpasteten beschäftigt gewesen. Nach der Cocktailparty waren bestimmt noch ein paar von den Gästen zum Abendessen geblieben. Das bedeutete, daß Alice B. in der Küche hantiert hatte, Crêpes gewendet oder zwei perfekte Omeletts gleichzeitig zubereitet hatte, in jeder Hand eine Pfanne, während die restlichen Anwesenden um den großen Küchentisch saßen, Wein in sich hineinschütteten und sie anspornten.

Alice B. selbst hatte sicher keinen Wein getrunken. Sich vor ihrem Publikum zu produzieren, war bestimmt berauschend genug für sie gewesen.

Als sich die letzten Gäste verzogen hatten, mußte sie gewiß alles ganz allein aufräumen und Miffy ins Bett bringen, weil die Gastgeberin inzwischen völlig weggetreten war. Als Alice B. sich endlich nach getaner Arbeit ausruhen konnte, hätte sie wohl kaum noch einen Schlummertrunk gebraucht, um müde zu werden.

Sehr jung konnte Alice B. bestimmt nicht gewesen sein. Sie war sicher mindestens so alt wie Appie Kelling, und Sarah hatte selbst vor Jahren zu Appies 60. den Kuchen für die Geburtstagsparty gebacken; damals ging es Onkel Samuel noch so gut, daß er herumlaufen konnte. Es war erstaunlich, wie Alice B. die ganze Arbeit so spielend geschafft hatte, besonders wenn man bedachte, daß sie Miffy jeden Abend ausziehen und ordentlich ins Bett verfrachten mußte.

Heute abend würde Tante Appie zweifellos diese Ehre zuteil. Sarah faltete das Nachthemd zusammen, das ihre Tante auf dem Fußende des Gästebettes hatte liegenlassen, und legte es zurück in den Koffer, den fertig auszupacken Appie sich nicht die Mühe gemacht hatte. Das vereinfachte die Sache beträchtlich. Jetzt brauchte sie den Koffer nur zu schließen und ihn zu Miffy zu schaffen.

Sarah richtete sich auf und schaute dabei aus dem Fenster, um nachzusehen, wie weit Pete mit dem Mähen war. War das ein Hund, der sich da hinter ihm durch das hohe Gras heranpirschte? Nein, Hunde trugen keine grünlila gestreiften Rugbyhemden. Es mußte einer von Lionels Bengeln sein. Was aber hatte er hier zu suchen? Wenn Pete jetzt – gütiger Gott!

»He!«

Das war die laute Stimme des Jungen. Gott sei Dank lebte er noch. Er war hoch in die Luft gesprungen, als Pete herumgewirbelt war und wütend mit der Sense das Unkraut bearbeitet hatte, in dem sich der Junge versteckt hielt.

»Pete!« schrie Sarah vom Fenster aus. »Sie hätten den Jungen fast umgebracht!«

»Ach ja? Also – « Pete sah ziemlich bestürzt aus, soweit Sarah sehen konnte. Trotzdem konnte er nicht widerstehen, seine Lippen zu einem selbstgefälligen Grinsen zu verziehen. »Ich hab' schnelle Reflexe.«

»Dann sollten Sie sie besser in Zaum halten. Hör endlich auf zu brüllen, Woody. Ich komme sofort.«

Es war typisch für Lionel und Vare, ihre ersten drei Söhne nach dem berühmten Westernhelden Jesse, Woodson und James zu nennen. Der vierte und zweifellos letzte, da Vare ihre sexuellen Präferenzen geändert hatte, hieß logischerweise Frank.

Max beendete gerade ein Telefongespräch, als Sarah herunterkam. »Ich konnte leider nicht eher Schluß machen«, entschuldigte er sich. »Ich habe mit einem Menschen von der Sûreté gesprochen. Sieh mich nicht so an, ich lasse die Gebühren von meinem Geschäftskonto abbuchen. Was sollte denn der Krach hinter dem Haus?«

»Pete Lomax hat gerade versucht, einen von Lionels Jungs mit der Sense niederzumähen.«

»Aus irgendeinem besonderen Grund?«

»Woody hatte wieder mal Unsinn im Kopf und hat sich im Gras von hinten an ihn herangeschlichen. Er hat Pete erschreckt, und Pete ist herumgewirbelt. Er behauptet, er habe schnelle Reflexe. Ich muß unbedingt raus zu ihnen.«

»Ich komme mit«, sagte Max. »Ich kenne Petes schnelle Reflexe zur Genüge. Erinnere mich daran, dir die Spikenarben von seinem Fußabdruck auf meinem Oberschenkel zu zeigen, wenn es unsere Bekanntschaft jemals zulassen sollte.«

Als sie nach draußen kamen, plärrte Woody immer noch, so erschreckt hatte er sich. Pete mähte ungerührt weiter Gras. Sarah platzte der Kragen.

»Pete, wenn Sie nicht verantwortungsbewußt mit Ihrem Werkzeug umgehen können, sollten Sie besser die Finger davon lassen.«

»Sie haben doch selbst gesagt, ich soll das Gras mähen.«

»Das habe ich Ihnen schon vor drei Wochen gesagt. Wenn Sie es damals getan hätten, wäre das eben gar nicht passiert. Entweder Sie lernen, Ihre Aufträge auszuführen, oder Sie müssen sich einen anderen Job suchen. Und jetzt zu dir, Woody, was hast du überhaupt hier zu suchen? Ich habe euch doch gesagt, ihr sollt vom Haus wegbleiben, oder etwa nicht? Warum bist du nicht unten bei eurem Zelt, wo du hingehörst?«

»Ich will telefonieren«, grollte er.

»Dann begib dich zum öffentlichen Fernsprecher im Ort.«

»So 'n Mist, warum denn?«

»Weil du mein Telefon auf keinen Fall benutzt, deshalb. Jetzt mach, daß du verschwindest, und komm bloß nicht wieder her. Du hast schon genug Unheil angerichtet, und mir reicht es jetzt voll und ganz.«

»Mensch, das wird ja 'n toller Sommer!« Der Junge trat wütend gegen einen Stein und stürmte die Auffahrt hinunter. Sarah wandte sich zu Max.

»Ich gehe jetzt das Kutscherhaus saubermachen. Du kannst gern mitkommen und mir helfen, wenn du Lust hast. Wie sich die Dinge hier entwickeln, kann es sehr wohl sein, daß du am Ende selbst die Hausarbeit erledigen mußt.«

Diese Worte waren vor allem für Petes Ohren bestimmt, da Max ohnehin mitgekommen wäre. Aber warum rechtfertigte sich Sarah überhaupt vor Pete? Sollte er doch ruhig über sie und ihren attraktiven Mieter denken, was er wollte. Wütend auf sich selbst ging Sarah den Hügel zum Kutscherhaus hinunter.

Kapitel 8

»Ich glaube, ich habe den armen Woody ganz schön zusammengestaucht.«

Sarah werkelte herum und tat so, als ob die Kommode in Max Bittersohns Zimmer unbedingt aufgeräumt werden mußte, obwohl er kaum genug Zeit in dem Zimmer verbracht hatte, um etwas in Unordnung zu bringen; außerdem war er ohnehin ein relativ ordentlicher Mensch.

»Das Problem mit Lionels Meute besteht darin, daß sie sofort auf einem herumtrampeln, wenn man versucht, sie wie Menschen zu behandeln. Aber der Apfel fällt ja bekanntlich nicht weit vom Stamm.«

»Ihre Mutter muß auch verdammt merkwürdig sein, wenn sie ihre vier kleinen Kinder einfach so sitzen läßt und mit einer anderen Frau zusammenlebt.«

Max kam zu ihr herüber und legte seine Hände um Sarahs Taille. »Darüber habe ich auch schon nachgedacht, Sarah. Was hältst du von Kindern?«

»Kinder im allgemeinen oder im besonderen?«

»Unsere Kinder, verdammt noch mal.«

Sarah lehnte ihren Kopf an seine Brust. »Weißt du was, Max? Du bist ja ein richtiger altmodischer Pater familias.«

»Wer zum Teufel hat dir denn das Gegenteil erzählt? Sie wären übrigens auch keine Juden, weißt du.«

»Warum denn das nicht?«

»Weil die Religion sich bei uns durch die Mutter vererbt.«

»Soll das bedeuten, daß sie niemals am Makkabäischen Schachturnier teilnehmen dürfen?«

»Damit mußt du dich eben abfinden, mein Schatz.«

»Das ist diskriminierend und gemein!« rief Sarah. »Ich hatte keine Ahnung, daß Juden solche Snobs sind.«

»Hast du etwa geglaubt, deine Leute hätten ein Monopol auf Snobismus?«

»Nenn sie bitte nicht immer meine Leute. Du wirst mich doch wohl nicht mit Fren Larrington und Miffy Tergoyne über einen Kamm scheren, hoffe ich!«

»Du bist da hineingeboren, Sarah. Und ob du willst oder nicht, du wirst es niemals richtig schaffen, dich davon ganz zu lösen.«

»Willst du damit etwa sagen, daß als Zeichen für meine puritanische Abstammung tief in meinem Herzen auf immer und ewig gebackene Bohnen und Kabeljau eingebrannt sind?«

»Und in meinem ist es gefilte Fisch.« Max rieb seine Wange an ihrem feinen weichen Haar. »Was hältst du davon, *Fischele*, sollen wir uns nicht unser eigenes Aquarium zulegen?«

»Miz Kelling! Miz Kelling!«

Der alte Jed Lomax lief die Auffahrt zum Haus hinauf und brüllte sich die Seele aus dem Leib. Sarah seufzte.

»Max, hast du auch das Gefühl, daß wir hoffnungslos in der Minderzahl sind?«

Sie lief zum Fenster und steckte ihren Kopf nach draußen. »Ich bin hier unten, Mr. Lomax, hier im Kutscherhaus. Was ist denn los?«

»Ich muß unbedingt sofort telefonieren. Die Kinder haben das Bootshaus in Brand gesteckt.«

»Oh Gott, was werden sie als nächstes anstellen? Ich rufe sofort die Feuerwehr.«

Sie griff nach Max Bittersohns Telefon. »Vermittlung? Bitte verbinden Sie mich schnell mit der Feuerwehr von Ireson. Es ist sehr dringend. Max, du gehst am besten mit Mr. Lomax mit und siehst nach, wie schlimm es ist. Am liebsten würde ich Cousin Lionel auf der Stelle den Hals – hallo? Hallo, hier spricht Mrs. Kelling aus der Wood Lane. Die Kinder meines Cousins haben unser Bootshaus in Brand gesteckt. Könnten Sie bitte sofort kommen, bevor das Feuer auf die Bäume übergreift?«

Wenn das nicht bereits geschehen war. Sarah glaubte, den Rauch schon riechen zu können. »Ja, das große Haus auf dem Hügel. Mr. Lomax wartet am Ende der Auffahrt und wird Ihnen zeigen, wie Sie am besten zum Bootshaus kommen.«

»Mr. Lomax«, rief sie ihm zu, »ich habe den Feuerwehrmännern gesagt, Sie seien unten an der Auffahrt und würden ihnen den Weg zeigen.«

»Dann mach ich mich besser auf die Socken. Danke, Miz Kelling.«

»Bedanken Sie sich doch nicht bei mir!« stieß sie in einem Anflug von Hysterie aus, doch es war niemand mehr da, der sie hören konnte. Max und der alte Jed hatten sich bereits auf den Weg gemacht. Pete hatte zweifellos seinen Onkel rufen hören und war ebenfalls zu dem Feuer geeilt. Sarah hoffte nur, daß er die Sense nicht mitgenommen hatte.

Aber er hätte wenigstens einen Besen und einen Eimer mitnehmen können. Ihr fiel Alexanders private Feuervorsorge ein. Ihr verstorbener Ehemann war immer auf alles gefaßt gewesen. Sowohl im Haupthaus als auch hier hatte er alte Besen, Jutesäcke und Zinkeimer zusammengetragen, um auf einen Notfall vorbereitet zu sein. Sarah hatte ihn deswegen immer geneckt, aber Alexander hatte seine Ausrüstung sehr ernst genommen.

»Aus kleinen Feuern werden große, Sarah. So isoliert, wie wir hier leben, dürfen wir kein Risiko eingehen. Eines Tages sind wir vielleicht froh, daß wir diese Dinge zur Hand haben.«

Er hatte diesen Tag nicht mehr erlebt. Die Sachen jetzt zu benutzen war das wenigste, was seine Witwe tun konnte. Warum hatte Mr. Lomax nicht an sie gedacht? Wahrscheinlich hatte er das, aber eingesehen, daß sie nutzlos waren.

Trotzdem holte Sarah die Besen und Eimer, schwang sich die Säcke über die Schulter und stolperte mit ihrer klappernden Last über den Hügel zum Bootshaus hinab. Von ihren zahlreichen Spaziergängen kannte sie diese Wälder so gut, daß sie mit jeder Abkürzung vertraut war, also traf sie beinahe gleichzeitig mit Max, der die Auffahrt hinuntergelaufen und über den Weg hergekommen war, an der Brandstelle ein.

Sie sah, daß Cousin Lionel die Krise wie erwartet handhabe: Er spornte seine Söhne an, ihm zu helfen, das Zelt abzubrechen und die Campingausrüstung zu retten. Er rührte keinen Finger, um das Bootshaus zu löschen oder das Feuer im Gras daran zu hindern, auf die Bäume überzugreifen. Sie schob ihn zur Seite und begann, die Säcke und Eimer zu verteilen.

»Jesse, du nimmst diesen Eimer hier und füllst ihn mit Wasser. Jungens, macht die Säcke naß und schlagt damit die Flammen am Rand aus. Das Feuer darf auf keinen Fall die Bäume erreichen. Lionel, gib Max die Schlüssel zu deinem Bus. Er blockiert den Weg, die Feuerwehr kann nicht durchkommen.«

»Nein«, protestierte ihr Cousin aufgebracht. »Ich brauche das Fahrzeug, um das Zelt zu retten.«

»Wenn der Benzintank explodiert, können Sie überhaupt nichts mehr retten, nicht mal sich selbst«, sagte Max. »Die Schlüssel, Lionel.«

Lionel warf einen einzigen Blick auf Max Bittersohns zusammengepreßte Kiefer und gab ihm die Schlüssel. Max sprang auf den hohen Fahrersitz, manövrierte das Gefährt weg von den kriechenden Flammen und rumpelte zwischen den noch unversehrten Bäumen davon.

Pete tauchte etwa zur selben Zeit auf, offenbar in der Absicht, das Schauspiel untätig aus sicherer Entfernung zu genießen. Sarah reichte ihm einen Besen und einen Eimer und hielt ihn an, sich nützlich zu machen.

»Helfen Sie mir erst mal mit dem Zelt«, brüllte Lionel.

Aber Pete schenkte ihm keine Beachtung. Lionels Söhne übrigens auch nicht. Sie fanden es viel zu interessant, die Flammen auszuschlagen und sich gegenseitig anzustacheln, barfuß auf die Funken zu springen. Dann schlingerte endlich der Feuerwehrwagen auf die Lichtung. Jed Lomax stand mit einigen anderen freiwilligen Feuerwehrmännern auf den Trittbrettern hinten am Fahrzeug. Als erstes packten sie sich Cousin Lionels Gaskocher und seine Laterne und warfen sie hinunter auf die Felsen. Sie ignorierten sein Wutgebrüll und machten sich daran, ihre Schläuche anzuschließen, um Wasser aus dem Meer hochzupumpen.

»Was für'n Glück, daß die Flut bald kommt«, knurrte einer von ihnen. »Die Wälder sind ganz schön trocken für diese Jahreszeit. Und Sie hören jetzt mal auf, über Ihr Zelt zu jammern, Mister. Es is' doch aus schwer entflammbarem Material, oder sollte es zumindest sein. Wenn nicht, müssen wir es nämlich einkassieren.«

Lionel verfiel in grimmiges Gemurmel und funkelte sie wütend an, während er mit großem Aufwand versuchte, die unglaublichen Mengen an Ausrüstung zu retten, die mitzubringen er für das Überleben auf dem Grund und Boden seiner Cousine für nötig befunden hatte. Ein zweiter Feuerwehrwagen mit noch mehr Männern traf ein, und die Männer taten Cousin Lionel den Gefallen, seine gesamte Ausrüstung, inklusive Schlafsäcke, Ersatzwäsche und Lionel selbst, völlig zu durchnässen. Dabei versuchten sie, so zu tun, als ob das nicht absichtlich geschähe.

Mit Hilfe dieser großen Mannschaft war das Feuer schnell gelöscht, aber die Feuerwehrmänner blieben noch ein wenig länger und spritzten die Lichtung ab, wobei Lionels Ausrüstung noch ein- oder zweimal völlig eingeweicht wurde. Das Bootshaus hatten sie leider nicht retten können. Es war schon bei ihrer Ankunft mehr oder weniger abgebrannt gewesen.

»Irgendeine Ahnung, wie das Feuer entstanden sein könnte, Mrs. Kelling?« erkundigte sich der Einsatzleiter.

»Da fragen Sie am besten meinen Cousin«, erwiderte sie und starrte dabei den unseligen Lionel wütend an. »Er hat sich selbst zum Campen hierher eingeladen. Ich hatte ihm strikte Anweisungen gegeben, die Kinder keinen Unsinn treiben zu lassen, aber offenbar hat es nicht viel genutzt.«

»Wir haben nichts angezündet«, schrie Jesse.

»Konnten wir gar nicht«, quäkte der kleine Frank. »Lionel hat alle Streichhölzer in einen wasserdichten Behälter gesteckt, und jetzt kriegt er den Deckel nicht mehr auf.«

»Ach ja?« fragte der Einsatzleiter. »Dann wollen wir uns diesen Behälter mal ansehen.«

Cousin Lionel kramte mürrisch in seiner wassertriefenden Ausrüstung herum und schaffte es schließlich, den Streichholzbehälter herauszufischen. Der Brandmeister betrachtete die Dose kurz und schnippte mit dem Daumennagel gegen irgend etwas an dem Deckel, der sogleich aufsprang.

»Lionel ist ein Idiot«, bemerkte James.

»Warum verdreschen Sie den Jungen nicht?« erkundigte sich einer der Feuerwehrmänner.

»Ich halte nichts von Gewalt gegen Kinder«, erwiderte Lionel mit zusammengebissenen Zähnen. »Wie Sie sehen, fehlt kein einziges Streichholz. Ich habe sie ganz fest zusammengepackt, damit sie sich nicht aneinander reiben und aus Versehen entzünden können.«

»Das kann man wohl sagen. Wie Sie die Dinger eingepackt haben, hätten Sie wahrscheinlich die gesamte Schachtel in Brand gesetzt, wenn Sie versucht hätten, eins herauszuziehen. Und andere Streichhölzer hatten Sie nicht? Auch kein Feuerzeug?«

»Ich bin Nichtraucher.«

»Und was ist mit Ihren Söhnen? Na kommt schon, Kinder. Wer von euch hatte die Streichhölzer?«

Sie knufften sich gegenseitig in die Seite und kicherten, aber keiner wollte irgend etwas zugeben.

»Wollt euch wohl nicht gegenseitig verpetzen, was?« fragte der Einsatzleiter.

»Sehr untypisch«, bemerkte Sarah. »Normalerweise beschuldigen sie einander ständig. Jungs, es ist jetzt nicht der richtige Zeitpunkt, edel zu sein. Ihr braucht auch gar nicht zu denken, daß Lionel aus dem Schneider ist, wenn ihr den Mund haltet. Egal, wer das Feuer gelegt hat, euer Vater wird dafür haften müssen, wenn ich Probleme mit der Bank bekommen sollte.«

Die Kinder fanden das zwar äußerst lustig, aber trotzdem wollte keines mit der Sprache herausrücken. Jesse zog sich Pullover und Shorts aus und warf sie dem Feuerwehrmann vor die Füße.

»Durchsuchen Sie mich doch!« forderte er.

Da weder die Shorts noch der Pullover Taschen hatten und Jesse darunter sonst nichts trug, konnte er einen Punkt für sich verbuchen. Sofort brüllten auch seine beiden jüngeren Brüder »Durchsuchen Sie mich doch!«, hüpften übermütig herum und stellten ihre mückenzerstochene Haut zur Schau.

»Seid endlich still, und zieht euch wieder an!« brüllte Sarah. »Wie steht es denn mit Woody? Hatte er Streichhölzer?«

»Er trug dieselben Sachen wie die anderen«, ließ Pete Lomax verlauten, als schulde er Woody einen Gefallen, nachdem er ihn beinahe niedergemäht hatte. »Jedenfalls, als ich ihn oben am Haus gesehen habe«, fügte er noch hinzu, für den Fall, daß jemand ihn für vorlaut halten sollte.

»War das der Kleine, den ich die Auffahrt hab' runterrennen sehen?« erkundigte sich sein Onkel. »So 'n mageres Bürschchen mit nackten Füßen wie die Jungens hier? Mit so 'nem gestreiften Hemd an wie der Badeanzug von meinem Onkel Arch damals um 1910, bloß daß da längere Beine dran waren?«

»Hört sich ganz nach Woody an«, sagte Sarah. »Wohin ist er denn gelaufen, Mr. Lomax?«

»Kann ich beim besten Willen nich' sagen. Is' nich' hierherum zurückgekommen, is' schnurstracks an mir vorbei die Straße zum Dorf lang. Hat nich' grade glücklich ausgesehen, aber richtig schnell gerannt oder so is' er auch nich'.«

»Wieso ist Woody denn ins Dorf gegangen?« verlangte Jesse zu wissen. »Er hat doch zu mir gesagt, daß er Sarahs Telefon benutzen wollte. Er wollte nämlich seinen Buchmacher anrufen.«

»Woody hat ein Talent für Geldgeschäfte«, erklärte Lionel. »Er liebt es zu experimentieren, indem er sich auf Spekulationen verschiedenster Art einläßt.«

75

»Er hat einen tollen Tip für das fünfte Rennen in Suffolk Downs«, übersetzte Jesse. »Er versucht nämlich, genug Geld zusammenzukratzen, um nach Bora Bora abzuhauen, solange er noch den Kindertarif im Flugzeug kriegen kann.«

»Klingt einleuchtend«, bemerkte Max Bittersohn.

»Tja, ich befürchte, da habe ich seinen Unternehmungsgeist aber sehr frustriert«, meinte Sarah. »Ich habe ihm gesagt, er müßte zum öffentlichen Fernsprecher unten im Dorf gehen. Wenn ich allerdings gewußt hätte, daß der Anruf für einen derart guten Zweck gedacht war, hätte ich vielleicht mit mir reden lassen. Wann ist er denn hier aufgebrochen? Und ist er vorher allein zum Bootshaus gegangen?«

»Wir haben es uns gemeinsam angesehen«, klärte Lionel sie auf.

»Genau. Lionel hat uns gezeigt, wo der Pott ist«, kicherte James. »Was sollen wir denn jetzt machen, Lionel? Uns in die Büsche verziehen?«

»Ich würde vorschlagen, ihr fahrt am besten sofort wieder zurück nach Cambridge«, lautete Sarahs Vorschlag. »Die Schlafsäcke kriegt ihr sowieso nie im Leben schnell genug trocken, um sie heute nacht benutzen zu können, und ich würde euch nach allem, was ihr angestellt habt, bestimmt nicht zu mir ins Haus einladen, selbst wenn ich genug Bettzeug hätte, was übrigens nicht der Fall ist. Als ich gesagt habe, ihr könntet hier unmöglich bleiben, wenn ihr mir Schwierigkeiten machen würdet, war das mein voller Ernst.«

Der kleine Frank schnaubte wütend. »Mensch, ist die bescheuert. Die glaubt immer noch, daß wir ihr die Bude abgefackelt haben.«

»Wenn ihr es nicht wart, wer soll es denn sonst gewesen sein? Im Bootshaus gab es keine Elektrokabel. Ich kann mir nicht vorstellen, was sonst ein Feuer hätte verursachen können. Sie vielleicht, Mr. Lomax?«

»Vielleicht irgend etwas mit den Rohren?« unterbrach der Einsatzleiter. »Wie funktionierte die Wasserversorgung, Mrs. Kelling?«

»Das Wasser mußte mit der Hand von einem unterirdischen Brunnen hochgepumpt werden. Es war ein sehr altes System, und ich bin sicher, daß das Feuer alles zerstört hat. Ehrlich, Cousin Lionel, ich würde dich am liebsten erwürgen.«

»Super!« rief Jesse. »Ihr habt alle gehört, was sie gerade gesagt hat. Jetzt können wir Lionel umbringen und Sarah die Schuld in die Schuhe schieben.«

»Sehr gut, Jungs«, sagte ihr Vater mit dem Anflug eines verkrampften Lächelns. »Reagiert eure Aggressionen nur immer schön ab, bevor sie sich aufstauen und zu Störungen führen.«

»Ich werde jedenfalls meine erst abreagieren, wenn ich weiß, was die Leute von der Versicherung sagen«, informierte ihn Sarah.

»Meine liebe Sarah, wenn du mir erklären kannst, wie einer meiner Söhne es geschafft haben soll, dieses Feuer zu legen, obwohl wir nichts hatten, um es zu legen, habe ich nichts dagegen einzuwenden, wenn du mich für sämtliche Schäden, die verursacht wurden, haftbar machst.«

Das war allerdings äußerst verblüffend. Lionel mußte sich seiner Sache absolut sicher sein, sonst würde er sich nicht vor Zeugen zu einem derartigen Versprechen hinreißen lassen. Die Mitglieder der Familie Kelling neigten nicht dazu, auch nur das geringste Risiko einzugehen, wenn Zahlungen erörtert wurden, und Lionel war sozusagen selbst für einen Kelling ein Extremfall.

Aber wenn die Jungen das Feuer nicht gelegt hatten, wer war es dann gewesen? Sarah konnte nicht glauben, daß es Sonnenstrahlen gewesen waren, die durch eine zerbrochene Flasche oder einen anderen Zufall das Feuer verursacht hatten, denn der Himmel war bedeckt, seit Tante Appie ihr heute morgen den lauwarmen Tee auf den Hals getröpfelt hatte. Von selbst konnte es aber auch nicht entstanden sein, denn im Bootshaus befand sich nichts, was leicht entzündbar war. Alexander hatte immer dafür gesorgt, daß nirgendwo ölgetränkte Lappen oder feuergefährliche Substanzen herumlagen, und dasselbe galt für Mr. Lomax.

»Mr. Lomax«, erkundigte sie sich, »wann haben Sie das letzte Mal nach dem Bootshaus gesehen? Vor heute morgen, meine ich.«

»Gestern, als ich wie immer meine Runde gemacht hab'«, berichtete er bereitwillig. »Morgens hab' ich doch alles für Sie vorbereitet, weil ich ja wußte, daß Sie kommen.«

»Wenn Sie wußten, daß wir heute kamen, warum war denn dann der Strom abgeschaltet?«

Diese Frage stammte von Max. Sarah hatte den Hausverwalter nicht in Verlegenheit bringen wollen, indem sie ihm vor seinen

Freunden von der Feuerwehr eine derartige Frage gestellt hätte. Der alte Lomax reagierte wie erwartet verärgert.

»Was meinen Sie damit? Klar hab' ich den Strom angestellt. Genau wie sonst auch.«

»Dann muß irgend jemand ihn wieder abgestellt haben, denn das Licht ging nicht an, als wir eintrafen. Erinnerst du dich, Sarah?«

Sarah blieb nichts anderes übrig, als zu nicken. Sie konnte sich noch genau daran erinnern, wie sie vergeblich versucht hatte, das Licht anzuknipsen, als Max das hübsche Altertümchen inspizieren wollte, das auf so rätselhafte Weise in die Diele am Vordereingang gelangt war. Deshalb hatte Mr. Lomax sie auch später zusammen mit Jofferty draußen auf dem Rasen vor dem Haus angetroffen. Sie war so sehr mit dem Spiegel beschäftigt gewesen, daß sie völlig vergessen hatte, das vermeintliche Versehen zu erwähnen. Gemeinsam mit Max hatte sie später die Hauptsicherung wieder eingeschaltet.

Es sah Mr. Lomax so gar nicht ähnlich, etwas zu übersehen. Außerdem sah es ihm noch weniger ähnlich, sich seiner Sache derart sicher zu sein, wenn er nicht die Hand dafür ins Feuer legen konnte, daß er seine Arbeit ordnungsgemäß erledigt hatte. Lomax mußte also wirklich den Strom eingeschaltet haben, wenn er es so felsenfest behauptete, und ein anderer mußte kurz darauf aufgetaucht sein und ihn wieder abgestellt haben. Doch warum um alles in der Welt mochte er das getan haben?

Die nächstliegende Vermutung war, daß es sein Neffe Pete gewesen war, doch warum sollte Pete ihnen einen derartig dummen Streich spielen? Von Sarah in flagranti erwischt, hätte er sich möglicherweise damit herausreden können, daß er eine defekte Sicherung auswechseln oder irgend etwas reparieren wollte. Was den Zugang zum Sicherungskasten betraf, waren die beiden wohl an dem besagten Morgen drei- oder viermal im Haus gewesen, um nachzuprüfen, ob das Wasser angestellt war und dergleichen mehr. Sie hatten sicher erst abgeschlossen, als sie ihre Arbeit beendet hatten und fertig zum Fortgehen waren.

Aber was hätte Pete davon gehabt, wenn er ihnen den Strom abgestellt hätte? Er hätte es natürlich aus reiner Bosheit tun können, vermutete sie, oder um vorzutäuschen, daß sein Onkel allmählich zu alt für seinen Job wurde und es an der Zeit war, einen Jüngeren, beispielsweise ihn selbst, einzustellen. Oder er hatte vermeiden wollen, daß Sarah in den dunklen Flur kam und das Licht rechtzeitig genug anknipste, um zu sehen, wie er den Spiegel aus Bilbao aufhängte, den er gerade bei Miffy Tergoyne gestohlen hatte.

Es wäre auch durchaus möglich gewesen, daß jemand ins Haus geschlichen war und den Spiegel unmittelbar nach Miffys und Alice B.'s Inventarüberprüfung entwendet hatte, denn die beiden waren zweifellos danach sofort in die Küche gegangen, um dort ein spätes Frühstück einzunehmen und sich eine kleine alkoholische Stärkung zu genehmigen. Doch warum hatte der Betreffende den Spiegel in Sarahs Haus gebracht, obwohl er sicher wußte, daß sie bald eintreffen würde?

Warum dachte sie nicht an etwas Vernünftiges, beispielsweise, den Elektriker kommen zu lassen, um die Leitungen zu untersuchen? Vielleicht gab es einen lockeren Kontakt im Hauptschalter oder irgendeinen anderen Defekt. Jedenfalls hatte der Zwischenfall mit dem Licht gestern oben im Haus sicher nichts mit dem heutigen Feuer im Bootshaus zu tun, oder etwa doch? Sarah wünschte sich, daß die Jungen gelogen hatten, als sie ihr versicherten, keine Streichhölzer zu haben, aber sie hatte das unangenehme Gefühl, daß sie die Wahrheit sagten.

«Ich kann mir zwar nicht vorstellen, daß wir hier in Ireson Town ein Dezernat für Brandermittlung haben«, sagte sie zu dem Einsatzleiter, »aber könnten Sie nicht vielleicht einen Spezialisten aus irgendeiner anderen Stadt kommen lassen? Ich hasse es, Sie noch mehr zu belästigen, als ich es schon getan habe, aber ich muß mich sicher schon bald deswegen mit der Versicherung herumschlagen. Und mit der Bank. Ich muß ihnen todsicher Rechenschaft ablegen.«

»Hatten Sie vielleicht Benzin oder Öl gelagert?« erkundigte er sich. »Vielleicht für ein Boot?«

»Die Familie besaß schon lange vor meiner Hochzeit kein Boot mehr. Ich kann mir beim besten Willen nicht vorstellen, daß es hier irgend etwas Brennbares gegeben haben könnte, wenn man von dem Bootshaus selbst absieht. Wenn Mr. Lomax sagt, er habe das Haus gestern morgen inspiziert, können Sie absolut sicher sein, daß es auch stimmt. Das bedeutet, daß auch niemand gecampt hat, von dem wir nichts wußten. Wir hatten früher manchmal Probleme damit, deshalb schaut sich Mr. Lomax auch immer besonders gründlich um. Außerdem haben sein Neffe und er hier in der letzten Zeit noch mehr Zeit verbracht als gewöhnlich, weil wir momentan sehr viel zu erledigen haben. Ich bin selbst fast jeden Tag auf dem Grundstück gewesen, obwohl ich erst gestern offiziell eingezogen bin, wie man so schön sagt. Oh, darf ich Ihnen meinen Mieter Mr. Bittersohn vorstellen?«

»Isaac Bittersohns Junge aus Saugus«, erläuterte Mr. Lomax.

»Ach ja, Teufel auch, ich habe schon gehört, daß Sie hier sind«, sagte der Einsatzleiter. »Wie geht's Ihrem Vater? Habt ihr übrigens schon mal die Geschichte gehört, wie wir Isaac dazu gekriegt haben, uns ein neues Dach für die Feuerwache zu verschaffen?«

Die Feuerwehrmänner scharten sich um ihn und ließen sich den Vorfall in allen Einzelheiten schildern. Max lächelte und nickte, ließ sich die Hand schütteln, freundschaftlich auf den Rücken klopfen und einladen, mal vorbeizuschauen und den Feuerwehrhund kennenzulernen, den sie als Geste größter Hochachtung nach seinem Vater benannt hatten. Sarah kam sich wieder einmal mehr als überflüssig vor. Während die Männer plauderten und sich amüsierten, stocherte sie in der warmen, feuchten Asche ihres ehemaligen Bootshauses herum und hing ihren eigenen Gedanken nach.

Kapitel 9

»Etwas Gutes hat die ganze schreckliche Sache wenigstens doch gebracht.«

Sarah und Max saßen allein draußen auf den Klippen und genossen ihr Picknick, schauten hinunter auf das Wasser und versuchten, die Verwüstungen unten hinter dem Hügel zu vergessen. Cousin Lionel hatte seine triefende Campingausrüstung in den Kleinbus gepackt, seine Brut zusammengetrommelt und war fortgefahren, um die Schlafsäcke im Waschsalon im Dorf in den Trockner zu werfen, da Sarah so rücksichtslos war, keinen solchen zu besitzen, und die Sonne ihnen nicht den Gefallen tun wollte, hinter den Wolken hervorzukommen und die Arbeit kostenlos zu erledigen.

Ganz sicher würde er unterwegs bei Miffy hereinschauen. Immerhin waren die Aussichten gut, daß er ihren Trockner benutzen konnte und eventuell sogar mit seinen Söhnen zum Mittagessen eingeladen wurde. Bestimmt würde er seiner Mutter haarklein erzählen, wie unfreundlich Sarah ihn empfangen hatte.

Aber was kümmerte sie das! Vielleicht war Tante Appie so verletzt über Sarahs Kälte und Herzlosigkeit, daß sie auf der Stelle nach Hause fuhr und niemals wieder zurückkam. Mit etwas Glück konnte es sogar sein, daß sie in Zukunft vom gesamten Yachtclub geschnitten wurde. Ein wunderbarer Gedanke. Sarah blickte drohend eine Möwe an, die lautstark einen Teil ihres Sandwichs forderte.

»Halt den Schnabel, und fang dir einen Fisch. Ich habe genug von Schnorrern. Max, glaubst du, daß ich allmählich hartherzig werde?«

»Willst du darauf wirklich von mir eine Antwort?« Er schob ihren Ärmel hoch und gab ihr einen leicht senfigen Kuß auf die Ellenbogenbeuge. »Du befindest dich eben momentan in einer transitorischen Phase, das ist alles.«

»Wo hast du denn das wieder her? Oh, ich weiß schon. Von dem Psychiater, dem der Patient einen Toulouse-Lautrec geklaut hatte.«

»Kluges Mädchen. Hier gefällt es mir übrigens wirklich gut, weißt du das?«

»Mir auch. Ich hoffe nur, wir können das Haus behalten.«

»Wenn du zwischen dem Haus hier und dem in Boston wählen müßtest, welches würdest du nehmen?«

»Kannst du dir das nicht denken? In der Tulip Street bin ich doch inzwischen so gut wie überflüssig geworden. Theonia, Brooks, Mariposa und Charles kommen viel besser zurecht, als ich es je geschafft habe. Im Moment habe ich dort nicht einmal mehr ein Zimmer.«

Sie hatte ihre Zimmer im ersten Stock Theonia und Brooks überlassen und Theonias altes Zimmer im zweiten Stock für den Sommer an eine Stipendiatin von Mount Holyoke vermietet, die in Boston für eine Biographie über die schwarze Dichterin Phyllis Wheatley recherchierte. Professor Ormsby war inzwischen ausgezogen, und ein Angestellter irgendeiner Computerfirma, der gerade versetzt worden war, wohnte in Ormsbys ehemaligem Zimmer, während er nach einem passenden Haus suchte. Sogar Max Bittersohns Kellerhöhle wurde jetzt von einem mit Charles befreundeten Schauspieler bewohnt, der die Hauptrolle in einer Show am Wilbur spielte, wenn auch niemand wußte, für wie lange. Im Herbst stand daher der große Wechsel an, doch darüber brauchte sich Sarah jetzt noch nicht den Kopf zu zerbrechen. Vielleicht würde sie sich sogar nie mehr damit beschäftigen müssen.

»Wie mag es wohl sein, wenn man hier den Winter verbringt?« fragte sie träumerisch.

»Höllisch kalt«, brummte Max.

»Natürlich würden wir nicht in dem großen Haus wohnen, aber wenn wir das Kutscherhaus richtig isolieren würden, zwei Öfen aufstellen und eine Küche einbauen ließen –«

»Das klingt ja wunderbar, *Kätzele*.« Max nahm ihre Hand und zog Sarah hoch. »Komm, wir fahren einen Ofen kaufen.«

»Warum gehen wir nicht einfach am Strand spazieren und sammeln Treibholz? Dann können wir uns später vor den Kamin kuscheln und ernsthaft über das Projekt nachdenken?«

»Willst du denn nicht zu diesem Yachtclub-Treffen?«

»Was für ein Yachtclub-Treffen? Ach so, du meinst die Party von Fren Larrington. Natürlich nicht! Warum sollte ich? Mein Gott, ich kenne Fren doch kaum. Als Alexander noch lebte, hat er mich immer wie Luft behandelt. Das haben sie alle, mit Ausnahme von Bradley Rovedock vielleicht, wenn er zufällig da war. Für sie war ich meistens nicht mehr als irgendein Möbelstück. Keine Ahnung, was sie im Moment alle von mir wollen. Vielleicht sind sie der Meinung, sie müßten mir in meiner Trauer beistehen, aber darauf kann ich sehr gut verzichten.«

Sarah ließ sich erweichen und warf der aufdringlichen Möwe die letzten Reste ihres Sandwichs zu. »Außerdem war es wohl kaum eine Einladung. Es war ein Befehl, und Fren hat keinerlei Recht, mir irgend etwas zu befehlen. Ich sehe absolut nicht ein, warum ich ihn auch nur mit einer Absage beehren sollte. Darüber hinaus kann ich mir nicht vorstellen, daß heute abend irgend jemandem der Sinn nach Feiern steht, nachdem diese schreckliche Geschichte mit Alice B. passiert ist. Fren hatte sicher noch nichts davon gehört oder hat es nicht richtig begriffen. Er ist ziemlich beschränkt, wenn es um etwas anderes als ums Segeln geht.«

»Wenn du sowieso nichts Besonderes vorhast, warum kommst du dann nicht mit und lernst meinen Onkel Jake kennen? Gestern abend hat er sich nach dir erkundigt. Er wohnt für ein paar Tage bei Miriam und Ira.«

»Liebend gern, Max. Ich wollte nur, ich könnte sie zu mir einladen, aber hier ist alles so chaotisch, daß man nie wissen kann, in was sie verwickelt würden, wenn sie mich wirklich besuchten. Wann wäre es Miriam denn recht?«

»Du willst also wirklich mitkommen? Meistens essen sie gegen halb sieben, damit Mike seine Abendseminare nicht verpaßt. Ist dir das zu früh?«

»Nein, aber wir können doch nicht einfach so uneingeladen zum Abendessen hereinplatzen.«

»Warum denn nicht?«

Weil es unhöflich war, was jedoch für den Bittersohn-Clan offenbar nicht zu gelten schien. Man konnte natürlich immer noch etwas mitbringen, überlegte sie. Wie Tante Appie. Sarah mußte lachen.

»Mir fällt gerade ein, daß ich noch schnell einen schönen, leckeren Thunfischauflauf machen könnte.«

83

Jetzt mußte auch Max lachen. »Was ist eigentlich aus dem Original geworden?«

»Ich war gestern abend so wütend, daß ich ihn einfach serviert habe. Keiner hat viel davon gegessen – wenn du da gewesen wärst, wüßtest du, warum. Den Rest habe ich draußen für die Tiere hingestellt. Vielleicht haben die Waschbären das Bootshaus niedergebrannt, aus Rache für ihre Bauchschmerzen. Max, ich sage es höchst ungern, aber ich glaube beinahe, daß Lionels kleine Ungeheuer tatsächlich die Wahrheit gesagt haben.«

»Ich bin ebensowenig begeistert von dieser Möglichkeit wie du, aber ich befürchte, daß du recht hast«, stimmte Max ihr zu. »Ich würde gern wissen, ob die Leute von der Brandermittlung irgend etwas finden.«

»Hoffentlich. Die Ungewißheit ist wirklich unerträglich. Kannst du dich noch an den Mann mit dem Verdünnungsmittel erinnern, der das Haus in Boston in Brand stecken wollte?«

»Wie könnte ich das je vergessen? Es war immerhin das erste Mal, daß du dir die Mühe gemacht hast, mich anzurufen.«

»Und seitdem habe ich dich nie mehr in Ruhe gelassen.«

»Da hast du verdammt recht.« Er zog sie zu sich herunter.

Bum! Von den Klippen erscholl der ohrenbetäubende Knall eines Schusses.

»Um Gottes willen!« Bittersohn drückte Sarah mit dem Gesicht nach unten auf das Gras und warf sich über sie. »Wir stehen unter Beschuß!«

Zu seinem großen Erstaunen lachte sie ihn aus. »So macht Gewissen Feige aus uns allen, wie Shakespeare so schön sagt. Das war doch der Startschuß für die Segelregatta, du Dummerchen. Wir haben ihn bloß viel deutlicher gehört als sonst, weil es genau unter uns war. Wahrscheinlich üben sie für die Frühlingsregatta. Ich habe eben schon gedacht, ich hätte ein Signal gehört, aber man gewöhnt sich hier so sehr daran, daß man sie kaum noch wahrnimmt. Es würde mich nicht wundern, wenn Bradley Rovedock den Wettkampf startet. Er nimmt nie teil, weil die Perdita das schnellste Boot im ganzen Club ist. Sie müßten jetzt eigentlich jeden Moment hier vorbeisegeln.«

»Großartig«, sagte Bittersohn angewidert. »Todsicher bohren sie sich die Ferngläser in die Augen, damit sie genau sehen können, was wir hier machen. Komm, wir gehen lieber zur Tankstelle und schauen Ira beim Benzinzapfen zu.«

»Was auch immer dich antörnt, wie unsere liebe Miss LaValliere sagen würde. Ich persönlich sehe allerdings keinen Grund, warum wir nicht weiter ruhig und gesittet hier sitzen und das Schauspiel genießen können.«

»Daß du auch immer ruhig und gesittet sein mußt!«

»Einer von uns muß eben auf die guten Manieren achten. Siehst du, da kommt schon das erste Segel aus der Bucht. Ich wette, es ist Fren Larrington. Er muß mal wieder Pittchen voran sein. Schau nur, gleich nutzt er die leichte Brise, die da unten das Wasser kräuselt, und hält sich von den Klippen fern. Ein Anfänger würde bestimmt nah am Land bleiben und sich deswegen feststampfen.«

»Ich wußte gar nicht, daß Segeln ein so rabiater Sport ist.«

»Versuchst du, witzig zu sein? Das bedeutet doch bloß, daß der Wind genau vor dir ist, so daß du keine Fahrt mehr machen kannst, bis du abfällst, weil der Wind dreht. ›Abfallen‹ heißt natürlich nicht, daß man vom Boot fällt. Das ist Fachjargon. Alexander hat mir immer alles erklärt. Wir standen gewöhnlich hier und – Max, Liebling, es tut mir leid. Ich will wirklich nicht ständig in der Vergangenheit wühlen. Es ist genauso – oh, als ob du über deinen Onkel Jake redest. Einfach ein Mensch, den du schon immer gekannt hast, dein ganzes Leben lang.«

»Ich war allerdings noch nie mit meinem Onkel Jake verheiratet.«

»Max, wann wirst du endlich verstehen, daß es etwas ganz anderes war als mit uns beiden? Großer Gott, das ist ja Miffy Tergoynes Boot! Die Slup mit der Gaffeltakelung und dem roten Streifen am Rumpf direkt hinter Biff Beaxitt. Biff segelt wie immer zu hart am Wind. Er wird gleich umschlagen, wenn er nicht aufpaßt – siehst du, da ist es schon passiert. Geschieht ihm ganz recht. Schade, daß ich nicht sehen kann, wer Miffys Boot steuert.«

Kaum zu glauben, aber Max zog tatsächlich ein winziges, zusammenklappbares Teleskop aus der Tasche. »Schau doch nach.«

»Meine Güte, womit du alles ausgestattet bist.«

Sie lehnte sich gegen ihn, ohne Rücksicht auf mögliche Beobachter, und schaute zu ihm hoch. »Ich nehme an, das hat Barbara immer zu dir gesagt.«

»Verdammt, Sarah, das ist doch wirklich – okay, ich hab's kapiert. Wer ist denn jetzt in Miffys Boot?«

»Ich glaube, es ist Miffy selbst an der Pinne, und Lionel ist Vorschoter. Tante Appie hütet offenbar seine wilde Meute, kannst du dir das vorstellen?«

»Es gibt Menschen mit einer angeborenen Begabung zum Märtyrer«, sagte Max. »Dein Cousin Lionel gehört allerdings offenbar nicht in diese Kategorie. Soweit ich das als Laie beurteilen kann, schneiden er und Miffy Tergoyne nicht einmal schlecht ab.«

Die rote Jolle, die zunächst weit hinten gelegen hatte, begann allmählich, sich einen Weg durch die diversen leuchtenden Segel und glänzenden Bootskörper zu bahnen.

»Sie sind wirklich sehr gut«, stimmte Sarah ihm zu. »Willst du auch mal schauen?«

Sie gab ihm sein Fernrohr zurück. »Miffy ist eine erstaunlich gute Seglerin, und Lionel ist absolute Spitze. Er segelt sogar zusammen mit Bradley in Newport.«

»Wer paßt denn an dem Tag auf die Kinder auf?«

»Es dauert nicht nur einen Tag. Ich nehme an, Vare hat sich immer geopfert. Vielleicht hat sie auch deswegen beschlossen, daß sie genug von Männern hat. Siehst du, sie liegen fast an der Spitze. Fren wird kochen vor Wut.«

»Ist er denn ein schlechter Verlierer?«

»Der schlimmste, den du dir denken kannst. Würde mich nicht wundern, wenn er heute abend im Club alles kurz und klein schlägt, was er in die Finger bekommt. Der Steward hat immer einen Satz Plastikgeschirr in petto für den Fall, daß Fren Larrington das Rennen nicht gewinnt. Ich bin froh, daß wir nicht da sein werden. Was übrigens die Frage aufwirft, was ich denn Miriam mitbringen soll. Meinst du, sie würde sich über Salat aus dem Garten freuen?«

Max hielt Salat für eine hervorragende Idee, also schlenderten sie zum Garten hinunter, scheuchten die Möwen fort und stellten ein nettes Sortiment aus Frühgemüse zusammen. Sarah nahm das Grünzeug mit ins Haus, säuberte es und legte es in kaltes Wasser, so daß alles schön frisch und knackig aussah, bis sie fertig zum Weggehen waren; dann begaben sie sich nach draußen, um nachzuschauen, ob sich in den Trümmern des Bootshauses irgend etwas Neues getan hatte. Jed Lomax und sein Neffe waren gerade dabei, das wenige, was von dem Gebäude übriggeblieben war, niederzureißen und die verkohlten Teile auf den Kleinlaster des Hausverwalters zu werfen.

»Das dürfen Sie nicht!« rief Sarah aufgeregt. »Das Dezernat für Brandermittlung wollte doch jemanden schicken, der untersucht, wie das Feuer entstanden ist.«

»Die waren schon hier«, klärte Mr. Lomax sie auf. »Ham den Sachverständigen von der Versicherung gleich mitgebracht. Wenigstens is' er wegen derselben Sache gekommen. Ham 'n bißchen in der Asche rumgestochert, aber nix gefunden, un' sind wieder abgezogen. Pete un' ich ham beschlossen, daß wir den Schlamassel hier am besten wegräumen. Wenn wir's liegen lassen täten, hätten wir im Handumdrehen heut nacht 'nen Haufen junger Rabauken hier, die versuchen würden, den Rest auch noch anzuzünden. Keine Sorge, Miz Kelling. Wir halten die Augen offen. Wenn wir was finden, sagen wir sofort Bescheid.«

»Was meinen Sie eigentlich persönlich zu der ganzen Sache, Jed?« fragte Max.

»Das waren die verdammten Bälger von Mr. Lionel, wenn Miz Kelling mir den Ausdruck verzeiht. Weiß nich', was es sonst hätt' gewesen sein können, außer es is' wer mit'm Ruderboot aufgekreuzt un' hat 'ne Lötlampe an die Schindeln gehalten.«

»Klingt zwar unwahrscheinlich, aber man kann ja nie wissen.«

Max schlenderte hinunter zum Ufer. Sarah folgte ihm. Inzwischen war Ebbe, und das Felsenfundament war sichtbar. Sie konnten sehen, wo jemand ein Datum in den Felsen geritzt hatte. Das mußte das Jahr sein, als das Bootshaus erbaut worden war: 1887. Vor fast einem Jahrhundert.

Man hätte dabei an elegante junge Männer in weichen weißen Flanellhosen und mit buntbebänderten Strohhüten denken können, die jungen Damen in Musselinkleidern mit Schleiern und Sonnenschirmen beim Besteigen oder Verlassen der mit Kissen gepolsterten Punts halfen, wenn man die Kellings nicht so gut gekannt hätte wie Sarah. In Wirklichkeit hatten die Männer bestimmt einfach das angehabt, was ihnen gerade in die Hände gefallen war, und die Damen waren auf sich selbst angewiesen gewesen und hatten verdrückte Baumwollröcke und sandige Leinenschuhe getragen.

Kissen hatte es schon gar nicht gegeben. Alle waren sonnenverbrannt und von Insekten zerstochen und fest davon überzeugt gewesen, daß sie dem Rest der Welt mit gutem Beispiel vorangingen. Vielleicht hatte das Bootshaus der Welt gar nicht soviel bedeutet, wie die Kellings immer angenommen hatten; trotzdem bedeutete seine Zerstörung das Ende einer Ära. Sarah überlief es kalt, und sie dachte nach, ob dies möglicherweise das Vorzeichen von noch schlimmeren Verlusten sein könnte.

Kapitel 10

» Ich sage also zu dem Richter: ›Euer Ehren, warum sollte ich Einspruch erheben? Der Angeklagte weiß, daß er einen Meineid leistet, Euer Ehren weiß es, der Verteidiger ebenfalls, und die Geschworenen wissen es auch. Warum sollte ich mir also *den kop ferdrehn* und Einspruch erheben? Soll er doch reden und seinen Prozeß selbst verlieren.‹«

Onkel Jake erinnerte Sarah sehr an ihren geliebten Onkel Jem, bloß daß er eine bessere Figur, einen anderen Tonfall und noch viel lustigere Anekdoten auf Lager hatte. Sie amüsierte sich köstlich. Ihr grünes Mitbringsel war begeistert aufgenommen worden, da die Rivkins weder Platz noch Lust hatten, sich einen Gemüsegarten anzulegen. Miriam hatte daraus einen wunderbaren Salat kreiert, von dem kein Blättchen übriggeblieben war, und auch alles andere hatte sehr gut geschmeckt. Sarah fühlte sich, als hätte sie ein Sofakissen verschluckt. Aber sie würde es sich morgen schon wieder abarbeiten, wenn sie die ganze Arbeit erledigte, die sie heute nicht mehr geschafft hatte.

Mike hatte sich entschuldigt und war nach Boston gefahren, während sie noch in aller Ruhe frisches Obst aßen und Tee tranken, und erst als er wieder zurückkam, merkten sie, wie rasch die Zeit vergangen war. Sarah raffte sich auf und erhob sich.

»Entschuldigt bitte. Ich habe mich hier bei euch so wohl gefühlt, daß ich gar nicht gemerkt habe, wie spät es schon ist. Max, wir sollten jetzt wirklich gehen, damit deine arme Familie endlich ins Bett kann. Ich bin sicher, daß Ira morgen schon ganz früh arbeiten muß.«

»Da haben Sie verdammt recht.« Ira stand ebenfalls auf. Er war ein gutaussehender Mann mit einem gewinnenden Lächeln und einem Ansatz von einem Ersatzreifen um die Hüften, was gut zu seinem Beruf paßte und eine natürliche Folge von Miriams hervorragenden Kochkünsten war. Er hatte sich ungezwungen und angeregt über Oldtimer, die Regierungspolitik im Mittleren Osten – wobei er nicht unbedingt glaubte, daß sie wirklich existierte – und eine Fülle anderer Themen unterhalten.

Miriam kannte sich genausogut aus wie ihr Mann, war allerdings nicht immer einer Meinung mit ihm. Sie sah Max sehr ähnlich und mußte einfach phantastisch aussehen, wenn sie sich zurechtmachte. Heute abend trug sie einen einfachen Jeansrock und einen Pullover, den sie eigentlich für Mike gestrickt hatte. Er war erst fertiggeworden, als er Mike schon nicht mehr paßte, und sie wollte ihn nicht einfach ungetragen im Schrank liegen lassen.

Kein Kelling hätte an dieser Einstellung auch nur das Geringste auszusetzen gehabt. Sarah fühlte sich bei den Rivkins wie zu Hause und hatte sich weitaus besser unterhalten, als sie es bei vielen ihrer eigenen Familienmitglieder je gekonnt hätte.

»Hat es dir gefallen?« fragte Max, als sie es endlich geschafft hatten, sich zu verabschieden, in sein Auto gestiegen waren und zurück zum anderen Ende der Stadt fuhren.

»Hervorragend. Ich mag sie wirklich sehr. Sie scheinen einander auch sehr zu mögen. Streiten sie sich eigentlich nie?«

»Warte nur, bis du meine Mutter kennnenlernst. Wenn du müde bist, kannst du deinen Kopf auf meine Schulter legen«, fügte er hilfsbereit hinzu.

Sarah nahm sein Angebot bereitwillig an, obwohl es Max dazu verführte, seinen Arm um sie zu legen, und sie wußte, daß es nicht erlaubt war, nur mit einer Hand zu fahren. Sie befand sich in einer wohligen, verträumten Stimmung, bis sie die Auffahrt hochfuhren und das Haus hell erleuchtet mit zwei fremden Wagen vor der Tür vorfanden.

»Mein Gott, was ist denn jetzt schon wieder los?«

Sarah kletterte von ihrem niedrigen Sitz und rannte ins Haus. Max folgte ihr auf dem Fuße und versuchte verzweifelt, sie zu beruhigen. Tante Appie kam ihnen völlig aufgelöst entgegen.

»Oh, Sarah, Gott sei Dank, daß du wieder zurück bist! Wir waren völlig aus dem Häuschen!«

»Aber warum denn? Was ist denn bloß passiert?«

»Warum bist du nicht zum Club gekommen?«

»Tante Appie, du willst doch damit nicht etwa sagen, daß du meinetwegen derart außer dir bist? Ich komme doch nie in den Club, wenn ich nicht unbedingt muß. Ich bin nicht einmal Mitglied. Das solltest du eigentlich wissen.«

»Aber Fren Larrington hat mir ganz klar gesagt, daß er dich eingeladen hat.«

»Fren ist hier heute morgen hereingeplatzt, hat mir den Befehl erteilt, mich in den Club zu begeben, ohne mich auch nur nach meiner Meinung zu fragen und ohne auch nur daran zu denken, mich vielleicht abzuholen. Dann ist er wieder verschwunden, bevor ich überhaupt die Möglichkeit hatte, ihm zu sagen, daß ich über keinerlei Transportmittel verfüge und außerdem auch gar keine Lust hatte zu kommen, weil ich schon etwas Besseres vorhatte. Du magst ein derartiges Benehmen als Einladung bezeichnen, ich jedenfalls nicht.«

»Aber Sarah, Liebes. Für Fren war es völlig selbstverständlich –«

»Mit welchem Recht hält Fren es für selbstverständlich, daß ich zustimme? Früher hat er mich nie eines Blickes gewürdigt und wird es hoffentlich auch in Zukunft so halten. Außerdem habe ich angenommen, daß weder er noch sonst jemand Lust zum Feiern haben würde, wenn ihr erst von Alice B.s Tod erfahren hättet.«

»Aber deswegen wollten wir uns doch überhaupt treffen, Liebes. Wir haben versucht, Miffy aufzumuntern.«

»Das war wirklich sehr nett von euch«, erwiderte Sarah müde, »aber was hat das alles mit mir zu tun? Erinnerst du dich nicht daran, daß ich dir gestern nach deiner Ankunft gesagt habe, du könntest tun und lassen, was du wolltest, solange du mich nicht miteinbeziehst, weil ich mehr als genug eigene Pläne habe?«

»Du hättest mich doch wenigstens informieren können, Liebes.«

»Ich habe dich gerade daran erinnert, daß ich das sehr wohl getan habe. Außerdem war der heutige Tag äußerst anstrengend für mich, immerhin haben Lionels Sprößlinge heute morgen mein Bootshaus niedergebrannt, nachdem sie gerade erst fünf Minuten hier waren.«

Sarah bedauerte, daß ihre Worte so hart klangen, doch sie hätte sich darüber keine Sorgen zu machen brauchen. Ihre Tante nahm von derartigen Bemerkungen nämlich prinzipiell keine Notiz.

»Fren war schrecklich enttäuscht.«

»Er wird es überleben. Tut mir leid, daß sich deine Freunde umsonst aufgeregt haben. Falls du der Meinung bist, daß ich mich entschuldigen soll, tue ich es hiermit und bedanke mich bei dir, daß du dir Sorgen gemacht hast und hergekommen bist. Kann ich jemandem eine Tasse Kaffee anbieten, bevor ihr wieder fahrt?«

»Du könntest uns wenigstens sagen, wo du gewesen bist.«

Sarah war sprachlos. Sie hatte zwar bemerkt, daß sich weitere Personen im Zimmer befanden, doch sie war zu wütend auf ihre Tante gewesen, um darauf zu achten, um wen es sich handelte. Diese hohe, weinerliche Stimme konnte nur Pussy Beaxitt gehören. Pussy hatte offenbar keine Zeit verloren und Alice B.s freigewordene Rolle als Nachrichtenagentur der Clique bereits übernommen. Sie würde erst verschwinden, wenn sie eine Antwort auf ihre Frage erhalten hatte, also blieb Sarah wohl nichts anderes übrig als die Flucht nach vorn.

»Wenn ich sehe, in welche Aufregung ich euch alle versetzt habe, tut es mir fast leid, daß ich euch nichts Spannendes mitteilen kann, aber Max und ich haben lediglich einen sehr schönen Abend mit seiner Familie am anderen Ende der Stadt verbracht.«

»Mit seiner Familie? Etwa mit diesem Rivkin, dem die Tankstelle gehört?«

Pussy klang so ungläubig und spöttisch-verletzend wie möglich. Ihr Ehemann Biff ließ ein Schnauben hören, das man sowohl als Lachen als auch als Ausdruck seiner Empörung interpretieren konnte, was allerdings kaum einen Unterschied machte.

Bradley Rovedock, der sich bis jetzt im Hintergrund gehalten hatte und zweifellos wünschte, er wäre nicht mit in die Sache hineingezogen worden, trat vor.

»Freut mich für dich, Sarah, daß du neue Freunde gefunden hast, doch ich bin egoistisch genug zu hoffen, daß du darüber deine alten Freunde nicht vergißt. Ich habe mich heute abend nur an diesem recht unverschämt späten Besuch beteiligt, weil ich dich fragen wollte, ob ich dich für morgen zu einem Tagestörn mit der Perdita verführen kann. Mr. Bittersohn ist natürlich ebenfalls eingeladen, wenn er Lust hat mitzukommen. Appie kümmert sich um Miffy, hat sie mir erzählt, aber Lassie und Don Larrington haben ebenfalls zugesagt. Ich dachte, wir könnten gut nach Little Nibble segeln und kurz bei den Ganlors vorbeischauen.«

»Vielen Dank für die Einladung«, sagte Max, »aber ich habe morgen anderswo zu tun. Warum fährst du nicht mit, Sarah? Ein wenig Abwechslung tut dir bestimmt gut.«

Wenn sie den Eindruck gehabt hätte, daß Max sich nur taktvoll zurückhalten wollte, hätte Sarah auf der Stelle abgelehnt, doch er hatte ihr auf der Fahrt zu Miriam mitgeteilt, daß er wegen eines Tizians, der im Wilkins-Museum gestohlen worden war, bereits am Morgen nach New York fliegen wollte. Er wußte noch nicht, wann er zurück sein würde, also sprach nichts dagegen, Bradleys Einladung anzunehmen. Das war das wenigste, was sie für ihn tun konnte, nachdem er sich soviel Mühe gemacht hatte.

Außerdem waren die Tagestörns nach Little Nibble für Sarah immer ganz besonders schöne Sommererlebnisse gewesen. Sie verehrte die Ganlors, die auch jetzt noch das Banner des Transzendentalismus hochhielten, gut ein Jahrhundert, nachdem die Fruitlands-Kolonie es aufgegeben hatte. Sie genoß sogar, wenn sie aus der Essay-Sammlung von Bronson Alcott zitierten, als ob sie tatsächlich verstehen konnten, was er gemeint hatte. Dabei kreisten Sarahs Gedanken allerdings meist mehr um die Originale der Familie March, die Louisa May Alcott in ihrem Buch *Little Women* so treffend beschrieben hatte, und sie stellte sich Mutter Marmee und ihre vier Töchter Meg, Jo, Beth und Amy vor, während sie den Schweinen den Trog füllten und Kartoffeln ernteten, während Vater March seine tiefsinnigen Erkenntnisse formulierte.

Sarah konnte sich genau ausmalen, wie der Tag verlaufen würde, denn sie hatte schon viele dieser Ausflüge erlebt. Bradleys Haushälterin würde einen riesigen Weidenkorb für sie packen, mit kaltem Huhn, Salat, köstlichen kleinen Pasteten und eisgekühltem Weißwein für das Mittagessen und heißen Getränken in Thermosflaschen für die Heimfahrt, wenn die Sonne unterging und eine frische Brise aufkam.

Endlose Cocktailrunden waren nicht zu erwarten. Auf Little Nibble gab es nur Kräutertee und Limonade, denn die Ganlors hielten so unglaublich viel vom einfachen Leben und von hohen Idealen, daß man es sich kaum vorstellen konnte, wenn man sie nicht persönlich kannte.

»Danke für die Einladung, Bradley«, sagte sie. »Ich komme gern mit. Wann soll es denn losgehen?«

Nachdem man sich auf neun Uhr geeinigt hatte, verzog sich die ganze Gesellschaft, glücklicherweise in Begleitung von Tante Appie und dem Familienalbum. Appie hatte vor, das Album am nächsten Tag Miffy zu zeigen, um sie ein wenig von Alice B.s anstehender Beerdigung abzulenken.

»Falls sie es überhaupt schafft, den Rausch, den sie sich heute abend angetrunken hat, auszuschlafen«, lästerte Biff Beaxitt.

»Ausgerechnet du mußt das sagen«, fauchte ihn seine Frau an.
»Gib mir lieber die Autoschlüssel. Du bist ja selbst viel zu betrunken, um zu fahren.«

Als die Besucher fort waren, sagte Max zu Sarah: »Wenn du nichts dagegen hast, würde ich mich gern ein wenig im Haus umschauen. Ich möchte dir wirklich keine Angst machen, aber nach dem zu urteilen, was Lomax über die Lichtschalter gesagt hat, scheint es mir ganz so, als hätte jemand die Schlüssel vom Haus. Laß am besten für alle Fälle ein paar Lampen brennen. Wenn du willst, könnte ich auch hier schlafen«, fügte er hilfsbereit hinzu.

»Zweifelst du auch nur eine Sekunde daran, daß Pussy Beaxitt zurückkommt, um nachzusehen, was wir machen, nachdem sie Biff abgesetzt hat?« fragte Sarah. »Mach dir bitte um mich keine Sorgen. Ich gehe davon aus, daß hinter jedem Busch im Garten ein Spion lauert, um zu sehen, ob du auch wirklich zurück zum Kutscherhaus gehst. Im Zoo im Franklin-Park könnte ich kaum sicherer sein.«

»Oh, im Franklin-Park gibt es dieser Tage auch jede Menge Ärger«, knurrte Max.

Sarah gab ihm einen Kuß auf die Nase. »Nun geh schon, und schau dich überall gründlich um, wenn es dich beruhigt. Ich mache dir inzwischen schnell eine Thermosflasche mit Kaffee und etwas zu essen, weil du morgen schon so früh fährst. Ich möchte nicht, daß du mit leerem Magen ins Flugzeug steigst und luftkrank wirst.«

»Ich werde nie luftkrank.«

»Es gibt immer ein erstes Mal. Ich finde es einfach schrecklich, daß du schon so früh weg mußt. Wir hätten viel eher bei Miriam weggehen sollen, aber es hat mir dort so gut gefallen. Und dann kommt Tante Appie und macht alles kaputt. Ich hätte wissen müssen, daß sie völlig aus dem Häuschen sein würde, weil ich nicht bei dieser dämlichen Dinnerparty aufgetaucht bin.«

»Aber du konntest doch gar nicht ahnen, daß sie im Club sein würde«, erinnerte Max sie. »Kopf hoch, Mädchen. Jetzt, wo sie wissen, mit welchen Leuten du dich abgibst, werden sie dich sowieso fallenlassen wie eine heiße Kartoffel.«

»Ganz im Gegenteil. Sie werden mir alle im Nacken sitzen, damit ich bei Ira kostenlose Inspektionen für sie herausschlage. Nun ja, alle wohl nicht. Tante Appie sicher nicht, aber sie kann auch nicht fahren. Aber Lionel würde es bestimmt versuchen, da gehe ich jede Wette ein. Ich wüßte nur zu gern, wen er heute nacht mit seiner Gegenwart beglückt.«

»Ich rechne ernsthaft damit, ihn und sein Wolfsrudel gleich friedlich schlafend in deinem Bett zu finden.«

»Falls du recht haben solltest, rufen wir sofort die Polizei. Geh um Gottes willen schnell nachsehen, und dann mach, daß du endlich ins Bett kommst.«

Die Zimmer waren leer, wenn man von einigen Mücken absah, die Max als echter Kavalier noch schnell totschlug, bevor er seinen Frühstückskorb nahm und zwischen den Sträuchern verschwand. Zwei Minuten später rief er sie von seinem Telefon aus an, um nachzufragen, ob es ihr gutgehe und sie ihn bereits vermisse. Sarah bejahte beides und gönnte sich noch einige angenehme Gedanken, bevor sie schließlich einschlief. Der Tag war weder extrem schön noch besonders scheußlich gewesen; man konnte ihn durchaus als eine interessante Mischung bezeichnen.

Kapitel 11

Sarah wachte gegen halb acht auf, rief im Kutscherhaus an, um sicherzugehen, daß Max nicht verschlafen hatte, stellte beruhigt fest, daß niemand den Hörer abnahm, und begann, sich für die Tagesausfahrt fertigzumachen. Sie fand ein Buch von Alexander, von dem sie annahm, daß die Ganlors es vielleicht gern als Erinnerung an ihn haben würden. Es war sowieso an der Zeit, daß sie sich von seinen Sachen trennte. Bradley Rovedock sollte auch ein Geschenk als Andenken bekommen. Sie würde noch etwas Passendes heraussuchen.

Aber nicht heute. Das Wetter würde geradezu ideal zum Segeln werden, aufgelockerte Bewölkung und gerade genug Wind, um die Fahrt aufregend zu gestalten, ohne daß sie in eine dieser mißlichen Situationen geraten würden, wo »alle Mann an die Pumpen« mußten. Da Sarah noch nicht oft gesegelt war und auch dann immer nur als Passagier, bereitete es ihr keinen besonderen Spaß, zusehen zu müssen, wie das Großsegel riß, oder zu erfahren, daß eine Sturmbö einen Ruderbruch verursacht hatte.

Sie wußte, daß sie nicht seekrank wurde. Wenigstens war es ihr bisher noch nie passiert. Aber da sie Max einen Vortrag über ausgerechnet dieses Thema gehalten hatte, machte sie sich schnell für alle Fälle ein kleines Frühstück aus Tee und Toast zurecht. Danach ging sie hinunter zum Kutscherhaus, um Max Bittersohns Bett zu machen, und fand die leere Thermosflasche mit einem kleinen Strauß Gänseblümchen darin auf seiner Kommode. Die Blumen waren schon verwelkt, weil er das Wasser vergessen hatte, doch der gute Wille zählte. Sie gab den armen Dingern auf jeden Fall Wasser und nahm die Thermosflasche mit zurück ins Haus.

Mr. Lomax und Pete würden heute nicht kommen, sie brauchte sich also keine Aufgaben für sie zu überlegen. Sie schloß das Haus sorgfältig ab, nahm Sonnenhut, Sonnenbrille und Windjacke und wartete, bis Bradley sie mit seinem Wagen abholte.

Bradley fuhr den einzigen Rolls Royce in Ireson Town. Sein Rolls gehörte fast ebenso zu den hiesigen Sehenswürdigkeiten wie früher der 1920er Milburn der Kellings, nur daß er viel neuer und weit luxuriöser war und seine Batterien nicht ständig aufgeladen werden mußten. Alice B. hatte einmal versucht, das Gerücht in Umlauf zu bringen, der Wagen sei das Geschenk eines arabischen Herrschers, dem Bradley auf einer seiner weiten Reisen einen großen, aber geheimen Dienst erwiesen hatte. Mit dieser Geschichte war sie allerdings nicht besonders weit gekommen, denn keiner wollte glauben, daß es irgendein Geheimnis gab, das Alice B. nicht herausbekam, wenn sie nur genug Zeit und Gelegenheit dazu hatte.

Bradley selbst hatte über die Geschichte gelacht. Er habe die Möglichkeit gehabt, den Wagen fast zum halben Preis zu erstehen, erklärte er, und nur ein Dummkopf hätte sich ein derartiges Schnäppchen entgehen lassen. Da ein Rolls mehr oder weniger ewig halte, spare er somit auf Dauer viel Geld, weil er sich keinen neuen Wagen mehr zu kaufen brauche. Die Yachtclub-Clique fand dies vollkommen einleuchtend, und jeder – bis auf Alice B. – war es zufrieden.

Bradley hatte bisher recht behalten. Nach zwölf Jahren war der Rolls immer noch so gut wie neu. Man fühlte sich sozusagen geehrt, wenn man darin mitgenommen wurde. Bradley Rovedock vermittelte einem einfach dieses Gefühl, dachte Sarah, als sie sich in den komfortablen Ledersitz neben ihm sinken ließ. Bei ihm fühlte man sich wie selbstverständlich als etwas ganz Besonderes. Bradley brauchte sich überhaupt keine Mühe zu geben, andere zu beeindrucken. Er war einfach von Natur aus beeindruckend. Wie Richard Corey, dachte Sarah – und überlegte, was wohl der Grund sein mochte.

Als sie am Yachtclub eintrafen, warteten die Larringtons bereits am Kai. Lassie sagte: »Ach, hallo Sarah« und reichte ihr matt die Hand. Don sagte: »Ach, hallo Sarah« und machte sich daran, Bradley zu helfen, die Ausrüstung im Beiboot der Perdita zu verstauen. Sarah begann allmählich daran zu zweifeln, ob es wirklich klug von ihr gewesen war, die Einladung anzunehmen.

Ihre Zweifel verstärkten sich noch, als sie hinaus zur Perdita ruderten und Fren Larrington bereits an Bord vorfanden. Aber er half ihr aus dem Beiboot und schien willens zu sein, das Kriegsbeil zu begraben. In Anbetracht von Alice B.s tragischem Dahinschei-

97

den bedauerte sie natürlich sofort, daß ihr ausgerechnet diese Metapher in den Sinn gekommen war.

Jedenfalls sagte er: »Tut mir leid, daß wir uns gestern mißverstanden haben«, was für Fren schon sehr großzügig war. Sarah erwiderte, sie hoffe, daß der Abend den Umständen entsprechend trotzdem schön gewesen sei. Dann lenkte Bradley das Gespräch auf das Merlinfischen, ein Thema, für das Don Larrington als anerkannter Experte des Clubs galt, und die Stimmung begann sich zu bessern.

Lassie, die ihnen zeigen wollte, wie gut sie sich auf der Perdita auskannte, ging nach unten in die Kombüse und machte eine Kanne Kaffee. Bradley überließ Fren die Pinne und Don die Fockschot, zum großen Stolz der Zwillinge, dann holte er *Petersons Vogelführer* und ein Fernglas, so daß Sarah die Seevögel besser beobachten konnte.

Alle Kellings waren dafür bekannt, daß sie leidenschaftliche Ornithologen waren, obwohl sich einige ziemlich anstrengen mußten, um echtes Interesse zu heucheln, damit der gute Ruf der Familie keinen Schaden nahm. Sarah gehörte zufällig zu den wirklich Interessierten. Sie freute sich sowohl über die Ablenkung als auch über die Gelegenheit, nicht mit den Larringtons reden zu müssen.

Bradley machte es sich neben ihr auf dem Kissen bequem, plauderte über den Bananaquit und über langschwänzige Tropenvögel, die er auf seiner Fahrt im letzten Winter gesehen hatte. Einmal nahm er ihr das Fernglas aus der Hand, weil er dachte, er habe eine Franklinmöwe entdeckt, die sich laut Peterson eigentlich irgendwo in Minnesota aufhalten müßte. Doch dann stellte er fest, daß es nur eine Lachmöwe war, was Sarah ihm sofort hätte sagen können, und sie lachten mit der Möwe um die Wette.

Sie sichteten Little Nibble etwa zehn Minuten eher als Bradley in seiner angeblich bisherigen Bestzeit, und Fren und Don platzten förmlich vor Stolz. Lassie verlangte, daß sie zur Feier des Ereignisses das Mittagessen einnehmen sollten, bevor sie an Land gingen. Alle stimmten zu, weil sie genau wußten, wie transzendental die Verpflegung bei den Ganlors immer ausfiel. Little Nibble machte eben seinem Namen alle Ehre, wie Fren in einem erstaunlichen Anflug von Witzigkeit verlauten ließ. Sie gingen also in Küstennähe vor Anker und holten den Picknickkorb nach oben.

Das Mittagessen fiel genauso aus, wie Sarah erwartet hatte, und sie griff reichlich zu, da der Toast vom Morgen längst seine sättigende Wirkung verloren hatte. Lassie bediente alle.

»Ich bin so daran gewöhnt, für Brad die Gastgeberin zu spielen«, erklärte sie mit einem herablassenden Lächeln. »Es macht dir doch hoffentlich nichts aus, Sarah?«

»Überhaupt nicht. Warum auch? Ich lasse mich schrecklich gern bedienen.«

»Arme, kleine Sarah.« Bradley rückte näher an Sarah heran und füllte ihr Glas mit Chablis auf. »Ich habe gehört, du schuftest dich ab für ein Haus voller – wie heißt es doch gleich – zahlender Gäste?«

»So könnte man sie wohl nennen, vermute ich«, sagte Sarah. »Wir selbst benutzen allerdings das Wort Pensionsgäste. Im übrigen schufte ich gar nicht mehr besonders viel, denn Cousin Brooks und seine Frau Theonia übernehmen das Haus, und ich habe ein unglaublich fähiges Hausmädchen und einen sehr guten Butler, die sowieso die meisten Arbeiten erledigen. Momentan habe ich sogar mein eigenes Zimmer vermietet, und jetzt gibt es in meinem eigenen Haus nicht einmal mehr Platz für mich.«

»Und was machst du im nächsten Winter?«

Sarah verspürte den Drang zu kichern. »Wer weiß? Nein, danke, Bradley, ich habe sowieso schon viel zuviel Wein getrunken. Aber ich würde liebend gern noch eins von diesen himmlischen Mandelpastetchen essen.«

Warum sollte sie sich nicht verwöhnen lassen, solange sie Gelegenheit dazu hatte? Sarah war nicht an Luxus gewöhnt. Ihre Mutter hatte sie nie verwöhnt, und ihr Vater schien meistens vergessen zu haben, daß sie seine kleine Tochter und keine Erwachsene war, die er flüchtig kannte. Er hatte sein einziges Kind nie zur Schule geschickt, sondern jemanden engagiert, der ihr zu Hause Privatunterricht erteilte. Nach dem Tod seiner Frau hatte er es als selbstverständlich angesehen, daß Sarah den Haushalt führte. Damals war sie erst zwölf gewesen, und es gab nur eine Köchin und eine Zugehfrau, die ihr halfen. Ihr Vater war gestorben, als sie 18 Jahre alt war, und sie hatte einen Cousin fünften Grades geheiratet, der über 20 Jahre älter war als sie und eine blinde Mutter und ein altes Faktotum am Hals hatte, dem es gelang, der jungen Ehefrau den größten Teil der Arbeit aufzubürden. Dann war ihr Ehemann umgekommen, und sie hatte sich mit neuen Problemen herumschlagen müssen.

Inzwischen war sie einigermaßen solvent, relativ unabhängig und fast, wenn auch noch nicht ganz, gewillt, einen charmanten Mann mit einem lukrativen, aber ungewöhnlichen Beruf zu heiraten, befand sich auf einer Millionärsyacht und verspeiste französische Pasteten. Trotz der Verwandtenplage, die über sie hereingebrochen war, trotz des abgebrannten Bootshauses und trotz des nagenden Verdachts, daß sie möglicherweise in einen ganz besonders unangenehmen Raubmord verwickelt war, verspürte Sarah ganz eindeutig ein Gefühl von Zufriedenheit.

Sie fragte sich allerdings, warum Lassie Larrington sie unablässig so merkwürdig anstarrte. Bestimmt hatte Pussy Beaxitt ihr inzwischen schon am Telefon sämtliche Einzelheiten der letzten Nacht mitgeteilt. Vielleicht war Lassie überrascht, daß Bradley immer noch bereit war, Sarah an Bord der Perdita zu dulden. Vielleicht war aber auch die ganze Clique zusammengekommen und hatte beschlossen, daß man Walters Tochter wie ein Scheit aus dem Feuer retten müsse. Eine amüsante Vorstellung. Sarah aß den letzten Pastetenkrümel und verkündete, sie sei bereit, an Land zu gehen.

»Wir können noch nicht aufbrechen«, widersprach Fren. »Wir haben doch den Wein noch gar nicht ganz getrunken.«

»Würdest du den Anker für mich lichten, Don?« war Bradleys einzige Reaktion.

Don verspürte offenbar weder zum Ankerlichten noch zu irgend etwas große Lust, außer vielleicht dazu, sich auf den Bordkissen zusammenzurollen und ein Nickerchen zu machen, doch das konnte er kaum sagen. Er tastete sich mit halbgeschlossenen Augen vorwärts, hievte gekonnt den Anker und verstaute die nassen Flunken im Bug. Eins mußte man den Leuten vom Yachtclub lassen, dachte Sarah, sie nahmen das Segeln wirklich sehr ernst. Es war ein Genuß zuzusehen, wie Bradley, der für dieses Manöver selbst die Pinne in die Hand nahm, die große Yacht perfekt an den langen, etwas baufälligen Kai von Little Nibble steuerte.

Natürlich war er mit Hilfsmotor eingelaufen. Unter Segel zu docken wäre sicher beeindruckender gewesen, doch auch sehr viel gefährlicher, und Bradley ging nicht gern Risiken ein. Er sah so schmuck aus wie eine Seeschwalbe, dachte Sarah, mit der dunklen griechischen Fischermütze, die er von einer seiner Rei-

100

sen mitgebracht hatte, einem passenden Rollkragenpullover und der weißen Segeltuchhose, die damals, als Bradley in seinem ersten kleinen Segelboot an einer Kinderregatta teilgenommen hatte, der letzte Schrei war. Bradley hatte seitdem immer nur weiße Segeltuchhosen an Bord getragen und würde diese Gewohnheit wohl auch niemals aufgeben, auch wenn er sich seine Hosen inzwischen für phantastische Summen maßschneidern lassen mußte. Unmöglich, sich Bradley Rovedock in Blue Jeans vorzustellen.

Von allen Mitgliedern der Ireson-Clique hatte er sich am besten gehalten. Sarah konnte nicht feststellen, daß Bradley heute wesentlich anders aussah als damals, als sie zum ersten Mal an Bord der Perdita gewesen war – damals lebten ihre Eltern noch beide, und Alexander, ein junger Gott in weißen Segeltuchhosen wie Bradleys, hatte sich freundlicherweise darum gekümmert, daß die kleine Sadiebelle auch einmal für ein paar aufregende Sekunden die Pinne festhalten durfte.

Selbstverständlich war sie zu jener Zeit mehr an dem Lunchkorb interessiert gewesen als an dem Gastgeber, der die Leckereien darin bereitstellte, aber seit damals hatte es noch viele andere Tagesausfahrten mit der Yacht gegeben.

Mit jedem Jahr hatte Alexander älter und abgekämpfter ausgesehen, während Bradley immer derselbe geblieben war, abgesehen von ein paar zusätzlichen Sonnenfältchen um die Augen und neuerdings, wie sie bemerkte, auch einigen braunen Flecken auf den Handrücken, bei denen es sich nicht um Sommersprossen handelte.

Sarah konnte nicht einmal graue Strähnen in Bradleys blondem Haar ausmachen, als er seine griechische Mütze abnahm, um die alte Mrs. Ganlor zu begrüßen. Die Nestorin der Insel saß mit ihrem Krabbennetz und einem völlig zerlesenen Exemplar von Emersons *Essays* auf dem Kai, genau wie sie auch all die anderen Male dort gesessen hatte, wenn sie in die Bucht von Little Nibble eingelaufen waren. Sie trug dasselbe leicht angeschmutzte Leinenkleid und denselben von der Zeit vergilbten Panamahut mit der schlaff herunterhängenden Krempe, den sie immer getragen hatte. Sie stand auf, um sie zu begrüßen, mit derselben freundlichen Würde, wie sie wohl Königin Elizabeth I. gezeigt hatte, als sie Sir Francis Drake nach seinem Sieg über die spanische Armada empfangen hatte.

»Wie nett von dir, Bradley, uns zu besuchen. Wollt ihr nicht mit in unseren Speisesaal kommen? Ich glaube, es ist noch etwas von unserem Mittagessen übrig, obwohl ich mich nicht mehr erinnern kann, was wir hatten.«

»Danke für die Einladung«, sagte Bradley, »aber wir haben schon auf der Perdita gegessen. Meine Köchin, wissen Sie. Sie will unbedingt immer für alles sorgen.«

»Ach ja. Sie hat die Macht und übernimmt die Verantwortung. Das hätte Abraham Lincoln sicher gefallen. Aber jetzt laß mich mal sehen, wen du denn heute sonst noch mitgebracht hast. Irgendwo muß doch hier meine andere Brille sein.«

Mrs. Ganlor kramte in ihren Taschen und zog schließlich ihre Brille aus dem Krabbeneimer, zupfte den Seetang ab, setzte sie sich auf die Nase und schaute sich die kleine Gruppe hinter Bradley genauer an.

»Das sind ja die Larrington-Brüder. Wie nett, euch zusammen zu sehen. Es ist immer wieder eine Herausforderung, euch auseinanderzuhalten. Nein, nichts verraten. Ich brauche nur noch einen Moment, dann weiß ich wieder genau, wer wer ist.«

Die Tatsache, daß Don seine Schweinchenkrawatte über einem farbbekleksten alten Sweatshirt trug, erleichterte die ganze Angelegenheit beträchtlich, doch die Ganlors neigten nicht gerade dazu, modische Details zu registrieren, es sei denn, Thomas Carlyle hatte sie irgendwo erwähnt.

»Und Lassie. Dich würde ich immer erkennen, meine Liebe.«

Es war undenkbar, daß Mrs. Ganlor jemals eine Episode der Fernsehserie gesehen hatte, aber gerade noch im Bereich des Möglichen, daß sie in frivoleren Kindheitstagen einen Blick in die Werke von Albert Payson Terhune geworfen hatte. Lassie sah ihrer hündischen Namensvetterin tatsächlich ähnlich, mit ihrer langen, spitzen Nase und dem gelbbraunen Haarschopf. Ihre Mähne war zwar inzwischen an den Seiten fast weiß, entweder durch die Sonne und den Wind oder weil Lassie, wie alle anderen Clubmitglieder auch, mit der Zeit nicht jünger wurde.

Alice B. hatte nur wenige Stunden vor ihrem Tod die Bemerkung fallengelassen, daß aus kleinen Welpen zuweilen bissige alte Hündinnen würden, und dabei ihren Blick zu Lassie auf die andere Seite des Zimmers schweifen lassen. Sie waren bis jetzt nicht dazu gekommen, über Alice B.s Tod zu sprechen, aber sie würden es zweifellos noch tun. Lassie hatte auf der Fahrt nicht viel gesagt, aber sie würde auf der Heimfahrt sicher das Blaue vom Himmel reden. Das tat sie immer. Selbst Alexander, der sich für gewöhnlich niemals zu unhöflichen Bemerkungen verleiten ließ, hatte während ihres letzten Törns auf der Perdita mit Lassie und Don gesagt, er bedaure wirklich, daß Bradley schlafende Hunde geweckt habe, erinnerte sich Sarah.

Auch Mrs. Ganlor erinnerte sich an Alexander. Sie nahm Sarahs Hand in ihre beiden Hände, eine Geste von mitfühlender Vertrautheit, die sie bisher nie gezeigt hatte. Vielleicht schimmerten sogar ein oder zwei Tränen hinter ihren tangbeschlagenen Brillengläsern.

»Meine kleine Sarah. Noch so jung und hast schon einen so schweren Verlust erleben müssen. Aber wenn du älter wirst, wird es weniger schmerzen, weißt du. So ist es immer. ›Zeit, wie ein ruheloser Strom, schwemmt ihre Söhne fort.‹ Isaac Watts. Du liebe Güte, wo habe ich denn jetzt meine Lesebrille hingelegt? Bei Emerson gibt es nämlich einen Abschnitt–«

Sie wußten alle, daß es unklug war, Mrs. Ganlor über Emerson reden zu lassen. Beide Larrington-Brüder begannen gleichzeitig zu sprechen. Lassie stieß einen einleitenden Jauler aus, doch Sarah war es, die zu ihrer eigenen Verwunderung die Unterhaltung bestritt. Sie begann, Mrs. Ganlor ihre Abenteuer als Witwe zu schildern, wobei sie die größeren Probleme ausließ und aus den weniger wichtigen einen amüsanten Bericht machte, bestellte besonders herzliche Grüße von diversen Tanten und überbrachte die interessante Neuigkeit, daß die beiden hartgesottenen Junggesellen Dolph und Brooks inzwischen beide glücklich in den Hafen der Ehe eingelaufen waren.

»Erstaunlich! ›Der Tag soll nicht so bald aufsein wie ich, des Glückes Gunst auf morgen zu versuchen.‹ Shakespeare, *König Johann*, fünfter Akt, fünfte Szene. Man fragt sich immer, ob es wirklich Shakespeare war oder nicht doch Bartlett, der die Dramen geschrieben hat, nicht wahr? Die besten Stellen befinden sich alle in seinem *Zitatenschatz*, und der Rest ist furchtbar langweilig. Aber kommt doch mit und sagt Josephus guten Tag. Wir beide sind im Moment ganz allein. Charlie und Willie sind nach Lesser Nibble, um sich dort einen Felsen anzusehen. Sie sind deswegen völlig aus dem Häuschen. Ich kann mich allerdings leider nicht mehr erinnern, warum er es ihnen derart angetan hat, aber es wird mir schon wieder einfallen, früher oder später. Sonst ist noch niemand auf der Insel, obwohl ich annehme, daß der Clan jeden Tag hier eintrudeln wird.«

Während sie sprach, stapfte sie den Weg hinauf und bestand darauf, ihren Emerson selbst zu tragen, überließ allerdings Don das Krabbennetz und Fren den Eimer. Mrs. Ganlor war bestimmt schon mindestens 85, dachte Sarah, und ihr Ehemann Josephus vielleicht acht oder neun Jahre älter. Sie fanden ihn schließlich beim Ausbessern einer Steinmauer.

»Es gibt etwas, das keine Mauern liebt«, zitierte er zur Begrüßung, was keinen sonderlich erstaunte. »In diesem Fall war es offenbar das richtige Väterchen Frost, nehme ich an. Nicht verwandt mit unserem Dichter Robert, soweit ich weiß. Diese Arbeit muß unbedingt getan werden. ›Des Winters Regen und sein Unbill sind vorbei‹.«

»Doch nicht Swinburne, Lieber«, protestierte seine Ehefrau mit mädchenhaftem Lachen. »Ich bin sicher, ihr erinnert euch alle an die herrliche Passage aus *Penrod,* als der neue Pfarrer von den Damen aus der Nachbarschaft bewirtet wird. ›Ein Versbuch zart in seinen Händen haltend.‹ War das vor oder nachdem Penrod Klebstoff in seinen Hut gegossen hatte? Wir dachten, wir könnten vielleicht etwas aus Tarkingtons Werk vorlesen, wenn die jungen Leute herkommen«, erklärte sie ihren Gästen. »Alles etwas anspruchslos, ich weiß, aber so lustig. Was meinst du dazu, Fren? Siehst du, ich habe dich richtig erkannt.«

Der Fren, den sie so sicher zu erkennen glaubte, war in Wirklichkeit Don, in dem der Name Tarkington nur die vage Erinnerung an einen footballspielenden Menschen weckte, eine Tatsache, mit der er sich vor Mrs. Ganlor lieber nicht blamieren wollte. Er sagte, er finde auch, daß Tarkington genau richtig sei.

Sarah, die ihren Tarkington vorwärts und rückwärts aufsagen konnte, weil sie als Kind so viel Zeit allein in den Bibliotheken ihrer diversen Verwandten verbracht hatte, wenn ihre Eltern dort zu Besuch waren, votierte für *Gentle Julia.*

»Ich liebe die Stelle, wo Julia ihre Zeit damit verbringt, kandierte Veilchen zu essen, und Gedichte über sich selbst aus einem schmalen Gedichtbändchen mit einem purpurroten Wildledereinband liest«, seufzte sie. »Ich habe mir immer vorgestellt, wie wunderschön es doch sein müßte, sich auf diese

Weise den Hof machen zu lassen, aber ich bin leider nie in den Genuß gekommen. Ich glaube sogar, daß ich noch nie ein kandiertes Veilchen probiert habe.«

»Ich wüßte auch nicht, wo man sie jetzt noch bekommen könnte, wo es die S.-S.-Pierce-Kette nicht mehr gibt«, klagte Lassie und sprach das »ie« in »Pierce« wie das »ö« in »Börse« aus, so daß die Ganlors auch wußten, von welcher Firma die Rede war.

»Vielleicht im Sage's Market am Harvard Square«, meinte Bradley. »Auch ein exklusives Geschäft. Ich werde meine Köchin anrufen und Nachforschungen anstellen lassen. Wenn sie dort auch keine Veilchen führen, werde ich die sieben Meere für Euch durchkämmen, Lady Sarah, und sie Euch eigenhändig beschaffen.«

»Und was ist mit dem Gedichtband mit dem Einband aus purpurrotem Wildleder?« erkundigte sich Lassie eher katzenhaft falsch als hündisch freundlich.

»Was das betrifft, muß sie wohl mit ihrer Vorstellung vorliebnehmen, befürchte ich. Was reimt sich eigentlich auf Sarah?«

Keinem wollte aus dem Stegreif etwas einfallen, obwohl Josephus nach längerem Nachdenken der Meinung war, auch Wörter, die nicht genau einem strengen Reimschema entsprächen, seien erlaubt. »Besonders, wo wir in dieser Gegend die eigentümliche Gewohnheit haben, das End-›r‹ nicht zu sprechen – außer in Wörtern, wo es gar keins gibt.«

Er hob den großen Stein hoch, den er während ihrer Unterhaltung die ganze Zeit in der Hand gehalten hatte, woraufhin seine Frau, die den Wink verstanden hatte, sofort reagierte.

»So, ihr kommt jetzt am besten alle mit. Wir sehen uns die Ziegen an und überlassen diesen faulen Mann hier wieder seiner Mauer. Es gibt etwas, das keine Trägheit liebt, und der arme Josephus ist zufällig mit diesem Wesen verheiratet. Ihr wart bestimmt auf eurer Yacht zusammengepfercht wie die Sardinen, und dagegen gibt es nichts Besseres als einen schönen leichten Galopp über das Moor, um euch für die Heimreise wieder fit zu machen.«

Fren und Don sahen nicht gerade begeistert aus, doch Lassie nahm mit ihrer scharfen Nase Witterung auf und flitzte von dannen.

Sarah war genauso ungeduldig. Sie liebte das Moor, und sie mochte sogar Ziegen.

Vor Jahren hatten die Ganlors einen Bock und eine Geiß auf die Insel gebracht mit dem Ziel, sich dadurch eine bequeme Milch- und Käsequelle zu verschaffen. Zwar hatte keiner in der Familie eine Ahnung, wie eine Geiß gemolken wurde, und noch weniger, wie Käse hergestellt wurde, aber sie hatten schließlich Bücher, aus denen es sich lernen ließ. In den Büchern stand jedoch nichts davon, wie man eine Geiß dazu überreden konnte, lange genug stillzustehen, um zu üben, und die Tiere hatten sich alles andere als kooperationsbereit gezeigt. Sie waren viel zu sehr damit beschäftigt gewesen, sich nach Kräften zu vermehren.

Inzwischen wurde Little Nibble von einer beachtlichen Nachkommenschaft unsicher gemacht. Ein Spaziergang im Moor war immer ein richtiges Abenteuer. Entweder man stolperte über eine Gruppe ausgelassener Zicklein oder wurde von einem angriffslustigen Bock umgerannt. Aber wenigstens hielten sie den Giftsumach in Schach, wie Mrs. Ganlor die armen Opfer zu trösten pflegte.

Sarah hoffte, daß sie bald auf ein Zicklein stoßen würden. Sie sprang so leichtfüßig über die Hügel und Steine, als wäre sie selbst eins. Bradley Rovedock blieb ganz in ihrer Nähe, wie es auch Alexander immer getan hatte. Beinahe erwartete sie schon, ihn rufen zu hören: »Paß auf, daß dich nicht plötzlich eins von den Tieren angreift, Sadiebelle«, aber Bradley sagte gar nichts. Nach einer Weile kam ihr der Gedanke, daß er möglicherweise aus der Puste geraten war. Sie lief etwas langsamer, und Lassie übernahm die Spitze, doch sie kam einige Minuten später bereits wieder zurückgerannt.

»Mrs. Ganlor, ich glaube, eine Ihrer Ziegen ist in Schwierigkeiten. Sie macht einen Riesenlärm.«

Alle eilten ihr nach, als Lassie sie zu der Stelle führte, von wo das verzweifelte Blöken ertönte. Die Ziege war wirklich in einer schlimmen Lage. Es handelte sich um einen jungen Bock, der sich irgendwie mit dem Kopf und den Hörnern in einer alten Rolle Stacheldraht verfangen hatte. Bei dem Versuch, sich zu befreien, hatte er sich verletzt. Blut rann an seinem Körper herunter und färbte das Gras rot, auf das er wahrscheinlich aus gewesen war, bevor er in die Falle geraten war.

Fren sah sich das Tier kurz an, grunzte, hob einen großen Granitblock auf, wie sie überall im Moor zu finden waren, und zertrümmerte den Schädel des unglücklichen Tieres.

»Das einzig Richtige«, teilte er Mrs. Ganlor mit. »Man sollte mit dem Fell und dem Fleisch noch etwas anfangen. Sagen Sie Charles und Willie, sie sollen herkommen und das Tier ausweiden, wenn sie wieder da sind.«

»Oh – ja, natürlich. Man muß immer praktisch denken.«

Mrs. Ganlor war zu sehr Philosophin, um zu zeigen, wie betroffen sie nach diesem Zwischenfall war, aber Sarah wurde es richtig schlecht. Hätten sie nicht wenigstens zurückgehen können, um eine Drahtschere zu holen und die Ziege zu befreien, damit man sehen konnte, ob die Verletzung wirklich so schlimm war, wie sie aussah? War es wirklich notwendig gewesen, das Tier auf der Stelle zu töten?

Lassie schien die Sache nichts auszumachen, und Don stand völlig auf der Seite seines Bruders, besonders was das Zurücklassen des toten Ziegenbocks für die Ganlor-Söhne betraf. Bradley allerdings hatte Sarah offenbar genau beobachtet.

»Was unsere Heimfahrt betrifft«, sagte er, »frage ich mich gerade, ob die Wolken da oben nicht vielleicht einen Wetterumschwung ankündigen. Wenn wir uns nicht bald auf den Rückweg machen, könnten wir ganz schön in Schwierigkeiten geraten. Was meint ihr?«

»Wind und Flut tut niemand gut«, pflichtete ihm Mrs. Ganlor bei. »Ansonsten würden wir uns natürlich sehr freuen, wenn ihr bleiben und ein Gläschen in Ehren mit uns zusammen trinken würdet, das euch wieder aufheitert.«

Aber auf keinen Fall anheitert. Sogar die Larringtons wußten, was das bedeutete. Sie verkündeten einstimmig, daß bestimmt ein starker Wind aufkommen würde und alle Mann unverzüglich an Deck gebraucht würden. Ohne weitere Zwischenfälle verabschiedeten sie sich, gingen an Bord und liefen aus.

Sobald sie die Perdita von Little Nibble Cove weggesteuert hatten, bemerkte Fren: »Puh! Nach all dem könnte ich jetzt gut einen Drink vertragen.«

»Das kann ich mir vorstellen«, antwortete Sarah nicht gerade liebenswürdig. »Die arme Ziege!«

»Welche Ziege?« knurrte er. »Ich meinte doch die Gedichte.«

»Lassie«, sagte Bradley, »bist du so lieb und flitzt schnell nach unten in die Kombüse und holst den kleineren Korb hoch, den wir in den Steuerbordschrank gestellt haben? Darin müßte eine Thermosflasche mit heißem Rumpunsch sein. Wenn man aus den elysischen Gefilden herabsteigt, fröstelt es einen leicht. Wenigstens geht es mir immer so. Aber es sind wunderbare Menschen, findet ihr nicht?«

Alle waren einer Meinung, daß die Ganlors wunderbare Menschen seien, die Aussicht auf einen heißen Grog allerdings noch wunderbarer sei. Lassie hatte ein aufmerksames Publikum, als sie die Thermosflasche auspackte und eine unangebrochene Dose mit Bremner Wafers, ein Sortiment verschiedener Käsesorten in Scheiben, einen Satz Plastikbecher und sogar einen kleinen Stoß Cocktailservietten hervorzauberte, die das Heck der Perdita in Siebdruck zierte, offenbar ein Geschenk von irgend jemandem für den Herrn, der schon alles besitzt.

Sarah trank nur einen ganz kleinen Schluck Rum. Sie wäre auch mit dem Kräutertee der Ganlors zufrieden gewesen, hatte aber nichts gesagt, weil sie das Gefühl hatte, daß man sie auch so schon für reichlich exzentrisch hielt. Mit Ausnahme von Bradley selbstverständlich. Er war wieder zu ihr herübergekommen und hatte sich neben sie gesetzt, jetzt, wo sie in sicherer Entfernung von der Insel waren und Fren erneut an der Pinne war, einen Drink in der freien Hand.

»Glücklich, Sarah?«

»Es war ein wunderschöner Tag.«

»Dann sollten wir ihn recht bald wiederholen. Aber ohne die Ziege, oder?«

Don griff nach der Thermosflasche, um nachzusehen, ob sie schon leer war. »Meine Güte, warum macht sie deswegen so ein Theater? Eine oder zwei Leichen mehr in ihrem jungen Leben wird sie schon noch verkraften.«

»Du bist schon immer ein Ausbund an Takt gewesen, Don«, wies ihn seine Frau nicht gerade überzeugend zurecht. »Übrigens würde mich interessieren, ob man schon irgend etwas Neues über den Tod von Alice B. herausgefunden hat. Wißt ihr, der Raub kommt mir sowieso recht komisch vor.«

»Was soll denn an einem Raub komisch sein, verdammt noch mal! Willst du noch etwas von dem Zeug, bevor Fren alles wegsäuft?«

Lassie hielt ihm ihr Glas hin. »Ich meine doch nicht komisch im Sinne von lustig, du Idiot. Ich meine merkwürdig. Die Sachen, die gestohlen wurden, beispielsweise. Ich weiß nicht, ob es einem von euch aufgefallen ist, aber es fehlen nur Bilder und derartiges. Ich meine, welcher Dieb würde schon einen blöden, alten Kupferstich mitnehmen und eine Diamantenkette liegenlassen?«

»Was für eine Diamantenkette?«

»Die Halskette, die Miffy an dem Nachmittag getragen hat, Dummkopf. Das Ding, das sie von ihrer Großtante Maud bekommen hat. Ihr wißt bestimmt, welche ich meine, sie trägt sie immer, wenn sie Besuch hat. Das versteht sie unter Eleganz, genau wie du mit deiner dämlichen Krawatte. Sie hat die Kette geerbt, warum sollte sie sich also nicht daran freuen?«

»Worauf willst du eigentlich hinaus?«

»Miffy hat mir gestern erzählt, daß sie sich genau daran erinnert, die Kette abgenommen zu haben, weil sie gezwickt hat oder so, und sie in die kleine Kristallschale auf dem Tisch am Kamin gelegt zu haben. Sie ist zu Bett gegangen und hat vergessen, sie wieder herauszunehmen, aus Gründen, die ich euch sicher nicht näher erklären muß, obwohl sie selbst sich darüber natürlich ausgeschwiegen hat. Als sie dann nach dem Einbruch alles inspizierte, lag die Kette jedenfalls noch genau da, wo sie sie hingelegt hatte, aber das Aquarell, das über dem Tisch gehangen hatte, war verschwunden.«

»Wer hat es denn gemalt?« fragte Sarah.

»Ein Mensch namens Millard Sheets, wer immer das sein mag.«

»Ein amerikanischer Maler aus diesem Jahrhundert. Mrs. Jack Gardner hat einige seiner Frühwerke gesammelt, so weit ich mich erinnere.«

»Wieviel ist es wert?« stieß Don hervor.

»Bestimmt genug, um gestohlen zu werden. Ich kann mir aber nicht vorstellen, daß ein Aquarell auch nur annähernd den Wiederverkaufswert von Miffys Halskette erreicht.«

Sarah wußte genau, wovon Lassie sprach. Es handelte sich um eine Choker-Kette, gut zweieinhalb Zentimeter breit, über und über mit Diamanten besetzt, die Verschlußspange vorn zierten erbsengroße Steine, und in der Mitte prangte ein ziemlich auffälliger Rubin. Das Ding sah scheußlich aus und war sicherlich für seine Trägerin eine reine Qual, doch sie konnte sich nicht vorstellen, daß ein Dieb sich eine derartige Gelegenheit so einfach entgehen ließ.

»Vielleicht hat er gedacht, das Ding sei Modeschmuck«, gab sie zu bedenken. »Aber trotzdem – «

»Verdammt noch mal, ein richtiger Dieb würde es doch bestimmt für alle Fälle mitgehen lassen, oder nicht?« sagte Don. »Ist jedenfalls bedeutend leichter, als so ein verdammtes Aquarell zu stehlen, kann ich mir vorstellen. Was ist der momentane Marktpreis von diesem – wie heißt er doch gleich?«

»So aus dem Stegreif kann ich es nicht sagen. Aber Max weiß es bestimmt.«

»Ist das dein Freund von der Tankstelle?«

Sogar Lassie schien bemerkt zu haben, daß Don diesmal zu weit gegangen war. »Wenigstens ist ihm Millard Sheets ein Begriff«, fuhr sie ihn an.

»Genau, da hast du recht.« Fren löste seinen Blick lange genug von seinem Vorsegel, um Sarah anzusehen. »Er ist so etwas wie ein Kunsthändler, oder? Komisch, jetzt wo du es sagst, fällt mir ein, daß die Bilder geklaut wurden, unmittelbar, nachdem er da war und sie sich angeschaut hat.«

»Fren«, Bradley Rovedock war wütend. »Ich übernehme jetzt die Pinne wieder. Wollt ihr bitte die Fender befestigen?«

»Jetzt schon? Wir legen doch noch lange nicht an. Ach so, verstehe. Du versuchst bloß, taktvoll zu sein. Tut mir leid, Sarah, wenn ich deine Gefühle verletzt habe. Aber verdammt noch mal, du hast gestern abend meine Gefühle auch verletzt. Ich hatte mich auf einen tollen Abend mit dir eingestellt, und du läßt mich stehen wegen eines – okay, Bradley, ich hole die Fender.«

Nach diesem Zwischenfall konnte der Törn für Sarah gar nicht früh genug zu Ende sein. Bradley versuchte zwar, die Gesellschaft bei Laune zu halten, und sie gab sich höflich Mühe, so gut wie möglich darauf einzugehen, aber sie mußte sich wirklich dazu zwingen. Von selbst war Fren bestimmt nicht auf die Anspielungen über Max gekommen. Sicher wiederholte er lediglich das, was andere gestern abend im Club hatten anklingen lassen.

Und je öfter sie davon sprachen, um so mehr glaubten sie daran. Dons Augen waren schon schmal geworden, vielleicht weil er Vermutungen anstellte, vielleicht aber auch nur, weil er schläfrig war. Es tat sowieso nichts zur Sache. Don würde sich aus Prinzip auf die Seite seines Bruders stellen. Sogar Lassie, die zu den Personen gehört hatte, die sich auf Miffys Party am dichtesten um Max gedrängt hatten, würde bei der Schilderung dieses letzten Leckerbissens blubbern wie das Wasser in einem Teekessel, wenn sie morgen bei der Beerdigung Pussy Beaxitt und die anderen aus der Clique traf.

Sarah versuchte, sich einzureden, daß es sowieso egal war. Sie gehörte nicht mehr zu diesen Leuten. Aber Max hatte selbst gesagt, daß sie sich damit nur selbst etwas vormachte. Wie konnte sie beispielsweise die Ganlors aufgeben? Was ihren Geschmack und ihr Verhalten betraf, waren sie und die Larringtons wie Feuer und Wasser, doch sie waren trotzdem vom selben Schlag. Es hatte keinen Zweck, so zu tun, als konnte man die einen fallenlassen, ohne nicht auch die anderen vor den Kopf zu stoßen. Aber Gott sei Dank gab es liebe Menschen wie Bradley Rovedock, die die Kluft zu überbrücken versuchten. Als er sie fragte, ob sie nicht vielleicht einen Moment die Pinne übernehmen wollte, sah sie ihn lächelnd an.

»Schrecklich gern. Weißt du noch, wie du es mir früher immer erlaubt hast, als ich noch ein kleines Mädchen war?«

»Aber sicher! Ich erinnere mich nur allzu gut daran. Ich hatte allerdings gehofft, du hättest es vergessen.«

»Wie könnte ich das? Das war für mich immer das schönste Erlebnis, wenn wir zusammen gesegelt sind. Ach herrje, ich glaube, ich habe einen Steuerfehler gemacht!«

»Fier auf die Schoten, aber ganz vorsichtig, sonst läufst du wieder aus dem Ruder.«

Sarah korrigierte ihren Fehler schnell. »Kannst du dich noch daran erinnern, wie ich damals den Steuerfehler gemacht habe? Das Boot wäre fast umgeschlagen, und Mutter hat den Picknick-korb genau in Cousine Mabels Schoß ausgekippt. Wie konntest du Cousine Mabel überhaupt auf das Schiff lassen?«

Bradley mußte lachen. »Ich glaube, sie hat deine Familie besucht, und ich konnte mich nicht drücken. Von dieser ehrenwerten Dame hast du nie sehr viel gehalten, oder? Ich würde mich nicht wundern, wenn du sie damals absichtlich naßgespritzt hättest.«

»Das hätte ich auch wahrscheinlich, wenn ich gut genug hätte segeln können.«

»Jetzt, wo du Walters Geld hast, könntest du dir doch eine hübsche, kleine Jolle zum Üben zulegen«, sagte Fren, der zweifellos auf seine Art versuchte, den Fauxpas von vorhin wieder wettzumachen.

111

Sarah wollte weder seine Entschuldigung noch eine Jolle. »Du hast mir doch selbst vorgejammert, wie viel es kostet, ein Boot zu unterhalten.«

»Heutzutage kostet alles viel«, knurrte Don. »Oder nicht?«

Der Segeltörn endete mit gegenseitigen Versicherungen, daß sie allesamt im Armenhaus enden würden, und der Überlegung, ob sie lieber im Clubhaus zu Abend essen oder in Bradleys Rolls hinauf nach Marblehead fahren sollten.

»Ich kann wirklich nicht mitkommen«, blieb Sarah standhaft. »Nachdem ich gestern einen derartigen Aufruhr verursacht habe, darf ich mir nicht erlauben, wieder wegzubleiben. Ich habe außerdem keine Ahnung, ob Tante Appie immer noch bei Miffy ist oder zu Hause mit einem leckeren Thunfischauflauf im Ofen auf mich wartet.«

»Das kannst du doch mit gestern abend gar nicht vergleichen«, wandte Fren ein. »Schließlich haben wir dich doch verdammt noch mal erwartet.«

Bradley schüttelte den Kopf. »Am besten entscheidet Sarah selbst, was für sie das beste ist. Die arme Appie nimmt ihre Verpflichtungen offenbar äußerst ernst, oder?«

»Ihre eigenen und die von allen anderen«, blaffte Lassie.

»Was ist eigentlich aus Lionel und seinen vier Sprößlingen geworden, Sarah?« fragte Don, der offenbar doch nicht die ganze Zeit geschlafen hatte. »Hab' gehört, du hast sie mit Sack und Pack weggejagt, nachdem sie dir dein Bootshaus niedergebrannt haben?«

»Hättest du das etwa nicht? Nach dem Fiasko hatte ich keine Lust mehr, daß sie in meiner Nähe noch etwas anstellen. Außerdem hat die Feuerwehr ihre ganzen Sachen durchnäßt, und es war nichts mehr übrig, womit sie campen konnten. Als ich sie das letzte Mal gesehen habe, wollten sie gerade zum Waschsalon im Dorf, um ihr Zeug zu trocknen.«

»Was hat es mit diesem Unsinn über Vare und Tigger übrigens auf sich?« verlangte Lassie zu wissen.

»Darüber bist du bestimmt besser informiert als ich«, erwiderte Sarah, die davon überzeugt war, daß Lassie bestimmt mehr wußte als sie. »Lionel hat mir lediglich gesagt, daß die beiden jetzt zusammenleben und er sich allein um die Jungen kümmern muß. Ich habe keine Ahnung, ob sie sich manchmal abwechseln oder wie es sonst laufen soll. Meiner Meinung nach ist die ganze Angelegenheit ziemlich albern. Ich muß zugeben, daß ich wegen der Sache mit dem Feuer ganz schön wütend war, aber ich bin eben wegen der Hypothek in einer derart heiklen Lage, daß ich mir nicht mehr zu helfen wußte.«

»Ich kann mir gar nicht vorstellen, wie du wegen irgend etwas richtig wütend wirst«, murmelte Bradley.

Lassie kicherte. »Oh, Sarah hat sich ganz schön verändert in letzter Zeit.«

»Ich versuche dauernd, euch klarzumachen, daß das nicht stimmt, aber keiner glaubt mir. Bradley, schnell, da ist schon eine Positionsboje vom Hafen. Was muß ich jetzt machen?«

»Ich übernehme.«

Er steuerte die Perdita so geschickt in das sichere Fahrwasser, daß sich keines der Segel auch nur bewegte. Alle drei Larringtons verfielen in einen Anfall von Crewfieber. Sarah, die nicht wußte, was sie sonst tun sollte, fiel nichts Besseres ein, als den Picknickkorb zusammenzupacken. Als sie den Liegeplatz der Perdita gefunden hatten, war das Schiff in schönster Ordnung, und sie ruderten in dem Beiboot zurück zum Kai des Yachtclubs, wobei sie sangen: »Wenn ein schöner Tag zu Ende geht.« Sarah sang zwar mit, aber nur, weil sie wußte, daß Bradley verletzt wäre, wenn sie es nicht täte.

Kapitel 12

» **W**arum schauen wir nicht auf einen Drink bei Miffy vorbei?« schlug Fren vor, als sie alle in Bradleys Wagen stiegen. »Um sie aufzumuntern.«

»Bist du verrückt?« schnaubte sein Bruder. »Alice B. ist nicht mehr da, falls du das vergessen haben solltest. Appie hat vielleicht irgend etwas gekocht.«

»Jesses, daran habe ich überhaupt nicht gedacht.«

Fren hatte auch die Ziege, die er getötet hatte, vergessen. Sarah war froh, als sie endlich aussteigen konnte.

»Vielen Dank, Bradley. Tut mir leid, daß ich euch nicht alle zu einem Drink einladen kann, aber wir haben so gut wie nichts im Haus.«

Das genügte, um sie loszuwerden, genau wie sie erwartet hatte. Sie winkten und fuhren weiter. Sarah schloß den Seiteneingang auf und trat ins Haus.

Appie war offenbar noch nicht zurück, wie sie zu ihrer großen Erleichterung feststellte. Endlich hatte sie das Haus für sich allein, Gott sei Dank. Sie fühlte sich völlig erschöpft. Zuviel Sonne und Wind, zuviel zu essen und zu trinken und eindeutig zuviel von den Larringtons. Vielleicht würde sie nach einer Tasse Tee wieder wach werden. Sie würde gleich den Kessel aufsetzen. Doch im Moment wollte sie nichts anderes als sich hinlegen und versuchen, das Gefühl loszuwerden, keinen festen Boden unter den Füßen zu haben. Sie streckte sich auf dem Wohnzimmersofa aus. Als sie wieder zu sich kam, war es schon dunkel.

»Ich bin wohl eingeschlafen.«

Seltsam. Sarah machte normalerweise nie so einfach ein Nikkerchen. Sie bedauerte, daß sie es diesmal getan hatte. Ihr Kopf schmerzte, sie hatte einen steifen Hals, einen Krampf im Bein, und ihr war schwindelig, allesamt keine guten Voraussetzungen für eine ruhige Nacht.

Vielleicht würde ihr ein kleiner Spaziergang guttun. Der Wind, den Bradley drüben auf Little Nibble vorausgesagt hatte, war inzwischen aufgekommen. Sie konnte ihn im Kamin heulen und an der losen Planke am Vorbau rütteln hören, die Mr. Lomax noch nicht befestigt hatte, weil Sarah vergessen hatte, ihn darum zu bitten. Auch gut, wenigstens würde es dann nicht so viele Insekten geben. Sie fand eine alte Popelinjacke, die von ihrer Mutter irgendwann in Ireson's Landing vergessen worden war und die Sarah schon vor Jahren übernommen hatte, zog sie an und schloß die beiden Knöpfe, die noch übriggeblieben waren.

Sobald sie draußen war, zog sie sich die Kapuze über den Kopf, denn der Wind war noch heftiger, als sie erwartet hatte. Heute nacht riskierte sie es besser nicht, den Weg über die Klippen zu nehmen. Alexander hatte ihr immer gepredigt, nur ja vorsichtig zu sein. Sarah war klein und zierlich, ein starker Windstoß konnte sie leicht aus dem Gleichgewicht bringen und über den Klippenrand werfen.

Aber sie konnte hinunter zum Kutscherhaus schlendern, um nachzusehen, ob Max vielleicht zufällig schon früher zurückgekommen war, als er eigentlich vorgehabt hatte. Das tat sie dann auch, aber er war nicht da, so daß Sarah weiter durch das Kiefernwäldchen den Hügel hinabging. Hier im Zwielicht war es wunderschön. Überall leuchteten tapfer zarte weiße Milchsterne. Frauenschuh war schwieriger zu entdecken, und sie freute sich, wenn sie eine Pflanze erspähte. Sie hatten sich wieder gut erholt, seit dem schrecklichen Tag, als ein Vandale hergekommen war und die meisten von ihnen gepflückt hatte. Alexander hätte sich darüber sehr gefreut. Er hatte sich schreckliche Sorgen wegen des Frauenschuhs gemacht.

Jetzt wurde der Boden feuchter, und sie erreichte allmählich das Laubwäldchen. Dort wuchs der Farn üppiger, momentan zeigten sich allerdings lediglich längliche grüne Blätter, deren Spitzen wie Violinenschnecken gerollt waren und die an ein Streichorchester erinnerten. Wenn Sarah im Frühjahr den Farn ansah, fielen ihr sofort die Freitage in der Bostoner Symphonie ein. Im ersten Winter nach dem Tod ihrer Mutter war sie mit ihrem Vater immer hingegangen, weil er zwei Abonnementkarten gekauft hatte, die er unmöglich verfallen lassen konnte. Im folgenden Jahr hatte er jedoch das Abonnement gekündigt, da er sich sowieso nie großartig für Musik interessiert hatte. Seitdem hatte Sarah dort nur noch Konzerte besucht, wenn jemand eine Karte übrig hatte, was aus irgendeinem Grund immer der Fall gewesen war, wenn man etwas von Hindemith oder Bartók gespielt hatte. Bis vor kurzem jedenfalls.

Max liebte klassische Musik. Er hatte sie schon zu mehreren Konzerten mitgenommen. Vielleicht würden sie auch ein Abonnement haben, wenn sie verheiratet waren. Die Frage war, wann es soweit sein würde. Daß Sarah ihn heiraten wollte, stand zumindest für sie inzwischen fest.

Wie hundsgemein von den Larringtons, diese Lügen über Max zu verbreiten. Sie steckten bestimmt gerade wieder die Köpfe zusammen und kamen zu dem Schluß, daß er irgendwohin gefahren war, um sein Diebesgut zu verkaufen. Ganz sicher hatten sie erfahren, daß er nicht hier war. Bradley Rovedock hatte es bestimmt erzählt, wenn Pussy Beaxitt ihm nicht zuvorgekommen war. Sie hatte es von Appie, und Gott allein wußte, was sie sonst noch zu hören bekommen hatte, da Appie es niemals schaffte, etwas richtig zu verstehen. Die arme Tante Appie machte bestimmt eine furchtbare Zeit durch, denn sie wollte sicher auf keinen Fall schlecht von Sarahs Mieter denken, konnte aber andererseits auch nicht zugeben, daß ihre Freunde etwas Schreckliches über jemanden sagen konnten, wenn es nicht der Wahrheit entsprach.

Hier unter den Bäumen wurde es auf einmal ziemlich dunkel. Sarah hatte eine Taschenlampe dabei, aber die würde ihr nicht viel nutzen, wenn sie zu weit vom Weg abgekommen war und die Nacht zwischen Giftsumach herumirrend verbringen mußte. Das Beste war, so zu gehen, daß der Wind von rechts kam, weiter den Hügel hinab, bis sie die ausgebrannte Lichtung gefunden hatte, wo bis vor kurzem ihr Bootshaus gestanden hatte. Dann konnte sie den Wagenspuren bis zur Auffahrt folgen.

Sie kämpfte sich mühsam vorwärts, zupfte sich die Brombeerranken von den Beinen und fragte sich, wie sie es bloß immer wieder schaffte, in solche Situationen zu geraten. Plötzlich wurde ihr bewußt, daß sie außer dem Rauschen des Windes in den Bäumen auch menschliche Stimmen hören konnte. War es möglich, daß Mr. Lomax und Pete zurückgekommen waren, um den Rest des Bootshauses abzutragen? Es wäre nicht das erste Mal, daß ihr Hausverwalter unerwartet auftauchte, um seine Arbeit zu beenden, und während dieser Jahreszeit hatte er viel zu tun.

Aber warum hörte sie so viele unterschiedliche Stimmen, und warum klangen sie so jung? Hatte Pete seine Kinder mitgebracht? Oder war es – sie erstarrte vor Schreck, dann schritt sie mit finsterer Miene weiter. Offenbar mußte sie sich auf das Schlimmste gefaßt machen. Cousin Lionel war zurückgekehrt.

»Ach, da bist du ja endlich, Sarah«, begrüßte sie ihr Cousin fröhlich. »Wo warst du die ganze Zeit? Ich wollte mir das Beil von Alex holen, aber dieser Mann, der für dich arbeitet, war nicht da. Warum hast du den Werkzeugschuppen nicht offengelassen?«

»Weil ich nicht wollte, daß Leute wie du sich darin zu schaffen machen und die Werkzeuge klauen«, antwortete sie ebenso herzlich. »Was um alles in der Welt machst du überhaupt hier?«

»Ich baue eine Zweighütte, wie du unschwer selbst erkennen kannst. Das machst du gut, Woody. Stecke das spitze Ende des Pfahls fest in den Boden, bevor du ihn an dem anderen Pfahl befestigst.«

»Wo soll denn hier ein spitzes Ende sein, Blödmann?«

»Dann werden wir es jetzt anspitzen, nicht wahr?«

Lionel hatte irgendwo ein Beil aufgetrieben. Mit großem Geschick, als spitze er lediglich einen Bleistift mit einem Taschenmesser, schlug er säuberlich Späne vom Ende des fünf Zentimeter dicken Schößlings, den sein Sohn festhielt, bis eine perfekte Spitze entstanden war.

»Siehst du, Woody, das hätten wir.«

»Nicht mal schlecht, Mann.«

Ausnahmsweise schien sich Lionel diesmal so etwas wie Respekt bei seiner Rasselbande verschafft zu haben. Er hatte sie eine professionelle Feuerstelle ausheben lassen, gut abgesichert mit einem Ring aus Steinen, damit das Lagerfeuer bei diesem Wind nicht außer Kontrolle geriet. Ihre Zweighütte sah wirklich gekonnt aus mit ihrem Gerüst auf Pfählen, die fest miteinander verbunden waren und gegen die sie ein Gitterwerk aus ungeschälten Schößlingen stellten.

»Morgen werden wir die Pfähle noch ordentlich mit immergrünen Zweigen decken«, erklärte Lionel. »Heute nacht hängen wir lediglich ein Stück von unserem Zelt über das Gerüst. Den Teil, der nicht verbrannt ist«, fügte er vorwurfsvoll hinzu.

»Du brauchst mich gar nicht so anzugiften«, wies ihn Sarah zurecht. »Ich habe das Feuer bestimmt nicht gelegt. Und wo wollt ihr deiner Meinung nach Wasser herbekommen?«

»Aus dem Brunnen selbstverständlich. Wir haben die Abdek-
kung entfernt und eine Winde mit Seil und Eimer konstruiert, um
das Wasser hochzuholen. Zeig es ihr, Jesse.«

»Ich bin aber jetzt dran!« brüllte der kleine Frank.

»Ach was«, sagte sein liebenswürdiger Bruder, »du kannst ja
noch nicht einmal den Eimer heben. Du darfst ihr dafür die Latrine zeigen.«

Für ein derart kleines Kind verfügte Frank über einen bemer-
kenswerten Wortschatz. Er verbrachte eine geraume Zeit damit,
Jesse bis ins kleinste Detail zu beschreiben, was er alles mit der
Latrine machen konnte, bevor er Sarah tatsächlich die neue sani-
täre Anlage zeigte. Sie lag ein ganzes Stück vom Lager entfernt
und befand sich, wie Sarah zu ihrer Erleichterung feststellte, unterhalb der Wasserversorgung. Es handelte sich bei der Konstruktion um eine Art Tipi, das ebenfalls aus Schößlingen angefertigt
worden und mit einem anderen Zeltstück abgedeckt war. Ein sä-
gebockartiger Sitz stand über einer tiefen Grube. Sogar für einen
Behälter mit Chlorkalk war gesorgt.

»Damit es nicht so stinkt«, erklärte James.

»Wie nett«, sagte Sarah. »Kommt, jetzt gehen wir zum Brunnen.«

Sie machte sich schreckliche Sorgen wegen des Brunnens, die
sich jedoch als unbegründet herausstellten. Lionel hatte nicht einfach nur die Abdeckplatte heruntergenommen und ein Riesen-
loch offengelassen, das verspielte Söhne verführen konnte, ihre
Brüder hineinzuschubsen. Er hatte einen richtigen Zaun aus soli-
den Holzpfählen errichtet, die tief in die Erde gerammt, mit Felsbrocken verstärkt und mit Weidenruten zusammengebunden worden waren. Der Zaun war so hoch, daß ihn die Jungen nur mit
einem enormen Kraftaufwand hätten überwinden können, und
die Pfähle waren zur Abschreckung oben zugespitzt.

Die Winde war so genial konstruiert, daß es Sarah schwerfiel zu
glauben, daß Lionel sie selbst angefertigt hatte. Außerdem funktionierte sie sogar. Jesse stellte es unter Beweis, indem er einen
Eimer Wasser hochzog und über Franks Kopf ausleerte. Frank
zischte wieder diverse Worte hervor, die Sarah noch nie gehört
hatte.

»Das reicht, Jungs«, sagte ihr Vater mild. »Frank, warum
schlüpfst du nicht aus den nassen Sachen und hüpfst wie ein Indianer um das Lagerfeuer, bis du dich wieder aufgewärmt hast? Und

118

dann rein in den Schlafanzug und ab in den alten Schlafsack, was hältst du davon?«

Frank machte einen interessanten Vorschlag, was man mit dem alten Schlafsack machen könnte, folgte dann aber erstaunlicherweise den Anordnungen seines Vaters.

»Ihr laßt doch das Feuer nicht etwa die ganze Nacht brennen, hoffe ich«, sagte Sarah zu ihrem Cousin.

»Ich sehe dafür keinen Grund. Die Zweighütte ist recht gemütlich, und ich habe es geschafft, unsere Schlafsäcke wieder vollkommen trocken zu bekommen. Es hat mich zwei Dollar und 75 Cent in Vierteldollarmünzen gekostet«, fügte er mit schmerzlicher Stimme hinzu.

»Dein Pech! Der Himmel weiß, was dieses Bootshausfeuer mich kosten wird, wenn die Bank davon Wind bekommt.«

»Sarah, ich bin nicht in der Stimmung, mich mit den finanziellen Problemen anderer Leute zu beschäftigen.«

Inzwischen hüpften alle seine Söhne wie Indianer um das Feuer, beschmierten sich mit dem Ruß des feuergeschwärzten Grases, ließen ihre gräßlichen Schreie durch die Nacht gellen und machten wertvolle pädagogische Erfahrungen. Lionel ließ sich neben Sarah auf einem Baumstamm nieder, nahm ein etwa 30 Zentimeter langes Stück Pinie, schälte die Borke mit vier gekonnten Beilhieben ab und begann, ein Spanbäumchen daraus zu fertigen, indem er dünne Späne von etwa zweieinhalb Zentimeter Länge aus dem Holz schnitt, wobei das eine Ende am Holz belassen wurde, so daß die Späne zurückschnellten und sich spiralig zusammenrollten und der Stock allmählich das Aussehen eines Weihnachtsbäumchens annahm.

»Hast du eine Ahnung, was diese letzte Irrsinnsidee von Vare mich kostet?« verlangte er zu wissen. »Erstens muß ich eine Vollzeitkraft einstellen, um den Haushalt zu führen, und du kannst dir nicht vorstellen, welche unverschämten Gehaltsforderungen diese Leute zu stellen wagen.«

Wenn sie sich ausmalte, was diese bedauernswerte Haushälterin auszuhalten hatte, konnte die Bezahlung eigentlich gar nicht hoch genug ausfallen, dachte Sarah.

Doch sie sagte nichts, sondern schaute fasziniert und erschreckt zugleich zu, wie gekonnt Lionel mit dem Beil hantierte und wie er es schaffte, die dünnen Holzspäne ohne einen einzigen Ausrutscher abzuschälen.

»Und Vare vertritt absolut lächerliche Forderungen in bezug auf die Unterhaltszahlungen. Diese gräßliche Person Tigger hängt wie ein Blutegel an ihr. Ich finanziere den beiden ein Leben im Luxus, während sie herumsitzen, sich Gin Fizz zu Gemüte führen und sich über mich Trottel lustig machen. Aber damit ist Ende dieser Woche ein für allemal Schluß. Ich habe Vare gestern abend mitgeteilt, daß ich nicht länger gewillt bin, für sie und diesen Anthropoiden, mit dem sie sich abgibt, etwas zu berappen.«

Er warf das Spanbäumchen auf den Boden und rammte das Beil so heftig in den Baumstamm, daß Sarah erschrocken aufsprang. Lionel, der sich sonst immer so perfekt beherrschen konnte, hatte einen regelrechten Wutanfall. Sie hatte nie geglaubt, daß er zu derartigen Gefühlsausbrüchen überhaupt fähig war, doch da steckte das Beil, die Klinge halb im Stamm, viel zu nah an der Stelle, wo Sarah gerade gesessen hatte.

»Und in ein paar Monaten werden die ganzen Schulgelder fällig.« Seine Söhne, selbst der kleine Frank, besuchten selbstverständlich höchst progressive und dementsprechend teure Privatschulen. »Die Unterrichtskosten werden bestimmt wieder steigen, wie alles andere auch. Und Gott weiß, wie hoch die Erbschaftssteuern für Vaters Nachlaß ausfallen werden, wenn die Sache endlich geklärt ist. Ich habe wahrscheinlich noch Glück, wenn ich nicht noch obendrein Mutter unterstützen muß. Und du weißt ja selbst, wie es heutzutage auf dem Aktienmarkt aussieht.«

Sarah wußte es zwar nicht, doch sie nahm an, daß es dort nicht gerade rosig aussah. Lionel hatte also auch Geldsorgen, und offenbar waren sie sogar begründet. Plötzlich fiel ihr wieder ein, warum Lionel so erstaunlich gut mit dem Beil umgehen konnte. Vare und er hatten ihre Flitterwochen damit verbracht, an einem dieser Überlebenstrainings teilzunehmen, bei dem jeder in einem anderen Abschnitt einer unwegsamen Wildnis ausgesetzt wurde, lediglich mit zwei Streichhölzern, einem Kompaß und einem Beil ausgestattet. Einige Familienmitglieder, allen voran Onkel Jem, hatten ihr Bedauern darüber ausgedrückt, daß die beiden das Abenteuer mehr oder weniger unbeschadet überstanden hatten.

Sowohl Lionel als auch Vare waren eifrige Verfechter der Theorie der Selbstvervollkommnung gewesen, auch noch, nachdem sie die Wonnen der Fortpflanzung entdeckt hatten. Sarah erinnerte sich daran, wie sie eines Tages im Busch-Reisinger-Museum in Cambridge auf Vare gestoßen war. Zu diesem Zeitpunkt

120

war Jesse als Ausbeulung in einem Leinentuch auf Mutters Rükken erkennbar und Woody lediglich eine Ausbeulung unter ihrem Poncho gewesen.

»Ich möchte sie möglichst früh ästhetischen Reizen aussetzen«, hatte Vare erklärt.

Das war ihr heiliger Ernst gewesen. Vare hätte einen Witz nicht einmal erkannt, wenn er auf sie zugelaufen wäre und sie ins Bein gebissen hätte.

»Aber der Kleine im Tragetuch schläft, und das andere Kind ist noch nicht einmal geboren«, hatte Sarah protestiert.

»Ich habe ja nicht gesagt, daß ich ihnen etwas beibringen will«, hatte Vare sie aufgeklärt. »Ich habe nur gesagt, daß ich sie diesen Erfahrungen aussetzen will. Unterschwellig, weißt du. Wenn sie weit genug sind, derartige kulturelle Werte bewußt wahrzunehmen, werden Lionel und ich sie mit verschiedenen künstlerischen Reizen unter Zuhilfenahme von Dias, Büchern, Vorträgen und in der direkten Begegnung mit der Materie vertraut machen. Wir besuchen bereits an den Abenden, an denen wir nicht mit Yoga oder Kanubauen beschäftigt sind, Auffrischungskurse in Kunstgeschichte.«

Lionel mußte demnach eigentlich in der Lage sein, einen Fantin-Latour zu erkennen, wenn er einen zu Gesicht bekam, ganz zu schweigen von einem Millard Sheets. Wäre es Lionel zuzutrauen, einen Kunstraub mit dem Ziel zu begehen, seine schwierige finanzielle Situation zu verbessern, und eine Diamantenkette liegen zu lassen, weil sie zufällig nicht auf seiner Liste der zu stehlenden Objekte stand?

Eigentlich paßte das alles viel eher zu Vare. Vielleicht hatten sie und Tigger beschlossen, ihre Selbstvervollkommnung durch schweren Diebstahl voranzutreiben.

Amüsant war der Gedanke jedenfalls nicht. Aber Sarah kam zu dem Schluß, daß sie Vare so etwas durchaus zutrauen würde. Alles, was ihr Cousin und seine Frau je getan hatten, angefangen bei den Flitterwochen im Camp für Überlebenstraining bis hin zur Akkordproduktion von Jesse, Woodson, James und Frank, war immer mehr durch Vares Initiative als durch die von Lionel zustandegekommen. Sie würde ein Vermögen verwetten, daß es auch Vares Idee gewesen war, Mann und Söhne für den Sommer bei Sarah abzuladen. Vare hatte bestimmt angenommen, daß ihre Mannen jetzt ohne große Gegenwehr das Kommando übernehmen und alles nach eigenem Gutdünken organisieren konnten, jetzt, wo Alexander nicht mehr da war, um sie zu bremsen.

So unrecht hatte Vare damit nicht einmal. Sarah hatte gedacht, daß sie ihre Besucher los wäre, dabei waren sie immer noch da, als ob nichts passiert wäre. Das Schlimmste war, daß Sarah es nicht übers Herz brachte, sie jetzt wieder wegzuschicken, wo sie sich so viel Arbeit damit gemacht hatten, den scheinbar völlig zerstörten Campingplatz nicht nur bewohnbar, sondern sogar richtig gemütlich zu machen. Es blieb ihr nichts anderes übrig, als die nächste Katastrophe abzuwarten, die zweifellos nicht lange auf sich warten ließ. Sie ging zum anderen Ende des Baumstammes, in dem kein Beil steckte, und setzte sich wieder neben Lionel.

»Wo wohnen Vare und Tigger jetzt?«

»Sie haben eine Wohnung in der Chauncy Street in Cambridge.«

»So nah bei dir und den Jungen?«

»Wo sollten sie denn sonst hin? Vare besucht immer noch Kurse in Harvard, das weißt du doch.«

Sarah wußte es zwar nicht, aber sie hätte es sich eigentlich denken können.

»Sie hatte ihren Stundenplan für den Sommer schon genau ausgearbeitet, bevor sie beschloß, diesen Wahnsinn mit Tigger auszuprobieren. Sie konnte unmöglich alles wieder umwerfen.«

»Warum denn nicht, wenn sie doch alles andere auch umwerfen konnte. Was hat sie bloß veranlaßt –« Sarah zögerte. Diese Frage klang zu sehr nach Alice B. »Ich hatte immer den Eindruck, daß du und Vare einen äußerst stabilen Lebensstil entwickelt hattet«, ergänzte sie statt dessen und wählte die Ausdrucksweise, die Lionel am ehesten verstehen würde.

»Das dachte ich ebenfalls«, erwiderte er düster. »Verdammt noch mal, Sarah, ich kann partout nicht begreifen, warum sie mich so behandelt. Ich habe doch immer alles getan, was sie – das heißt, Vare und ich haben stets alle Möglichkeiten sondiert und sind in allen Lebensfragen zu gemeinsamen Lösungen gelangt. Aber als dieser Wahnsinn mit Tigger anfing, hat sie sich absolut geweigert, sich in irgendeiner Form auf eine vernünftige Diskussion darüber einzulassen. Sie hat mir nicht einmal mehr zugehört. Ich –«

Er sah zu den Jungen herüber, um sicherzugehen, daß seine Söhne zu sehr mit ihrem eigenen Geheul beschäftigt waren, um ihn zu hören. »Ich bin sogar laut geworden, Sarah, das habe ich bisher noch keinem Menschen gestanden, nicht einmal Mutter, aber ich habe tatsächlich die Beherrschung verloren. Ich glaube, wenn ich in dem Moment dieses Beil in der Hand gehabt hätte – aber das ist natürlich reine Spekulation.«

Lionel atmete mehrere Male tief durch, und es gelang ihm schließlich, wieder etwas ruhiger zu sprechen. »Sarah, wie würdest du in bezug auf die Teilnahme der Jungen an Alice B.s Beerdigung morgen entscheiden?«

»Morgen? Meine Güte, ist die Beerdigung tatsächlich schon morgen? Ich vermute, ich muß hingehen, oder deine Mutter bekommt wieder Zustände. Aber an deiner Stelle würde ich die Jungen nicht mitnehmen.«

Sie konnte sich nichts Entsetzlicheres vorstellen als einen Gottesdienst in Anwesenheit der tobenden Geschwister Jesse, Woody, James und Frank. Lionels Überlegungen gingen selbstverständlich in eine völlig andere Richtung.

»Die moderne Psychiatrie allerdings mißt der Notwendigkeit der Konfrontation mit dem Tod für den kindlichen Individuationsprozeß große Bedeutung bei. Es wäre eine gute Möglichkeit, den Lernprozeß zu vertiefen.«

»Bei der Beerdigung eines Mordopfers? Lionel, ich glaube wirklich, daß das ein bißchen zu weit gehen würde. Außerdem haben sie die Erfahrung bereits gemacht, als dein Vater gestorben ist.«

Nach den Trauerfeierlichkeiten hatte man allgemein darin übereingestimmt, daß die Aussicht, seinen Enkelkindern auf immer zu entrinnen, den Tod für Onkel Samuel höchst erstrebenswert gemacht haben mußte. Sarah konnte sich vorstellen, wie Miffy mitten in der Kirche in hysterische Schreikrämpfe ausbrechen würde, wenn Appies liebe Enkel die Möglichkeit hätten, ihre fehlende Erziehung auch bei Alice B.s Beerdigung unter Beweis zu stellen.

»Aber Vare sagt –«

»Wann hat Vare dazu irgend etwas gesagt? Alice B. ist doch erst vorgestern abend umgebracht worden.«

»Ich habe gestern abend mit ihr gesprochen. Die Jungen und ich mußten zurück nach Cambridge, wie du dir hättest denken können, da uns keine andere Unterkunftsmöglichkeit angeboten wurde.«

»Ihr hättet doch auch auf einen öffentlichen Campingplatz fahren können.«

»Und eine unverschämt hohe Benutzungsgebühr berappen, um mit einem Haufen Gott weiß welcher Leute zusammengepfercht zu werden? Ich mußte schon genug im Waschsalon bezahlen. Ich wußte, daß Vare vorhatte, zur Beerdigung zu kommen, also beschloß ich, daß ich sie ebensogut anrufen und die Angelegenheit mit ihr ausdiskutieren konnte.«

»Warum will Vare denn zur Beerdigung kommen?«

»Weil Alice B. ihre Tante war, selbstverständlich.«

Sarah war sprachlos. »Lionel, das hatte ich wirklich völlig vergessen! Vare war ja auch eine Beaxitt, nicht wahr?«

»Sie ist es immer noch. Oder vielmehr jetzt wieder. Sie hat ihren Mädchennamen angenommen, wenn man diesen Begriff noch benutzt.«

»Dann ist sie also auch mit Biff und Pussy verwandt.«

»Mit Biff ganz bestimmt. Sie ist seine Nichte. Man könnte sogar sagen, daß es Biffs Frau Pussy war, die Vare und mich zusammengebracht hat.«

»Wenn also Pussy als nächste mit der Axt erschlagen wird, wissen wir, wer es getan hat.«

»Ich hoffe doch sehr, daß du das scherzhaft gemeint hast, Sarah.«

Trotzdem sah Lionel nachdenklich aus, als er das Beil aus dem Baumstamm zog und sein Spanbäumchen mit einer letzten Reihe Holzlocken verzierte.

Kapitel 13

Sarah ließ ihren Cousin auf dem Baumstamm sitzend zurück und ging wieder hinauf in Richtung Auffahrt. Sie wünschte sich, Max wäre da und würde ihr sagen, sie solle aufhören, solchen Unsinn zu denken. Aber warum konnte Cousin Lionel auch bloß so geschickt mit dem Beil umgehen? Warum hatte er ausgerechnet den heutigen Abend gewählt, um seiner Cousine seine Eheprobleme, seine finanziellen Sorgen und seine schwindende Selbstbeherrschung zu beichten? Warum hatte er sie daran erinnert, daß Vare eine Nichte von Alice B. war, und warum redete er so verdammt psychologisch daher? Wenn Lionel zugab, daß er sogar mit dem Gedanken gespielt hatte, Vare umzubringen, konnte ihm Sarah durchaus zutrauen, daß er auch in der Lage war zu beschließen, seine Aggressionen auf gesunde und natürliche Weise auszuleben, indem er statt dessen Vares Tante abschlachtete.

Und was war mit Alice B.s Geld? Wenn es kein Testament gab, würden Vare und Biff Beaxitt wahrscheinlich bald zu Geld kommen. Falls ein Testament existierte, hatte Vare wegen Alice B.s Streit mit Pussy um den Granatschmuck bessere Karten als Biff.

Lionel selbst hatte wenig Chancen, irgend etwas zu bekommen, aber er würde indirekt davon profitieren, wenn Vare erbte. Dann hatte er nämlich einen rechtmäßigen Grund, ihr weniger Unterhalt zu zahlen. Sarah schenkte im übrigen seiner Versicherung, daß er den Zahlungen ein Ende gesetzt hatte, wenig Glauben. Dazu kannte sie Vare zu gut, genau wie Lionel.

Sowohl Vare als auch Lionel hätten bestimmt gewußt, welche Objekte es wert waren, gestohlen zu werden, und nicht nur aufgrund ihrer Kunstseminare. Sie waren oft genug bei Miffy ein- und ausgegangen, um das Haus wie ihre Westentasche zu kennen, und zwar nicht, weil Miffy sie dahaben wollte, sondern weil so-

125

wohl Appies Sohn als auch Alice' Nichte grundsätzlich geduldet werden mußten. Sie hatten pflichtgemäß auch den Kunstschätzen des Hauses ihre Aufmerksamkeit zuwenden müssen, und wenn Lionel sich etwas ansah, fand er auch heraus, wieviel es wert war.

Vare kannte sich mit aktuellen Marktwerten ebenfalls gut aus. Sie las sämtliche Verbraucherberichte und Warentests und tätigte ihre Lebensmitteleinkäufe mit einem winzigen Taschenrechner in der Hand, und wehe der Kassiererin im Supermarkt, die zu einem anderen Endbetrag kam als sie.

Aber Lionel war trotzdem immer noch Sarahs Cousin und Tante Appies einziger Sohn, und Sarah wollte im Grunde nicht, daß er in irgend etwas verwickelt war, für das man ihn ganz bestimmt zur Verantwortung ziehen würde. Lionel plante zwar stets alles bis ins letzte Detail, aber irgendwo unterlief ihm immer ein Fehler. Doch die Verdachtsmomente sprachen aller Wahrscheinlichkeit nach sowieso eher gegen Vare.

Erstens hatte sie Lionel mit ihren gemeinsamen Söhnen sitzengelassen. Wenn er versucht hätte, sich in der Mordnacht fortzuschleichen, hätte ihn bestimmt einer seiner prächtigen Sprößlinge verpetzt. Außerdem konnte Vare mit Tigger zusammenarbeiten. Das paßte genau zu Sarahs Theorie, daß es zwei Täter gegeben hatte. Wenn Tiggers Aussehen und ihre Manieren irgendeinen Rückschluß auf ihre Neigungen zuließen, war ein kleines Blutbad sicher genau ihr Fall.

Natürlich bestand auch immer die Möglichkeit, daß Vare und Lionel die Tat gemeinsam begangen hatten. Theoretisch hätten sie die ganze Trennung allein zu dem Zweck inszenieren können, die Polizei von ihrer Fährte abzulenken. Allerdings schien das recht weit hergeholt. Lionels Klagelied eben hatte schrecklich aufrichtig geklungen.

Aber warum sollte sie Lionel nur deshalb verdächtigen, weil er mit dem Beil so gut Spanbäumchen anfertigen konnte? Wie stand es mit Fren Larrington, der zu Wutausbrüchen neigte und dem es nicht das geringste ausmachte, verletzten Tieren mit einem Stein den Kopf zu zerschmettern? Fren saß ohne jeden Zweifel im selben Boot wie Lionel, denn er hatte auch eine geschiedene Frau, die von ihm Unterhalt verlangte. Wer würde nicht erwarten, großzügig abgefunden zu werden, nachdem er es all die Jahre mit Fren ausgehalten hatte? Wie aber konnte Fren einen so gut geplanten Diebstahl, bei dem nur bestimmte Dinge mitgenommen worden waren, ausgeheckt haben? Er hatte keinen blassen Schimmer von Kunst. Und wenn er sich die Sache nicht selbst ausgedacht hatte? Seine Schwägerin war Pussy Beaxitts Tennispartnerin und hatte stets ein offenes Ohr für den neuesten Klatsch. Gar keine Frage, daß Lassie auf den Cent genau wußte, was jedes einzelne Objekt in Miffys Haus wert war. Pussy hätte sich einen Sport daraus gemacht, Einzelheiten herauszufinden und sie dann weiterzugeben. Lassie hätte es dann Don erzählt, der immer gern Geschichten jeder Art anhörte, in denen große Geldsummen vorkamen, und Don hätte es Fren erzählt, weil er sein Zwillingsbruder war.

Wenn Fren also der Täter war, lautete die natürliche Schlußfolgerung, daß Don sein Komplize sein mußte. Er hatte draußen gestanden, die Beute entgegengenommen und Fren instruiert, was dieser als nächstes stehlen sollte. Sarah konnte sich genau vorstellen, wie mühelos sich Fren in Miffys vollgestopftem Haus zurechtfand, genau wie heute auf dem Deck der Perdita – und wie gestern morgen in Sarahs Küche, wie ihr dann einfiel: Er hatte sich selbst alles genommen, was er wollte, ohne sie auch nur um Erlaubnis zu bitten, und hatte sie sogar getadelt, weil ihre Kombüse offenbar seinen Vorstellungen nicht entsprach.

Daß er Miffys Diamantenkollier nicht gestohlen hatte, würde ebenfalls genau zu Fren passen. Er war ein gutes Crewmitglied und daran gewöhnt, Befehle entgegenzunehmen. Wenn Don ihm sagte, er solle das Gemälde am Kamin abhängen, würde er das, was auf dem Tisch darunter lag, keines Blickes würdigen, sondern lediglich das Bild nehmen.

Fren hätte sicher auch Alice B. getötet, wenn Don ihm die Axt gegeben und ihn dazu aufgefordert hätte zuzuschlagen. Falls Alice B. die Larrington-Brüder tatsächlich ertappt und erkannt hatte, konnten sie sie nicht am Leben lassen, weil sie sonst alles verraten hätte.

Die sogenannte Einladung zur Party im Yachtclub mochte ebenfalls Dons Idee gewesen sein. Die Art und Weise, wie Fren sie vorgebracht hatte, hatte mehr nach einem Laufburschen geklungen, der einen Auftrag ausführt, als nach einem einsamen Mann, der nach weiblicher Begleitung schmachtete. Zweifellos hatte es ihn geärgert, daß Sarah nicht erschienen war, nachdem er sich die Mühe gemacht hatte, sie einzuladen, doch der Grund konnte auch darin liegen, daß man sie als Teil eines raffinierten

Alibis eingeplant hatte, das die beiden gemeinsam ausgeheckt hatten.

Vielleicht hatte aber auch Don allein den Raubüberfall in die Wege geleitet. Don war von Beruf Vermögensberater, und Lionel hatte schließlich gesagt, auf dem Aktienmarkt sähe es nicht gerade rosig aus. Vielleicht hatte er Klienten, die ihr Geld in Sachwerten anlegen wollten. Und was eignete sich dazu besser als ein Kunstwerk? Noch besser war, die Bilder selbst zu stehlen und dann an die Klienten zu verkaufen, 100 Prozent Profit beim Verkauf zu machen und keinen Cent Einkommensteuer davon abzuführen. Don hätte sich sogar einreden können, daß das Vergehen gar nicht so schlimm war, denn er wußte schließlich, daß Miffy unheimlich gut versichert war. Sie würde für den Verlust entschädigt werden und brauchte zudem in Zukunft keine hohen Versicherungsprämien mehr zu bezahlen. Der Gedanke, daß Miffy die Sachen vielleicht um ihrer selbst willen mochte, würde ihm gar nicht erst kommen.

Konnte ein derartiger Plan überhaupt funktionieren? Max wußte es bestimmt. Wenn er doch bloß heimkäme. Sarah ging zurück zum Kutscherhaus, aber es war immer noch nichts von ihm zu sehen. Das Klügste wäre, nach Hause zurückzugehen und sich ins Bett zu legen, doch nach ihrem Schläfchen war sie immer noch nicht wieder müde geworden, und bei dem Gedanken, sich ganz allein im Haus aufzuhalten, wenn Max nicht erreichbar war, verspürte sie ein wenig Angst. Die Sache mit dem Licht machte ihr ebenfalls Sorgen. Warum war sie heute nicht vernünftig genug gewesen, den Elektriker kommen zu lassen, statt sich auf einen Tag mit den Larringtons einzulassen?

Aber es war ja nicht nur um die Larringtons gegangen. Bradley war schließlich ebenfalls dagewesen, sie hatte die Ganlors besucht und war endlich wieder auf See gewesen. Vielleicht konnte sie jetzt hinunter ans Wasser gehen. Die Windböen schienen etwas nachgelassen zu haben. Sie erreichte schließlich die lange Holztreppe und benutzte ihre Taschenlampe, um den Weg hinunter zum Strand zu finden.

Die Ebbe hatte ihren tiefsten Stand erreicht, und der Himmel war klar. Eine wunderbare Nacht, um die Sterne anzuschauen und mit offenen Augen zu träumen, doch sie achtete besser darauf, wo sie hintrat. Schließlich wollte sie sich nicht auf einem schlüpfrigen Felsen den Knöchel verstauchen. Alexander hätte sich schrecklich aufgeregt, wenn er gewußt hätte, daß sie hier mitten in der Nacht mutterseelenallein herumgeisterte.

Unterhalb der Klippe war es windgeschützter. Sarah fühlte, wie allmählich alle Sorgen von ihr abfielen und ihr ganzes Ich sich auf das beruhigende Plätschern des Wassers über den Kieseln einstimmte. Es war das erste Mal, daß sie seit Alexanders Tod hier war. Jetzt kam sie an ihren Zauberfelsen, wo sie beide an jenem letzten Morgen eng aneinandergeschmiegt in liebevoller Umarmung gesessen und Pläne für eine Zukunft geschmiedet hatten, die niemals Wirklichkeit geworden war. Sie hatte geglaubt, daß sie es niemals über sich bringen würde, wieder in die Nähe dieses Felsens zu kommen. Doch heute nacht fühlte sie dabei keinen Schmerz.

Sarah kletterte auf den ausgehöhlten Sitz, auf dem sie als kleines Mädchen so oft gesessen und sich vorgestellt hatte, sie könne die Meerjungfrauen auf den Wellen reiten sehen. Aber es gab keine Meerjungfrauen. Es war alles vorbei, die Träume, die Sehnsucht, die Zukunftspläne. Und Alexander war auch nicht mehr bei ihr. Die Liebe zu ihm war noch da, doch der Mann, dem sie galt, war weit fort, für immer und ewig von seinem irdischen Leben befreit.

Sarah war jetzt ebenfalls frei, und es war sinnlos, immer noch keine Entscheidung treffen zu wollen. Sie ging zur Treppe zurück, hielt sich am Geländer fest und stemmte sich mit aller Kraft gegen den Wind. Sie nahm ihre Hausschlüssel heraus, ging in Max Bittersohns Wohnung und schloß die Tür. Dann zog sie sich aus und legte sich in sein Bett.

Wenn Max dagewesen wäre, hätte sie vielleicht nicht soviel Mut gehabt. Oder vielleicht doch. Sarah dachte jetzt gar nicht mehr nach, sondern folgte nur noch ihrem Gefühl. Das Bett kam ihr wärmer vor als ihr eigenes. Wenn sie mit Max zusammen war, hatte sie immer dieses Gefühl von Wärme. Gut zu wissen, daß es sogar andauerte, wenn er nicht bei ihr war. Sie lächelte in die Dunkelheit und schlief ein.

Irgend etwas weckte sie wieder auf, und sie wußte nicht, was es war. Vielleicht war es Max, der gerade ins Kutscherhaus kam. Aber warum hantierte er so leise im Treppenhaus herum? Max konnte sich sehr leise bewegen, wenn er wollte, aber er neigte eher dazu, die Treppe hochzustürmen und zwei Stufen auf einmal zu nehmen. Hatte er seine Schlüssel auf den Boden fallen lassen?

Angenommen, sie waren tatsächlich hinuntergefallen, warum suchte er dann im Dunkeln nach ihnen? Er wußte doch, daß sich direkt neben der Tür ein Lichtschalter befand, und ein weiterer war an der Treppe. Sarah hatte das Licht nicht angeschaltet, weil sie die Taschenlampe bei sich hatte, aber warum tat Max es nicht? Sie sah genau, daß keine Lampe brannte, denn es schien kein Licht unter der Türritze durch.

Vielleicht war eine Sicherung durchgebrannt. Was würde er in einem solchen Fall tun? Max trug immer eine kleine Taschenlampe bei sich und hatte eine starke Lampe mit Batteriebetrieb im Auto. Außerdem sah es ihm gar nicht ähnlich, derartige lästige Zwischenfälle schweigend zu erdulden. War er vielleicht betrunken? Vielleicht sollte sie doch besser –

Vielleicht lieber doch nicht. Das da unten war nicht Max. Möglicherweise war es ein Tier, das hereingeschlüpft war, weil sie vielleicht vergessen hatte, die Außentür zu schließen, obwohl sie sich ziemlich sicher war, daran gedacht zu haben. Vielleicht war es der Gauner, der den Spiegel aus Bilbao in ihre Diele gehängt hatte, oder das Ungeheuer, das Alice B. erschlagen hatte, oder aber auch beides in einer Person. Höchstwahrscheinlich war es einer von Lionels vorwitzigen Satansbraten. Sarah konnte sich die allgemeinen Reaktionen sehr gut vorstellen, wenn er sie hier nackt in Max' Bett vorfinden würde. Sie hoffte nur, daß er das Haus nicht in Brand steckte, aber sie konnte nicht riskieren, nach unten zu gehen und nachzuschauen.

Nach Rauch roch es jedenfalls nicht. Sarah blieb also in Max' Bett liegen, das sie inzwischen gar nicht mehr so gemütlich fand, und wagte nicht, sich zu bewegen, bis sie hörte, wie die Tür vorsichtig geschlossen wurde und sich draußen auf der Auffahrt Schritte entfernten. Sie wartete noch etwa zehn Minuten für den Fall, daß der Eindringling auf die Idee kam zurückzukehren, doch es war nichts zu hören. Schließlich stieg sie vorsichtig aus dem Bett, suchte hinreichend viele der verstreuten Kleidungsstücke zusammmen, um einigermaßen präsentabel auszusehen, streifte sie über, so gut es ging, und öffnete ganz langsam die Tür zum Treppenhaus.

Jetzt war niemand mehr da. Das Haus schien leer zu sein, eine Vermutung, die sich als zutreffend herausstellte. Sarah knipste jede Lampe an, die sie finden konnte, und begann alles zu überprüfen, besonders nach Hinweisen auf versuchte Brandstiftung. Sie steckte gerade den Kopf in eine der alten Futterkrippen, als sich die Tür wieder öffnete.

130

»Was zum Teufel ist denn hier los?«

Gott sei Dank, es war Max! Sie stürmte aus der Pferdebox.

»Ich bin es, Liebling. Ich habe nur nachgesehen, ob auch nichts brennt.«

»Warum sollte es hier brennen?«

»Ich habe jemanden oder etwas gehört. Du hast nicht zufällig jemanden vor dem Haus gesehen?«

»Um ehrlich zu sein, ich war zu kaputt, um irgend etwas zu sehen. Was für ein Tag! Ich habe mir die Füße wundgelaufen, quer durch New York. Auf dem Rückflug mußten wir eine halbe Stunde über dem Flughafen kreisen, keine Ahnung warum. Und zu allem Übel hatte auch noch unten im Sumner-Tunnel ein Wagen eine Panne und hat beide Fahrspuren blockiert, frag bitte nicht wie. Da steckte ich also mitten unter dem Bostoner Hafen, die Lungen voll Kohlenmonoxid, und fragte mich, wann wohl die Tunneldecke über mir zusammenbrechen würde. Und als ich die Straße hier hochfuhr, hat mich irgendein Spaßvogel so scharf geschnitten, daß er mir beinahe die verdammten Scheinwerfer abrasiert hätte.«

»Bist du dir ganz sicher, daß er nicht vielleicht aus unserer Einfahrt kam?«

»Wie kann ich mir da sicher sein? Alles, was ich dir sagen kann, ist, daß er höllisch schnell fuhr. Was machst du hier überhaupt um diese Zeit?«

Sarah errötete. »Ich war oben in der Wohnung, wenn du es genau wissen willst.«

»Was hast du denn da gemacht?«

»Auf dich gewartet. Bloß – ausgeruht. Ich habe ein Geräusch gehört und habe mich ein bißchen gefürchtet, das ist alles. Ich hatte Angst, es könnte einer von Lionels Söhnen sein, der hier nochmal ein Feuer legt.«

»Ich dachte, du wärst sie endgültig losgeworden?«

»Das dachte ich auch, aber sie sind wieder da. Jetzt haben sie sich eine Zweighütte, eine Latrine und einen Zugbrunnen konstruiert.«

»Gütiger Gott.«

Er nahm seine Aktentasche in die andere Hand und legte den freien Arm um Sarah.

»Du hast also auf mich gewartet. Dann komm mit nach oben, und erzähl mir mehr davon.«

Es war nicht einfach, die Treppe mit dem geschnitzten Geländer eng umschlungen hochzusteigen, doch sie schafften es. Max schaltete das Licht an und bemerkte das zerwühlte Bett.

»Ach so, nur ausgeruht!«

Er bückte sich, um ihren BH aufzuheben, den sie bei ihrer Suchaktion im Dunkeln nicht gefunden hatte. »Möchtest du dich noch ein bißchen mehr ausruhen?«

»Wenn man an die Zeit denkt, ist das sicher das Gegebene, Max.«

Kapitel 14

Es war wohl ihr Pech, daß sie sich ausgerechnet diese Nacht ausgesucht hatte, in der Max im Sumner-Tunnel steckengeblieben war. Sarah bedauerte sich selbst, als ihr angeblich feuriger Verehrer eine halbe Stunde später bereits friedlich an ihrer Seite schlummerte. Nun ja, man konnte eben nicht alles haben. Es war schließlich auch schön, so neben ihm zu liegen und sich an seinen Körper zu kuscheln. Warum schloß sie nicht einfach die Augen und genoß es?

Dann zwitscherten die Vögel, und die Sonne schien zu ihnen ins Zimmer, da sie beide vergessen hatten, die Rouleaus herunterzulassen. Die Armbanduhr, das einzige, was Max vergessen hatte auszuziehen, zeigte halb acht. Mr. Lomax kam um acht, und Sarah wollte sich lieber gar nicht erst vorstellen, was sich um diese Zeit bereits am Zeltplatz abspielte.

Genug Dolce vita. Sie schlüpfte aus dem Bett, ohne Max aufzuwecken, zog sich ein weiteres Mal an und schlich durch die Büsche zurück zum Haus. Sie hatte knapp Zeit, sich zu duschen und umzuziehen, bis die beiden Herren Lomax eintrafen, und sie schaffte es um Haaresbreite.

»Wo ist denn mein alter Kumpel?« war Petes fröhliche Begrüßung. »Ich dachte, wir könnten uns vielleicht noch ein bißchen über Baseball unterhalten.«

»Und ich dachte, Sie könnten sich um die Auffahrt kümmern, während Ihr Onkel den Garten jätet.«

Im Grunde ließ Sarah die Art und Weise, wie Pete sie angrinste, ziemlich kalt. Wenn er nun letzte Nacht im Kutscherhaus herumgeschlichen war? Zuzutrauen war es ihm. Und wenn er danach nicht fortgegangen war, sondern sich lange genug draußen versteckt hatte, um zu beobachten, was sich abgespielt hatte, bevor es Max eingefallen war, das Licht zu löschen?

Sie wandte sich ab, so daß er nicht sehen konnte, wie sie errötete. »Denken Sie auf jeden Fall daran, das große Schlagloch am Weg zum Bootshaus aufzufüllen. Der Löschwagen ist gestern beinahe darin steckengeblieben. Und werfen Sie nicht einfach nur einen Haufen Erde hinein. Benutzen Sie anständige, solide Steine, die nicht sofort weggespült werden können.«

»Na klar. Sagen Sie mal, wissen Sie eigentlich schon, daß die Kinder wieder da sind?«

»Natürlich weiß ich das. Mr. Lomax, würden Sie bitte den Werkzeugschuppen aufschließen und Pete eine Schubkarre und eine Schaufel geben?«

Der alte Mann berührte den Schirm seiner Kappe und starrte seinen Neffen tadelnd an. Sarah setzte das Kaffeewasser auf und war gerade dabei, Löffel und Gabeln aus der Schublade zu nehmen, als ihr leidenschaftlicher Liebhaber hereinplatzte.

»Einfach weglaufen, was?« Er rieb seine frisch rasierte Wange an ihrem Gesicht. »Konntest du nicht warten, bis ich mich ein bißchen ausgeruht hatte?«

Sie schüttelte den Kopf. »Ich erwartete doch Mr. Lomax. Max, Liebling, ich glaube nicht, daß ich als Femme fatale sehr erfolgreich wäre. Ich muß mich immer noch um so fürchterlich viele andere Sachen kümmern. Würde es dir schrecklich viel ausmachen, wenn wir uns heimlich davonschleichen und statt dessen einfach heiraten würden?«

»Überhaupt nicht. Welches Datum schwebt dir denn vor?«

»Ich dachte, wir könnten vielleicht morgen das Aufgebot bestellen, wenn du dann Zeit hast.«

»Wie wär's denn mit heute?«

»Ich muß doch zu Alice B.s Beerdigung.«

»Das ist ein verdammt triftiger Grund. Ich nehme an, du möchtest, daß ich dich hinbringe?«

»Nur, wenn du auch wirklich Zeit hast. Sonst könnte mich bestimmt auch Bradley Rovedock fahren.«

»Zum Teufel mit Bradley Rovedock. Du gehörst mir. Mir, hörst du? Mir!«

»Dann hör bitte auf, mir die Rippen zu brechen, und sag mir lieber, was du zum Frühstück möchtest. Ach ja, wie immer. Ich geh' dran. Das muß Tante Appie sein.«

Sarah ging ans Telefon. Es war tatsächlich Tante Appie, völlig aufgelöst, wie Sarah erwartet hatte.

»Sarah, Liebes, ich wollte dich nur an die Beerdigung erinnern. Sie findet um zehn Uhr statt, nicht vergessen.«

»Zehn? Lassie hat aber elf gesagt.«

War Lassie wirklich ein Fehler unterlaufen oder hatte sie gewollt, daß Sarah den Gottesdienst verpaßte und ein paar Pluspunkte bei Bradley verlor? Ob es ihr wirklich so viel ausmachte, daß man Sarah bei dem Ausflug mit der Yacht akzeptiert hatte? Dann würde sie sich heute auf eine weitere Enttäuschung gefaßt machen müssen.

Sarah hatte nämlich keine Lust, Tante Appie aufzuregen, nur um Lassie Larrington zufriedenzustellen.

»Alles in Ordnung, ich werde da sein. Brauchst du noch etwas von deinem Gepäck?«

»Danke, Liebes, aber ich habe mich bereits in mein braunes Crêpe-Kleid geworfen. Alice B. hat immer gesagt, wie sehr sie es mochte.«

Alice B. hatte es sich nie verkneifen können, irgendeine Bemerkung über das langweilige alte Kleid zu machen. Was sie wirklich gemeint hatte, war: »Wann um Himmels willen kaufst du dir endlich mal ein neues?«, doch Appie war viel zu naiv, um zu merken, daß man sie beleidigte.

»Also, Sarah, du brauchst dich um nichts zu kümmern, wir haben schon alles arrangiert. Du machst dich nur schnell fertig, und Fren Larrington kommt dich abholen.«

»Tante Appie, ich möchte nicht, daß Fren mich abholt. Ich fahre mit Max.«

»Max? Du meinst den jungen Mann von der – aber Sarah, wir haben alles schon so nett vorbereitet.«

»Vergiß es, Tante Appie. Max und ich haben unsere eigenen Pläne.«

Sie zog fragend die Augenbrauen hoch und sah Max an. Er nickte, und sie gab sich einen Ruck. »Wir planen nämlich etwas Dauerhaftes.«

»Wie bitte, Liebes? Tut mir leid, aber ich verstehe nicht ganz –«

»Ich meine damit, daß Max und ich heiraten werden. Noch in dieser Woche, wenn wir es einrichten können.«

»Sarah! Wir dachten alle, daß es doch viel netter wäre, wenn du und Fren –«

»Max und ich treffen dich also an der Kirche.«

Sarah legte den Hörer auf die Gabel. »Arme Tante Appie. Vielleicht heilt sie das endlich von ihren netten, kleinen Plänen. Was hältst du von Toast und Rührei? Für etwas anderes haben wir leider keine Zeit. Ich muß mir schnell etwas Ordentliches anziehen, und ich denke, du trägst am besten ein Jackett und eine Krawatte. Die Hälfte der Trauergäste wird wahrscheinlich in Jogginganzug oder Tennisshorts erscheinen, aber warum sollen wir nicht mit gutem Beispiel vorangehen? Nach der Trauerfeier können wir ja sofort wieder gehen.«

Das war allerdings leichter gesagt als getan. Als man schließlich in der kleinen Feldsteinkirche, die zur Sommerhauskolonie gehörte, der lieben Verstorbenen gedacht hatte und Alice B. auf dem angrenzenden Friedhof beerdigt worden war, hatte sich Tante Appie beinahe die Augen ausgeweint. Sarah brachte es nicht übers Herz, sie allein zu lassen, da Lionel zusammen mit den Jungen in seinem Camp geblieben war und Vare, die anwesend war, keine Spur von Mitgefühl zeigte. Max mit seinem ausgesprochenen Familiensinn war sogar bereit, sie zurück zu Miffys Haus zu begleiten, wenn Sarah es wünschte.

Miffy selbst hielt sich erstaunlich gut. Sie war sogar umsichtig genug gewesen, einen hiesigen Party-Service für Speisen und Getränke sorgen zu lassen, wobei das Buffet allerdings in der Hauptsache aus Schokoladenplätzchen und langweiligen Hühnersandwiches mit unvollständig entfernten Krusten bestand. Jetzt, nach Alice B.s Tod, würde das Essen sehr viel weniger interessant sein. Die Gespräche zweifellos ebenfalls.

Wenigstens lieferten Sarah und Max heute genug Stoff für neue Diskussionen. Immer wieder begegneten ihnen erstaunte Blicke. Max merkte bestimmt auch, was die Leute redeten, doch entweder machte es ihm absolut nichts aus oder er schaffte es, so zu tun, als ob. Warum sollte er sich auch darum kümmern? Sarah jedenfalls waren die Leute gleichgültig.

Aber Vare und Tigger stahlen eindeutig allen die Show. Es war im großen und ganzen keine besonders elegante Versammlung – Tante Appies braunes Crêpe-Kleid war nicht einmal das geschmackloseste Kleidungsstück –, doch Tiggers klobige Wanderstiefel, schmutzige Cordhose und haariger Poncho gingen wirklich ein bißchen zu weit. Wie immer sagte Tigger kein Wort, sondern lauerte in ihrer Ecke und starrte jeden wütend an, der versuchte, sich ihr zu nähern.

»Weißt du«, flüsterte Sarah Max zu, »dieser Frau würde ich alles zutrauen. Wenn sie überhaupt eine Frau ist.«

»Sieht etwas psychopathisch aus«, meinte auch Max. »Ich hoffe, die Frau deines Cousins ist sich bewußt, auf was sie sich da eingelassen hat.«

»Ich wage es zu bezweifeln.«

Vare war in einem dreiteiligen dunkelgrauen Herrenanzug mit Nadelstreifen erschienen, mit einer schwarzen Krawatte und einem gestärkten weißen Hemd. Zweifellos war das ihre Vorstellung von der passenden Garderobe einer Lesbierin bei der Beerdigung ihrer Lieblingstante. Der Anzug paßte nicht. Er gehörte bestimmt Lionel. Eine echte Lesbierin würde sich bestimmt besser und angemessener kleiden, dachte Sarah. Sie nahm an, daß Vare sicher wieder einmal ihren Erfahrungshorizont zu erweitern gedachte. Höchstwahrscheinlich würde sie zu Lionel und den Jungen zurückkehren, sobald sie genug von Tigger hatte.

Wenn Tigger sie überhaupt gehen ließ. Sarah betrachtete das mürrische Gesicht unter dem ungewaschenen schwarzen Haarschopf und war sich gar nicht besonders sicher, ob Vare ganz ohne Kampf davonkommen würde. Wie Lionel gesagt hatte, zog Tigger aus der jetzigen Situation nur Vorteile, indem sie sich mit Vare auf Kosten von deren Ehemann amüsierte und aus Lionel alles herausholte, was nur herauszuholen war. Würde sie wirklich zulassen, daß man ihr das Huhn, das goldene Eier legte, so einfach fortnahm?

Miffy bereitete dem Paar keinen warmen Empfang. Sie übersah Tigger geflissentlich, ging auf Vare zu, warf einen langen Blick auf den Dreiteiler und die schwarze Krawatte und ließ ein verächtliches Schnauben hören.

»Ach nein – wen haben wir denn hier? Ich dachte, ich wäre dich endlich los, Vare, jetzt, wo Alice B. nicht mehr da ist, um deine Verehrung zu genießen.«

»Meine Anteilnahme an Tante Alice' Leben war absolut aufrichtig«, erwiderte Vare ohne einen Funken Gefühl.

»Das bezweifle ich keinen Augenblick. Immerhin gab es ja Anteilsaktien und Dividenden, ganz zu schweigen vom Grundkapital. Aber wo du schon einmal hier bist, kannst du dir auch einen Drink genehmigen. Genau das mache ich jetzt nämlich auch.«

Miffy drehte sich um und schritt hinüber zur Bar, die der Party-Service aufgestellt hatte. Vare, immer noch mit unbewegtem Gesicht, folgte ihr und nahm sich ein Glas Tomatensaft. Das mußte Tante Appies Einfluß gewesen sein, denn Miffy wäre es nie im Leben eingefallen, für nichtalkoholische Getränke zu sorgen.

Lassie stand ganz in der Nähe. Sarah ging zu ihr.

»Ich wußte gar nicht, daß Vare Alice B. so häufig besucht hat.«

»Das kommt daher, daß du nie da bist. Vare hat diesen Ort schon seit einer ganzen Weile heimgesucht, obwohl sie bis heute vernünftig genug gewesen ist, die abscheuliche Person da drüben nicht mitzubringen. Und dann ausgerechnet an einem solchen Tag! Ihre Bälger hat sie auch nie mitgebracht. Ich nehme an, sie hat gewußt, daß Alice B. schon mehr als genug hatte, wenn sie allein aufkreuzte. Vare ist nicht dumm, weißt du, auch wenn sie sich meistens wie eine Idiotin benimmt.«

Vare war immerhin Sarahs angeheiratete Cousine, und Sarah hatte keine Lust, sich Lassie Larringtons Geschwätz über die Fehler von Lionels Frau anzuhören.

»Ich weiß«, sagte sie. »Vare ist eigentlich hochintelligent. Ich habe noch nie jemanden gesehen, dem so viel daran gelegen ist, seinen Horizont zu erweitern.«

»Das kann man wohl sagen! Besonders, wenn es darum geht, den finanziellen Horizont zu erweitern. Sie hat nichts unversucht gelassen, ein Wunder, daß sie nicht auch noch für Alice das Testament geschrieben hat.«

Es gab also tatsächlich ein Testament. Das war allerdings interessant, aber Sarah versuchte, sich ihre Neugier nicht anmerken zu lassen.

»Warum hätte sie sich die Mühe machen sollen? Nicht, daß es mich irgend etwas angeht, aber ich habe Alice B. immer als, nun ja, nicht gerade als Angestellte, aber doch als eine Art Freundin und Hilfe zugleich für Miffy gesehen. Ich habe angenommen, daß sie sich ihren Lebensunterhalt durch ihre Kochkünste und dergleichen verdient hat.«

Lassie nahm einen Schluck aus ihrem Glas. »Alice B. hat sich ihren Lebensunterhalt zwar tatsächlich damit verdient, aber nicht, weil sie es nötig hatte. Ihr eigenes kleines Nest war wohlgepolstert. Wenn du meine Meinung hören willst, werden sich einige Leute bei der Eröffnung des Testaments gewaltig wundern.«

»Tatsächlich?« sagte Sarah. »Dann hoffe ich als liebende Verwandte, daß Vare auch etwas erbt. Du kannst dir sicher vorstellen, mit welchen finanziellen Belastungen Lionel momentan fertig werden muß, mit der Ausbildung der Jungen und dem ganzen Theater mit Vare.«

Sie konnte nicht so tun, als sei alles in Ordnung, wenn Vare und Tigger sich solche Mühe gaben, jeden merken zu lassen, daß dies nicht der Fall war. »Und du weißt ja selbst, was Don gestern über die Aktien gesagt hat«, warf sie schnell noch ein.

»Erinnere mich bloß nicht daran«, jammerte Lassie. »Ich bekomme die Börsenberichte jeden Tag zum Frühstück und zum Mittagessen serviert, und wenn wir erst unsere Aperitifs einnehmen, ist er überhaupt nicht mehr zu stoppen. Mein Gott, diese Bloody Marys sind aber wirklich schlaff. Die muß wohl Appie gemacht haben.«

»Ich glaube fast, du hast ein Glas einfachen Tomatensaft erwischt«, klärte Sarah sie auf. »Den trinke ich nämlich auch.«

Allein für den Anblick von Lassies Gesicht, auf dem sich das blanke Entsetzen spiegelte, hätte sich der ganze Besuch gelohnt. Sie knallte das Glas auf eines von Miffys Birnenholzmöbeln, raste zur Bar und überließ es Sarah, das Glas fortzuräumen, bevor sich ein weißer Ring auf dem Holz bildete, und dabei über Vare nachzudenken.

Sie wünschte sich nur, daß Max bei ihr gewesen wäre und gehört hätte, was Lassie gesagt hatte, doch er wurde momentan von Pussy Beaxitt in Beschlag genommen, die zweifellos versuchte, ihm die geheimnisvollen Einzelheiten ihrer Beziehung zu entlokken.

Sarahs Lippen zuckten. Da gab es nicht allzuviel zu berichten, selbst wenn man die vergangene Nacht mitrechnete. Pussy würde aus Max sowieso nicht viel herausbekommen.

Tante Appies Augen waren immer noch rotgerändert, doch außer ihr schien keiner den Verlust von Alice B. zu beklagen. Die übrigen Anwesenden hatten offenbar inzwischen vergessen, warum sie eigentlich hier waren, und die Versammlung in eine von Miffys üblichen Parties verwandelt.

Miffy selbst machte da keine Ausnahme. Sie stand neben Pussy und nahm Max in die Mangel, mit dem Elan eines Staatsanwaltes, der einem Zeugen der Gegenpartei auf den Zahn fühlt. Lassie, die sich inzwischen mit zwei Martinis ausgerüstet hatte, also in jeder Hand ein Glas hielt, gesellte sich dazu. Fast alle, selbst Vare und erstaunlicherweise sogar Tigger, folgten ihrem Beispiel.

Auch Bradley Rovedock befand sich unter ihnen, obwohl sein Motiv sicherlich darin bestand, mäßigend auf die Anwesenden einzuwirken, denn Sarah hörte, wie Miffy ihn anfuhr: »Halt den Mund, Bradley, und benimm dich nicht wie eine verdammte alte Jungfer.«

Jetzt geriet die Gruppe in Bewegung.

Sarah konnte flüchtig erkennen, wie Miffy sich bückte und an einem der Strümpfe zerrte, die sie heute zu diesem besonderen Anlaß trug. Es war das erste Mal in ihrem Leben, daß Sarah Miffys haarige, knotige alte Beine so sittsam bedeckt sah. Wenn es draußen eiskalt war, trug Miffy wollene Unterhosen und Gummistiefel mit dicken Socken darin, die meiste Zeit jedoch latschte sie lediglich in einem Paar abgelaufener Sandalen aus Naturleder herum.

Vielleicht hatte Miffy beschlossen, daß sie sich lange genug seriös gegeben hatte. Sie drückte Max energisch ihren Drink in die Hand, stieß ein barsches »Halten Sie das« hervor, zog ihren Rock hoch, riß sich die Strümpfe und den ausgebeulten Hüfthalter, an dem sie befestigt waren, herunter und schleuderte alles zusammen ins Feuer.

»Das war das letzte Mal, daß ich diese verdammten Dinger getragen habe.«

Miffy nahm Max den Martini wieder aus der Hand und goß ihn sich in die Kehle. Dann schnappte sie nach Luft, würgte, ließ das leere Glas fallen und brach zusammen.

Einen Moment lang war Max der einzige, der irgend etwas tat. Er fing die alte Dame auf, setzte sie vorsichtig auf einen Stuhl und beugte sich über sie, um festzustellen, was ihr fehlte. Dann warf sich Biff Beaxitt von hinten auf ihn.

»Mach, daß du von ihr wegkommst, du verdammter Mörder! Zuerst Alice B. und jetzt auch noch –«

Jetzt auch noch Miffy. Sie war tot, das konnte jeder sehen. Natürlich dachte Biff, sie sei ermordet worden. Das dachten alle anderen wohl auch.

Wie oft fiel jemand schon so einfach tot um? Es konnte doch wohl kaum einen Zweifel darüber geben, da Alice B. gerade vor drei Nächten hier in Miffys Haus ermordet worden war und ihr Mörder immer noch auf freiem Fuß war?

Wer kannte Alice und ihre amüsanten kleinen Geheimnisse besser als Miffy? Wer war aufgestanden und hatte nach Alka-Seltzer gesucht, als das Blut an der Schneide der Axt vielleicht noch nicht einmal trocken war? Wer war möglicherweise eine zu große Gefahr, um am Leben zu bleiben? Und was war bloß in dem Glas gewesen, das derart schnell und tödlich wirkte?

Kapitel 15

Max war es fast gelungen, sich von Biff zu befreien, als sich Don und Fren Larrington auf ihn stürzten. Gegen alle drei zusammen hatte er keine Chance. Sarah versuchte einzugreifen, indem sie schrie: »Hört doch auf, ihr Idioten!« und sie mit ihren Fäusten bearbeitete, aber Bradley Rovedock zog sie sanft zur Seite.

»Nicht doch, Sarah, du wirst sonst noch verletzt werden. Am besten, wir rufen die Polizei und lassen sie für Ordnung sorgen.«

»Oh ja, schnell! Frag nach Sergeant Jofferty!«

Sie war zwar wieder bei Sinnen, doch es war eine Qual, mitansehen zu müssen, wie Don Larrington Max den Gürtel herunterriß und ihm damit die Füße fesselte, während Biff und Fren seine Hände auf dem Rücken zusammenbanden. Max fing Sarahs Blick auf und brachte sogar ein klägliches Lächeln zustande.

»Hast du Jofferty benachrichtigt?«

»Halt bloß dein Maul!«

Fren holte aus, um Max einen Schlag ins Gesicht zu versetzen, doch Don stieß seine Faust fort.

»Schluß damit, du verdammter Schwachkopf. Ehe du dich versiehst, redet der Kerl schon was von Polizeibrutalität und hat sofort einen von diesen linken Richtern auf seiner Seite.«

»Was meinst du mit Polizeibrutalität? Wir sind doch gar nicht von der Polizei!«

»Wir sind Bürger, die einen Verbrecher auf frischer Tat ertappt haben, und handeln momentan im Namen der Polizei.«

»Von wegen«, sagte Max, »ihr handelt euch höchstens einen saftigen Gerichtsprozeß ein, und glaubt ja nicht, daß ich den nicht gewinne. Sarah, die Autoschlüssel sind in meiner rechten Manteltasche.«

»Bleib bloß weg von ihm, Sarah«, brüllte Biff. »Falls du irgendwelche halbgaren Pläne haben solltest, diesen Scheißjuden zu befreien –«

142

Sarah war zu wütend, um mehr zu sagen als: »Don, du scheinst mir von euch dreien noch der Vernünftigste zu sein. Würdest du bitte die Schlüssel aus Max' Tasche nehmen und sie mir geben?«

»Was hast du denn damit vor?«

»Ich habe kein anderes Transportmittel. Reicht dir das als Grund?«

»Ich denke schon.« Don fischte die Schlüssel heraus und wollte sie ihr gerade geben, als Fren dazwischenfuhr.

»Moment mal! Woher wollen wir wissen, ob sie nicht abhaut und das Beweismaterial vernichtet?«

»Welches Beweismaterial?« Appie Kelling hatte es inzwischen geschafft, sich durch die Menge zu zwängen und stellte sich neben ihre Nichte. »Ich verstehe überhaupt nichts mehr. Ich muß schon sagen, es scheint mir ganz so – die liebe Alice B. ist gerade unter der Erde – und jetzt die arme Miffy – sie – es ist kaum zu – und außerdem ist Mr. Bittersohn doch offiziell mit Sarah verlobt. Wirklich, Fren, so eine Schlägerei mag ja auf einer Junggesellenparty noch angehen, aber – «

»Von wegen Schlägerei! Appie, der Kerl hier ist ein Mörder! Erst schleicht er sich hier nachts rein, stiehlt die ganzen Bilder und erschlägt Alice B. mit der Axt, und jetzt vergiftet er Miffys Drink. Das Glas war gerade erst gefüllt worden, sie hatte den Drink noch nicht einmal angerührt!«

Man konnte nicht hören, ob Fren Miffys Tod oder die Verschwendung eines unberührten Martinis für das schlimmere Verbrechen hielt.

»Aber er ist doch mit Sarah verlobt!« jammerte Appie.

»Dann sollte sich Sarah am besten verdammt schnell wieder entloben. Dieser Mistkerl – «

»Dieser Mann heißt Max Bittersohn«, unterbrach ihn Sarah. »Und ich wäre dir dankbar, wenn du seinen Namen auch benutzen würdest, weil ich ihn nämlich schon sehr bald selbst tragen werde.«

Fren grinste höhnisch. »Das mußt du ja jetzt sagen. In ein, zwei Tagen wirst du dich ganz anders anhören.«

»Halt den Mund, Fren«, sagte sein Bruder. »Appie, man muß doch bloß die Fakten sehen. Mr. Bittersohn – «, er sprach den Namen bewußt übertrieben gedehnt aus, »hat dieses Haus, soweit wir wissen, zum ersten Mal an dem Tag betreten, an dem Alice B. acht Stunden später von einem Einbrecher ermordet wurde, als

143

sie ihn dabei erwischte, wie er Miffys Bilder stehlen wollte. Mr. Bittersohn«, wieder dieses hämische Grinsen, »ist eigenen Angaben nach Händler für gestohlene Bilder.«

»Das stimmt nicht ganz, Don«, korrigierte Bradley Rovedock, der inzwischen die Polizei benachrichtigt hatte. »Wie ich es verstanden habe, leitet Bittersohn ein Detektivbüro und ist auf die Wiederbeschaffung gestohlener Kunstobjekte spezialisiert.«

»Das ist doch wohl dasselbe, oder?«

»Nicht ganz. Ich schlage vor, wir überlassen die Nachforschungen der Polizei. Sie haben gesagt, sie kommen sofort.«

»Aber verdammt noch mal, Brad, er hatte doch Miffys Drink. Er hielt das Glas in der Hand, als sie sich die Strümpfe ausgezogen hat. Wir haben es alle gesehen.«

»Das haben wir nicht«, widersprach Vare. »Einige von uns mögen vielleicht gesehen haben, wie Mr. Bittersohn das Glas von Miffy entgegengenommen hat, doch ich wage zu behaupten, daß wir danach unsere Aufmerksamkeit auf den recht ungewöhnlichen Anblick einer älteren Dame gelenkt haben, die sich gerade in Gegenwart einer großen gemischten Gruppe von Gästen ganz bestimmter lästiger Kleidungsstücke entledigte.«

»Wovon redet sie überhaupt?« fragte Fren seinen Bruder Don.

»Sie meint, daß niemand beobachtet hat, was Bittersohn mit dem Glas gemacht hat, weil wir alle mehr oder weniger daran interessiert waren, Miffy bei ihrem Striptease zuzusehen«, dolmetschte Pussy Beaxitt. »Damit hat Vare übrigens völlig recht. Genau das habe ich nämlich getan.«

»Wenn ich daran denke, daß die liebe Miffy, als sie sagte, es wäre das letzte Mal, daß sie die Dinger anhätte –« Tante Appie begann wieder zu weinen.

»Aber genau so hat sie es doch auch gemeint«, rief Sarah. »Seht ihr nicht, wie absolut untypisch es für sie war, diesen Hüfthalter zu verbrennen? Ihr habt doch gesehen, wie alt das Ding aussah. Ich wette, sie hatte es seit mindestens 50 Jahren, und sie hat sich all die Zeit nicht davon getrennt. Warum also sollte sie unmittelbar nach Alice B.s Tod beschließen, daß sie es loswerden will?«

»Weil sie betrunken war«, sagte Pussy Beaxitt. »Gute Idee, Sarah. Du willst versuchen, uns davon zu überzeugen, daß Miffy geplant hatte, aus Schmerz über den Verlust von Alice B. eine Tragödie à la Sarah Bernhardt aufzuführen. Das kannst du vergessen! Biff und ich haben sie zur Beerdigung und wieder zurück

gefahren. Sie hat die ganze Zeit nur Gemeinheiten von sich gegeben und gejammert, daß sie jetzt jemanden anstellen müsse, der
ihr den Haushalt macht und für sie kocht, weil Appie so unfähig
ist und ihr auf die Nerven geht. Wenn das Suizidvorbereitungen
sein sollen, heiße ich Jessica Dragonette.«

»Wieso Jessica Dragonette?« wollte Lassie Larrington wissen.

»Weiß ich auch nicht, es ist bloß der erste Name, der mir gerade eingefallen ist. Mein Vater war verrückt nach ihr. Wegen ihr
haben wir jeden Sonntagabend vor dem Radio gesessen. Es war
ein Atwater-Kent. Würde mich nicht wundern, wenn Mutter ihn
immer noch hätte.«

»Warum hat sie denn das Radio behalten, wenn diese Dragonette doch die Geliebte deines Vaters war?«

»Mein Gott, Lassie! Sie war eine Sopranistin in der Werbesen-
dung von Bayer-Aspirin. Mein Vater hat sie eben gern singen hören. Ich glaube nicht, daß er sie je zu Gesicht bekommen hat,
ganz zu schweigen von anderen Dingen. Vergiß am besten wieder, daß ich sie überhaupt erwähnt habe. Ich wollte damit lediglich sagen, daß Miffy sich nicht selbst umgebracht hat. Wenn dieser Bittersohn ihr also nicht das Gift in den Drink geschüttet hat,
wer ist es dann gewesen?«

»Wie kannst du so sicher sein, daß Miffy vergiftet worden ist?«
bemerkte Vare recht vernünftig.

»Weil sie in Topform herumgebrüllt hat, bis sie diesen Drink
gekippt hat, und dann umgefallen ist. Woran sollte sie sonst gestorben sein?«

»Sie hätte einen schweren Herzanfall haben können.«

»Vare, hör bitte auf mit dem Schwachsinn«, zischte Biff Beaxitt. »Ich dachte immer, du hättest Grips. Natürlich ist Miffy vergiftet worden. Wir haben das Schwein geschnappt, das es getan
hat, und wenn Sarah sich darüber aufregt, daß ich das Wort
Schwein benutze, dann kann ich verdammt noch mal nichts daran
machen. Mich würde allerdings brennend interessieren, wer jetzt
Miffys Geld kriegt.«

»Du willst doch wohl damit nicht andeuten, daß sie es Sarah
hinterlassen hat?«

»Man kann nie wissen. Wenn Appie sie genügend bearbeitet
hat —«

Biff schwieg. Selbst ihm mußte bewußt geworden sein, daß er
Unsinn redete. Appie Kelling war wirklich der letzte Mensch auf

145

der Welt, der so etwas versuchen würde, und die erste Person, die alles völlig vermasseln würde, wenn sie es dennoch tat. Trotzdem hatte seine Frage alle nachdenklich gemacht. Jetzt, wo Alice B. tot war, und, soweit sie wußten, das letzte Mitglied der Familie Tergoyne verstorben war, hatte jeder aus der Clique, die von Miffy so lange dominiert worden war, eine reelle Chance, etwas aus ihrem Besitz zu bekommen.

Wenn sie aber alles, wie allgemein erwartet, Alice B. hinterlassen hatte, würden dann die Erben von Alice automatisch auch Miffys Nachlaß erhalten? War das vielleicht der Grund dafür, daß Tiggers Augen unter dem dichten Haarschopf plötzlich aufleuchteten, und hatte Biff Beaxitt es deshalb so eilig gehabt, Max Bittersohn zum Sündenbock zu machen?

Biff selbst hatte mitten im Gedränge neben Max gestanden, während Miffy ihre Striptease-Nummer vorgeführt hatte. Pussy ebenfalls. Sie war ihm so nahe gewesen, wie es eine Frau nur sein konnte, wenn sie nicht gerade an einer Orgie teilnahm. Beide Beaxitts hatten Gelegenheit genug gehabt, den Drink zu vergiften, während die anderen Miffy zusahen.

Doch das galt ebensogut für den Rest der Gruppe. Sarah schloß die Augen und versuchte, sich noch einmal genau an die Szene zu erinnern.

Da waren Fren und Don und – nein, Lassie hatte mit Sarah drüben am Fenster gestanden. Aber dann hatte sie Theater wegen ihres Drinks gemacht und sich einen neuen geholt. Dabei war sie unweigerlich genau an Miffy vorbeigegangen, denn Miffy hatte sich nie sehr weit von der Getränkequelle entfernt, seit sie von der Beerdigung zurück waren.

Es hätte sogar Lassie sein können, die Miffy den frischen Drink geholt hatte. Sarah erinnerte sich, daß sie gleich zwei Gläser von der Bar mitgebracht hatte. Sarah hatte angenommen, daß beide Gläser für Lassie selbst bestimmt gewesen waren, als Entschädigung für den Tomatensaft sozusagen. Es wäre natürlich gewesen, wenn Lassie Miffy eines der Gläser angeboten hätte, und Miffy hätte bestimmt nicht abgelehnt. Fren behauptete, daß Miffys Glas voll gewesen war, und das bedeutete, daß sie es gerade erst bekommen hatte. Kein Drink wäre in Miffys Hand lange unberührt geblieben.

Doch Sarah hatte nicht gesehen, daß Lassie den Drink Miffy oder irgendeiner anderen Person gegeben hatte. Sie zerbrach sich immer noch den Kopf beim Versuch, sich zu erinnern, wer hinter Miffy gestanden hatte, als die Polizei eintraf. Polizeichef Wilson war dabei, doch zu ihrem großen Bedauern stellte sie fest, daß Sergeant Jofferty fehlte. Wenigstens schienen Wilson und seine Männer kompetent und zeigten sich nicht allzu beeindruckt von Biff Beaxitts Behauptungen, er habe den Sohn von Isaac Bittersohn in flagranti dabei erwischt, wie er die Gastgeberin um die Ecke gebracht habe.

Einer der Männer ging zum Telefon und forderte Verstärkung an, während der Polizeichef den Anwesenden vernünftige Fragen stellte, auf die er fast immer nichtssagende Antworten erhielt, wobei Tigger eine Ausnahme bildete, denn sie sagte auch jetzt kein Wort und machte nur ein finsteres Gesicht. Keiner konnte mit absoluter Sicherheit beschwören, gesehen zu haben, wie Max den Drink vergiftet hatte. Keiner hatte bewußt sehr viel mehr wahrgenommen, als daß Miffy ihre faltige braune Haut enthüllt, den ausgefransten alten Hüfthalter den Flammen geopfert und dann aus dem Glas getrunken hatte, das Max für sie gehalten hatte, um schließlich nach Luft zu schnappen und zusammenzubrechen. Keiner konnte sagen, wo Miffy den Drink ursprünglich überhaupt herbekommen hatte, und der gestreßte Barkeeper hatte nichts gesehen.

»Ich hab' immer weiter gemixt, und die Leute haben mir die Gläser nur so aus der Hand gerissen«, lautete seine Aussage. »So was hab' ich echt noch nie gesehen, nich' mal auf dem Polizeiball.«

Er habe immer neue Lagen Martinis vorbereitet, da offenbar keiner etwas anderes zu trinken wünschte. Die Gäste hätten ihm entweder die leeren Gläser zum Nachfüllen hingehalten oder er habe die Mischung in saubere Gläser gegossen, die er auf ein Tablett gestellt habe. Entweder habe die Kellnerin das Tablett herumgetragen und die Getränke angeboten oder die Anwesenden seien persönlich an der Bar erschienen, um sich mit Drinks zu versorgen, oft mit zweien oder dreien gleichzeitig, und hätten die überzähligen Gläser an ihre Freunde verteilt.

»Du hast dir auch zwei geholt, Lassie«, sagte Sarah.

»Ganz richtig, genau wie viele andere auch«, fuhr Biff Beaxitt sie an. »Lassie hat den zweiten Drink mir gegeben, und ich habe ihn auch getrunken. Du brauchst dir gar nicht einzubilden, daß du seinen Kopf auf die Art und Weise retten kannst, Sarah.«

Biff hatte diesen Drink von Lassie nicht bekommen. Sarah wußte zwar nicht, warum er sie anlog, doch sie war sich ihrer Sache ganz sicher. Aber die Clubmitglieder würden sich geschlossen hinter ihn stellen. Selbst Tante Appie und Bradley Rovedock sahen sie mit vorwurfsvollen Blicken an. Wie konnte Sarah bloß ihre eigenen Leute so schmählich im Stich lassen? Jetzt hatte sie es sich endgültig mit ihnen verscherzt, und Max hatte sie damit auch nicht geholfen.

»Weiß denn hier jemand, wo Miss Tergoyne diesen letzten Drink herhatte?« erkundigte sich Polizeichef Wilson.

Niemand konnte oder wollte es sagen. Der Barkeeper war ziemlich sicher, daß Miffy zumindest einige Gläser selbst geholt hatte. Bradley Rovedock sagte, daß er kurze Zeit zuvor ebenfalls einen Drink für Miffy besorgt hatte, war aber sicher, daß sie danach noch weitere getrunken hatte. Tante Appie jammerte, daß sie vergeblich versucht habe, Miffy zu einem schönen, gesunden Glas Tomatensaft zu überreden. Danach sagte niemand mehr etwas.

Etwas später erschienen einige Männer vom Morddezernat, die offenbar zur Staatspolizei gehörten, und ein amtlicher Leichenbeschauer. Er lehnte es ab, sich mit irgendwelchen präzisen Angaben über die Todesursache festzulegen, bevor eine Autopsie vorgenommen worden war, riet den Polizisten jedoch leise, sie sollten bei ihren Nachforschungen verdammt sorgfältig vorgehen.

»Er denkt auch, daß es Mord war«, flüsterten sich die Anwesenden zu. Als schließlich der Experte für Fingerabdrücke das Glas an sich nahm und alle bat, sich aufzustellen und sich die Fingerabdrücke abnehmen zu lassen, waren sie ganz sicher.

Don Larrington schnaubte zwar: »Verdammter bürokratischer Schwachsinn«, doch er und die übrigen Gäste waren sofort zur Kooperation bereit, mit Ausnahme von Tigger allerdings, der man erst mit Festnahme wegen Beamtenbeleidigung drohen mußte, bevor auch sie sich schließlich die Finger schwärzen ließ. Vare sah wegen des Zwischenfalls verständlicherweise beunruhigt aus.

Max wurde von seinen provisorischen Fesseln befreit und durfte seinen Gürtel wieder anziehen. Er saß ganz ruhig in einem von Miffys Sesseln und ließ sich nichts von dem entgehen, was um ihn herum passierte. Sarah versuchte, zu ihm zu gehen, doch ein Polizeibeamter verstellte ihr den Weg. Max selbst warf ihr einen warnenden Blick zu und schüttelte den Kopf. Danach blieb sie an ihrem Platz und versuchte, ruhig zu bleiben.

Schließlich erlaubte man den Gästen zu gehen. Die meisten waren bereits verschwunden, bevor der Polizeichef mit seiner Erklärung fertig war, aber die Larrington-Brüder gaben immer noch keine Ruhe.

»Was passiert denn jetzt mit Bittersohn? Sie werden ihn doch wohl nicht etwa laufenlassen?« fragte Don.

»Mr. Bittersohn wird uns bei den Nachforschungen behilflich sein«, versicherte ihm Wilson.

»Was soll denn das schon wieder heißen?« verlangte Fren zu wissen.

»Das müssen die sagen, bevor sie jemanden festnehmen.« Zumindest Don schien die Auskunft zufriedenzustellen. »Jetzt komm schon, Fren. Wir haben denen am Anlegeplatz gesagt, daß wir bis eins zurück sein wollten, und jetzt ist es bereits nach zwei. Die verlangen dafür bestimmt eine weitere Tagesgebühr.«

»Gütiger Gott!«

Fren folgte seinem Bruder ohne jede Widerrede. Miffys Leiche wurde auf einer Trage, zugedeckt mit einer Decke, aus dem Haus getragen. Die Leute vom Party-Service packten ihre Sachen zusammen und verschwanden mit den übrigen. Jetzt waren außer Polizeichef Wilson und einigen seiner Polizisten nur noch Sarah, Max, Appie Kelling, Bradley Rovedock und, erstaunlicherweise, Vare und Tigger anwesend.

Appie versuchte, sich zusammenzunehmen und sich nützlich zu machen. »Sarah, Liebes, meinst du nicht, du solltest nach Hause gehen und dich ein wenig hinlegen? Soll ich vielleicht mitkommen?«

»Nein, du darfst hier nicht weg, Tante Appie. Miffy hätte gewollt, daß du hier in ihrem Haus bleibst und dich um alles kümmerst.«

Sarah hatte keine Ahnung, was Miffy gewollt hätte, und es war ihr auch ziemlich gleichgültig. Sie wußte nur, was sie selbst wollte, und das war eindeutig nicht Tante Appies Hilfe.

»Vielleicht kann Vare eine Zeitlang auf die Jungen aufpassen«, schlug sie vor, »dann kann Lionel herkommen und dir Gesellschaft leisten.«

Vare schüttelte den Kopf. »Ich habe die Fesseln der Mutterschaft abgeworfen.«

»Weiter so!«

Dies war das erste Wort, das Sarah jemals aus Tiggers Mund vernommen hatte. Tigger machte mit dem Kopf eine ruckartige Bewegung in Richtung Tür, und Vare folgte ihr nach draußen.

»Verdammt schade, daß deren Mütter nicht auch ihre Fesseln abgeworfen haben, bevor sie diese beiden Weiber in die Welt gesetzt haben«, bemerkte einer von Wilsons Männern. »Max, was ist denn eigentlich passiert?«

»Verdammt gute Frage an einen Hauptverdächtigen«, erwiderte Bittersohn. »Dazu kann ich nur sagen, daß ich mir wünschte, ich könnte es Ihnen sagen.«

»Da sind Sie nicht allein«, brummte Wilson. »Soweit ich sehe, hätte beinahe jeder hier in dieser Versammlung Miss Tergoynes Drink vergiften können, wenn es überhaupt jemand getan hat, was wir noch nicht wissen. Ich vermute, ich hätte jeden durchsuchen müssen, aber was hätte das schon für einen Sinn gehabt? Keiner von denen wäre dämlich genug gewesen, das Gift in das Glas zu schütten und dann weiter bei sich zu tragen, oder? Wenn ich es gewesen wäre, ich hätte das Zeug in einer kleinen Phiole oder einer Pipette gehabt, in irgend etwas, das man leicht in der Hand verbergen kann. Vielleicht sogar in einem Plastikbeutel oder einem Kinderluftballon. Einfach die Hand über das Glas halten, das Gift hineinschütten und den Behälter ins Feuer werfen. Wenn irgend jemandem ein merkwürdiger Geruch aufgefallen wäre, hätte er sicher gedacht, es sei das Gummi von diesem Hüfthalter, den sie verbrannt hat. Ideale Gelegenheit.«

»Abgesehen wohl von der Tatsache, daß der Täter nicht vorher gewußt haben konnte, daß Miss Tergoyne ihren Hüfthalter verbrennen würde«, bemerkte Bradley Rovedock trocken. »Das hat sie normalerweise nicht getan.«

Wilson hielt diesen Einwand nicht für sehr wichtig. »Man wußte aber doch, daß sie etwas trinken würde, oder nicht?«

»Allerdings«, sagte Bradley. »Man konnte ganz sicher sein, daß Miss Tergoyne Alkohol trinken würde. Und es war auch nicht weiter schwierig, ihr etwas ins Glas zu tun. Ich hätte sie sogar selbst vergiften können, nehme ich an. Die meisten anderen Gäste übrigens auch. Die einzige Person, die ausgeschlossen werden kann, ist Sarah. Das heißt, Mrs. Alexander Kelling.«

150

»Und wieso?«

»Mrs. Kelling stand nicht bei den anderen, sie hielt sich abseits und unterhielt sich mit Mrs. Donald Larrington, wenn mich mein Gedächtnis nicht täuscht. Gestern waren wir zusammen segeln, was allerdings hier nichts zur Sache tut, nehme ich an. Jedenfalls ging Mrs. Larrington nach einer Weile zur Bar, holte sich einen Drink – oder mehrere, wie bereits gesagt wurde –, kam dann zu uns und stellte sich in die Nähe von Miss Tergoyne. Mrs. Kelling allerdings blieb weiterhin, wo sie war. Außerdem trank sie Tomatensaft, und Miss Tergoyne hatte einen Martini, wie Sie bereits wissen. Es wäre also unmöglich für sie gewesen, die Gläser zu vertauschen oder sonst irgend etwas zu tun, selbst wenn sie nahe genug bei uns gestanden hätte, was jedoch nicht der Fall war.«

»Mrs. Kelling ist demnach überhaupt nicht an der Bar gewesen?«

»Nein. Sie hatte lediglich das eine Glas Tomatensaft, das ich ihr persönlich gebracht habe, kurz nachdem wir hier nach der Beerdigung eingetroffen sind. Ich habe es bemerkt, weil ich zufällig an einer Stelle stand, von wo aus ich sie genau sehen konnte, und ich hatte mir bereits überlegt, ob ich nicht zu ihr herübergehen und ihr ein neues Glas bringen sollte.«

»Sie übten sozusagen Gastgeberfunktion aus?«

»Wahrscheinlich könnte man es so nennen, mehr oder weniger. In einer solchen Situation tut man, was man kann, wissen Sie. Appie – Mrs. Samuel Kelling – und ich versuchten eben, die Stellung zu halten, Miss Tergoyne stand nach dem Tod ihrer Bekannten allein da, sie hatte nur noch ihre Freunde.«

»Sie würden also sagen, daß Sie und Mrs. Samuel Kelling die engsten Freunde von Miss Tergoyne waren?«

»Keineswegs. Wir sind lediglich eingesprungen und haben uns um alles gekümmert. Mrs. Kelling ist eine herzensgute Seele, und ich bin«, Bradley zuckte die Achseln, »ein ungebundener Junggeselle ohne größere Verpflichtungen. Tatsächlich haben wir beide Miss Tergoyne in der Regel nur sehr selten gesehen. Mrs. Kelling lebt nämlich in Cambridge und kommt nicht so oft hierher, wie wir alle es gern hätten. Ich selbst besitze zwar hier ein Haus, wie Sie wissen, doch die meiste Zeit befinde ich mich auf See. Aber wir beide kennen Miss Tergoyne sozusagen schon eine Ewigkeit, und als sie uns bat, ihr zu helfen, konnten wir sie nicht im Stich lassen. Übrigens, Appie, ich könnte bei dir im Haus bleiben, wenn du magst, es sei denn, Sarah möchte, daß ich ihr –«

Er verhielt sich viel liebenswürdiger, als Sarah verdient hatte, doch sie ging auf seinen Vorschlag nicht einmal ein, sondern wandte sich an Polizeichef Wilson.

»Was geschieht jetzt mit Max?«

Bevor Wilson antworten konnte, legte ihr Bradley tröstend die Hand auf die Schulter.

»Mach dir bitte keine Sorgen, Sarah. Es ist lediglich ein unglücklicher Zufall, daß Mr. Bittersohn ausgerechnet dieses Spezialgebiet hat und daß bis zu seiner Ankunft hier nie etwas passiert ist – das heißt, daß er – mein Gott, wie soll ich mich bloß ausdrücken? Er war eben zufällig immer zur falschen Zeit am falschen Ort, das ist alles.«

Kapitel 16

Und es war Sarahs Schuld, denn sie hatte sich mit dem falschen Mann eingelassen. Genau das versuchte Bradley die ganze Zeit nicht zu sagen. Die arme, unschuldige, kleine Sarah konnte gar nichts dafür. Erwartete er etwa von ihr, daß sie ihm jetzt dankbar war? In einem Punkt hatte er jedenfalls recht, und am besten äußerte sie sich dazu auf der Stelle.

»Das stimmt, Chief Wilson. Max kannte keinen dieser Leute. Er ist in der Hauptsache deshalb hier, weil ich eine Fahrgelegenheit brauchte. An dem Tag vor dem Mord an Alice B. waren wir gerade erst in Ireson's Landing eingetroffen, als Miffy bei uns anrief und mir mitteilte, Tante Appie sei bereits im Zug und auf dem Weg hierher. Dann lud sie uns alle für denselben Nachmittag auf einen Drink zu sich ein. Ich bat Max, uns zu fahren, weil ich momentan keinen eigenen Wagen mehr habe.«

»Sie haben den alten Studebaker verkauft, habe ich gehört.«

»Stimmt. Ira Rivkin hat jemanden gefunden, der versprochen hat, ihn in Ehren zu halten. Ich wollte damit sagen, daß wir beide nicht damit gerechnet hatten, Miffy an dem Tag zu besuchen. Was Fren Larrington da über Max erzählt hat, daß er das Haus ausgekundschaftet und einen Einbruch geplant hat, ist barer Unsinn. Pussy Beaxitt hat ihn sofort, als er das Zimmer betreten hat, in Beschlag genommen und ausgequetscht wie eine Zitrone. Max hat außer Pussys großem Mund überhaupt nichts sehen können.«

»Können Sie das bestätigen, Mr. Rovedock?«

Bradley lächelte schwach. »Ich hätte es sicher etwas anders ausgedrückt, aber das kann gut so gewesen sein. Ich bin zufällig erst etwas später gekommen und hatte keine Gelegenheit, mit Sarah oder ihrem Bekannten zu sprechen, bevor sie weggingen. Ich erinnere mich allerdings, daß Pussy – Mrs. William Beaxitt, meine ich – mit Bittersohn sprach, als ich hereinkam. Dann begrüßte ihn Alice Beaxitt mit seinem Namen und sagte, sie hätte

153

ihn schon gekannt, als er noch ein Junge war oder irgend etwas in der Art.«

Wie konnte Bradley ihr das antun? Sarah knirschte leise mit den Zähnen.

»Alice B. hat nicht gesagt, daß sie ihn kannte, Bradley. Sie sagte nur, sie wisse, wer er sei. Alice B. hat immer andere Leute erkannt. Das war typisch für sie. Worauf es ankommt, ist die Tatsache, daß Max niemals vorher in Miffys Haus gewesen ist, und wer auch immer in das Haus eingedrungen ist, muß sich ziemlich gut ausgekannt haben. Jedenfalls besser als ich. Die Liste mit den gestohlenen Gegenständen enthielt verschiedene Dinge, von denen ich überhaupt nicht gewußt habe, daß Miffy sie besaß.«

»Wann haben Sie diese Liste denn gesehen, Mrs. Kelling?«

Sarah wurde unsicher. Vielleicht hatte Sergeant Jofferty die Liste niemandem zeigen dürfen?

»Einer Ihrer Männer bat Max um sein fachmännisches Urteil, was einige der Gegenstände betraf«, erwiderte sie vorsichtig.

Wilson brummte: »Ach ja, Sie sind mit Walt Jofferty ziemlich gut befreundet, nicht wahr?«

»Ich wäre stolz, wenn es so wäre. Niemand hätte netter zu mir sein können, damals, als – «, doch darüber wollte sie eigentlich nie mehr sprechen. »Ich will damit sagen, Chief Wilson, daß es absolut lächerlich ist, Max zu beschuldigen, bloß weil er einen Fantin-Latour von einem Norman Rockwell unterscheiden kann. Ganz abgesehen davon, daß er niemals in irgendein Haus eindringen und alte Damen abschlachten würde, hatte er überhaupt keine Zeit, irgend etwas in der Art vorzubereiten.«

»Wie lange würde es denn wohl dauern, einen vergifteten Cocktail vorzubereiten?«

»Ziemlich lange, würde ich sagen. Miffy ist es nicht einmal übel geworden, sie hat nur den Inhalt ihres Glases heruntergeschluckt und ist sofort umgefallen. Die meisten Leute tragen kaum ein sofort wirkendes tödliches Gift in ihren Taschen mit sich herum, meinen Sie nicht? Man müßte zuerst einmal herausfinden, welches Gift man anwenden könnte, es sich dann irgendwie besorgen und es so parat haben, daß man es leicht benutzen kann. Das haben Sie selbst auch gesagt, erinnern Sie sich? Und man müßte schrecklich gut aufpassen, wie man damit umgeht, sonst würde man sich am Ende noch selbst damit umbringen.«

»Okay, das klingt einleuchtend. Sonst noch was?«

»Na ja, Max und ich wären beinahe gar nicht zur Beerdigung erschienen. Das heißt, ich wollte zwar eigentlich schon kommen, aber ich hatte vor, Bradley oder einen anderen Bekannten zu bitten, mich abzuholen. Wenn ich das getan hätte, wäre ich jedoch zu spät gekommen. Lassie Larrington hatte mir nämlich gestern erzählt, die Beerdigung sei um elf. Aber zufällig rief Tante Appie an, als wir gerade frühstückten, und sagte, die Beerdigung finge schon um zehn an.«

»Wissen Sie noch, um welche Zeit Sie Ihre Nichte angerufen haben, Mrs. Kelling?«

Appie sagte, sie glaube, es sei etwa Viertel vor neun gewesen, vielleicht auch neun Uhr. Möglicherweise auch ein wenig später.

»Es war halb zehn, Tante Appie. Max und ich hatten kaum Zeit, uns fertigzumachen und rechtzeitig zur Kirche zu kommen.«

»Und Sie waren gerade beim Frühstück?«

»Ja. Wir waren – also, Mr. Lomax und sein Neffe waren bei mir gewesen und hatten mit mir besprochen, was sie heute für mich erledigen sollten, und dann kam Max aus dem Kutscherhaus, und wir beschlossen zu heiraten, und deshalb haben wir erst so spät gefrühstückt.«

»Ich verstehe.« Polizeichef Wilson sah zuerst belustigt, doch dann argwöhnisch aus. »Wieso haben Sie denn so plötzlich beschlossen zu heiraten?«

»Na ja, so plötzlich war es auch wieder nicht«, gab Sarah zu. »Ich will damit sagen, daß Max mich seit zwei Monaten immer wieder gefragt hat, ob ich ihn heiraten will, und ich zwar wußte, daß ich ja sagen würde, aber irgendwie schien es nie der richtige Zeitpunkt zu sein. Bis heute morgen. Wir wollten uns nach der Beerdigung davonschleichen und das Aufgebot bestellen, aber die arme Tante Appie fühlte sich so schlecht, und ihr Sohn konnte wegen der Kinder nicht kommen, und Sie haben ja selbst gesehen, was für eine große Hilfe seine Frau war, also sind wir geblieben. Und das haben wir jetzt davon«, fügte sie bitter hinzu.

Der Polizeichef war an Sarahs Gefühlen nicht interessiert. »Sie mußten sich also beeilen, um rechtzeitig zur Beerdigung da zu sein, nachdem Ihre Tante angerufen hatte. Was genau haben Sie getan?«

»Ich bin nach oben gegangen und habe mich umgezogen. Ich trug vorher eine lange Hose und einen Pullover.«

»Ist Bittersohn mitgegangen?«

»Nein, das ist er ganz bestimmt nicht.«

Ohne es zu merken, verhielt sich Sarah haargenau wie ihre Tante Emma, wenn diese einen dreisten Emporkömmling in die Schranken verwies. Doch dann wurde sie blaß. Weshalb hatte sie nicht einfach ja gesagt?

»Warum kann ich eigentlich nicht für mich selbst sprechen?« erkundigte sich Max Bittersohn wütend. »Ich bin zurück zum Kutscherhaus gegangen und habe mir dieses Jackett und diese Krawatte hier angezogen. Dann habe ich den Wagen zu Sarahs Haus gefahren, um sie abzuholen. Ich war allein und kann keinen Zeugen dafür benennen, daß ich mir kein Strychnin, oder was zum Teufel es auch war, in die Tasche gestopft habe, bevor ich zu ihr fuhr.«

»Aber für alles, was er hier gemacht hat, gibt es genug Zeugen«, rief Sarah. »Keiner aus der Clique hatte die Stirn zu behaupten, daß er gesehen hat, wie Max irgend etwas in Miffys Drink geschüttet hat, oder? Und Sie können mir glauben, wenn es anders wäre, hätten sie es bestimmt gesagt. Er war die ganze Zeit von einem Haufen Menschen umgeben, die ihn ins Kreuzverhör genommen haben. Das kann Bradley Rovedock bestimmt bestätigen.«

»Kreuzverhör ist vielleicht ein wenig zu hart ausgedrückt«, widersprach Bradley. »Natürlich ist in einer Gruppe wie unserer, in der alle miteinander befreundet sind, jeder Außenseiter–«, er merkte zu spät, daß er etwas Falsches gesagt hatte, »ich meine, daß jeder Fremde automatisch im Mittelpunkt des Interesses steht. Die Leute haben doch nur versucht, ihn freundlich aufzunehmen.«

»Ich nehme an, Biff Beaxitt und die Larringtons haben auch nur versucht, Max freundlich aufzunehmen, als sie ihn niedergeschlagen und ihm Hände und Füße gefesselt haben? Warum nehmen Sie die beiden nicht fest, Chief Wilson? Besonders Biff würde einen sehr viel besseren Verdächtigen abgeben als Max.«

»Warum glauben Sie das, Mrs. Kelling?«

»Weil die Frau, auf deren Beerdigung wir gerade waren, auch eine Beaxitt war, falls Sie das vergessen haben sollten. Sie war Biffs Tante.«

»Cousine, Liebes«, verbesserte Appie. »Ihr Vater und Biffs Vater waren Brüder. Sie waren altersmäßig ziemlich weit auseinander. Das hätte man kaum angenommen, weil Biff so riesig ist und die liebe Alice B. doch so zierlich war. Oh, wenn ich daran denke, daß wir sie niemals wieder –«

»Schon gut, Tante Appie. Ich bin jedenfalls der Meinung, daß beide Testamente überprüft werden sollten, bevor irgend jemand weitere Schlüsse zieht.«

»Also wirklich, Sarah!« Bradley Rovedock klang schockiert. »Biff würde niemals –«

»Das habe ich früher auch mal gedacht, Bradley. Aber ich traue Biff Beaxitt so gut wie alles zu, wenn man genug Druck auf ihn ausübt. Und Fren Larrington ebenfalls, so, wie er gestern der armen Ziege den Schädel zertrümmert hat.«

»Sarah, die Ziege war doch verletzt. Ihr ganzer Hals war schon aufgerissen.«

»Er hätte wenigstens versuchen können herauszufinden, wie schlimm die Verletzung war, oder etwa nicht? Wir hätten das Tier aus dem Draht schneiden und zum Tierarzt bringen können.«

»Und dabei vielleicht die Perdita versenkt? Meine liebe Sarah, das war ein wildlebendes Tier, kein zahmes Haustier. Ich muß zugeben, daß ich ihn sogar ein wenig bewundert habe, weil er so schnell und entschlossen gehandelt hat.«

»Könnten Sie beide mir vielleicht erklären, um was es hier überhaupt geht?« fragte Wilson verständlicherweise.

Sie erklärten es ihm mehr oder weniger gleichzeitig. Sarahs Version klang in vielen Punkten anders als Bradleys. Es war nicht schwierig festzustellen, wem die Polizei mehr Glauben schenkte.

»Es gibt sowieso schon zu viele von den verdammten Ziegen auf Little Nibble«, schien die einhellige Meinung zu sein. Was Frens Hinrichtung des Tieres ohne faires Gerichtsverfahren betraf, was zum Teufel hätte er denn sonst tun sollen?

Polizeichef Wilson sah sich noch ein wenig um, stellte noch einige Fragen und schloß schließlich sein Notizbuch. »Sieht ganz so aus, als hätten wir alles getan, was es momentan zu tun gibt. Also Max – nur der guten Ordnung halber sollten wir uns kurz bei Ihnen zu Hause umschauen, meine ich. Sie wohnen bei Mrs. Kelling, sagten Sie eben.«

»Im Kutscherhaus«, fühlte sich Appie verpflichtet, den Polizeichef zu erinnern. »Wie es sich gehört. Normalerweise wäre ich bei Sarah im Haupthaus. Dort habe ich übrigens auch die erste Nacht verbracht. Aber am nächsten Morgen haben wir dann erfahren, daß – diese schreckliche Geschichte – und Miffy hat mich gebeten, zu ihr – doch mein Sohn und die vier Jungen wollten bei Sarah zelten, deshalb dachte ich – und dann ist die Geschichte mit dem Bootshaus passiert, wo ich mir nicht so sicher bin – aber alles ist so, wie es sich gehört«, endete sie mit Nachdruck.

»Selbstverständlich, Mrs. Kelling. Es handelt sich lediglich um eine Routineuntersuchung, wissen Sie. Wir müssen sicher sein, daß wir alle Basen berührt haben, wie man so schön sagt, für den Fall, daß später jemand Fragen stellt.«

»Selbstverständlich. Es wäre ja schließlich auch nicht Cricket, wenn man nicht alle Basen berühren würde, nicht wahr?«

Wilson wußte nicht genau, ob Appie Kelling dies als Witz gemeint hatte oder nicht, und schenkte ihr daher ein unsicheres Lächeln. »Sie sagten gerade, Sie hätten die erste Nacht, in der auch Miss Beaxitt ermordet wurde, im Haus Ihrer Nichte verbracht. Sie haben doch hoffentlich gut geschlafen?«

»Das Bett war wirklich äußerst bequem«, erwiderte Appie damenhaft.

»Ich verstehe, aber haben Sie auch gut geschlafen?«

»So gut, wie man eben in einem fremden Haus schläft. Nicht, daß Ireson's Landing ein fremdes Haus wäre, ich bin ja schon so oft dort gewesen – aber es ist eine ganze Zeit her, wissen Sie, weil Samuel doch so – und wenn man daran gewöhnt ist, sich um einen kranken Menschen zu kümmern, dann genügt schon das kleinste Geräusch – und man ist auf den Beinen, wissen Sie.«

»Sie hatten also eine ruhelose Nacht.«

»Nicht ruhelos. Ich habe wunderbar geruht, das kann ich Ihnen versichern. Nur daß ich es mir noch nicht abgewöhnt habe – und wenn man einmal wach ist – natürlich nicht jedesmal, aber – «

»Sie sind also aufgestanden. Wie oft, können Sie sich noch daran erinnern?«

»Ich glaube, insgesamt dreimal.«

»Und was haben Sie getan?«

»Mein guter Mann, was macht man wohl, wenn man mitten in der Nacht aufsteht? Zumindest wenn man so alt ist wie ich? Ich habe selbstverständlich das stille Örtchen aufgesucht.«

»Haben Sie bei diesen – äh – Gelegenheiten Ihre Nichte getroffen?«

»Nein, aber ich habe bei ihr hereingeschaut, um sicherzugehen, daß ich sie nicht gestört hatte.«

»Alle drei Male?«

»Sarah, Liebes, ich wollte damit nicht deine Intimsphäre verletzen. Es war bloß, weil ich doch so daran gewöhnt war, nach dem lieben, alten Sam zu schauen. Und es war tröstlich, jemanden zu sehen, wenn ich nachsah. Seit seinem Tod habe ich so oft – aus alter Gewohnheit – und dann fand ich nur immer das leere Bett. Man kann einfach nicht – und du sahst so reizend aus, Liebes, zusammengerollt wie eine kleine Feldmaus in ihrem Nest aus Distelwolle. Sie kennen doch diese Nester aus Distelwolle, nicht wahr? Es ist immer schön, sich die Tierchen vorzustellen. So behaglich.«

Polizeichef Wilson schien sich mit den Schlafgewohnheiten von Feldmäusen nicht auszukennen. »Sie wollen damit also sagen, daß Sie bezeugen können, daß Ihre Nichte die ganze Nacht in ihrem eigenen Bett geschlafen hat?«

»Ich glaube, das kann ich mit ziemlicher Sicherheit sagen«, erwiderte Appie. »Sie hat sich kaum bewegt. Ich bin sicher, daß ich die Federn nicht mehr als sechs- oder siebenmal quietschen gehört habe. Völlig erschöpft, das arme Lämmchen. Obwohl wir doch einen schönen, ruhigen Abend zusammen verbracht hatten und ich einen leckeren Thunfischauflauf zubereitet hatte, damit sie nicht zu – es war doch ein netter Abend, nicht wahr, Bradley?«

»Ich für meinen Teil habe ihn sehr genossen«, versicherte Bradley.

»Sie waren mit den beiden Damen zusammen, Mr. Rovedock?«

»Ja, bis etwa halb zehn. Appie – das heißt Mrs. Samuel Kelling – war noch hiergeblieben, nachdem Sarah und Mr. Bittersohn schon gefahren waren. Als sich die Party auflöste, bot ich Mrs. Kelling an, sie heimzufahren, und sie lud mich freundlicherweise zum Abendessen ein.«

»Wo war Mr. Bittersohn, als Sie dort ankamen, wissen Sie das noch?«

»Natürlich. Er saß mit Sarah am Kamin im Wohnzimmer. Wir tranken alle ein Gläschen zusammen, dann sagte er, er müsse weg, und ging.«

»Wohin?«

»Chief Wilson, ich habe den Mann an diesem Abend zum ersten Mal in meinem Leben gesehen«, wies Bradley den Fragesteller zurecht. »Ich fühlte mich demnach kaum berechtigt, ihn nach seinen Plänen zu fragen.«

»Apropos Pläne. Wußten Sie, daß er und Mrs. Kelling ernsthaft daran dachten zu heiraten?«

»Zum damaligen Zeitpunkt nicht. Er wurde mir lediglich als ihr
Mieter vorgestellt.«

»Tatsächlich?« Wilson kramte sein Notizbuch hervor und öffnete es wieder.

»Den Aussagen von sowohl Mrs. Larrington als auch Mrs. Beaxitt zufolge handelte das Gespräch, das kurz vor Miss Beaxitts
Tod zwischen ihr und Mr. Bittersohn auf der Party stattfand, von
seiner Liebesaffäre mit einer jungen Dame namens Barbara. Wissen Sie zufällig etwas darüber?«

»Es gab tatsächlich eine Diskussion darüber, glaube ich, nachdem Sarah und Mr. Bittersohn die Party verlassen hatten.« Bradley rümpfte zwar nicht gerade verächtlich die Nase, sah aber ganz
eindeutig ablehnend aus. »Ich habe dem Gespräch nicht viel Aufmerksamkeit gewidmet.«

»Oh, aber Sarah wußte überhaupt noch nichts von dieser Barbara«, rief Appie. »Jedenfalls nicht, bis Alice B. damit vor allen
Leuten herausgeplatzt ist. Die arme Alice B. war immer so
schrecklich direkt. Es wäre ihr nie in den Sinn gekommen, daß sie
damit–«

»Alice B. war ein bösartiges Klatschweib, und sie hat die Geschichte absichtlich ausposaunt, um einen Keil zwischen Max und
mich zu treiben.«

Sarah wußte aus Erfahrung, daß es sich nicht lohnte, die Polizei
anzulügen. »Was ihr auch gelungen ist, wenn es Sie interessiert.
Max und ich hatten auf dem Heimweg einen Riesenkrach deswegen. Wir hatten gerade wieder alles geklärt, und es wäre alles
wieder in Ordnung gewesen, wenn du nicht plötzlich mit Bradley–« hereingeplatzt wärst, hätte sie fast gesagt.

»Nach allem, was passiert war, hatte Max keine Lust, dazublei-
ben und gepflegte Konversation zu machen, also ist er zum Haus
seiner Schwester gefahren und hat dort mit seinem Onkel Cribbage gespielt«, schloß sie.

»Aber du wußtest doch gar nicht, wohin er wollte, Liebes. Du
hattest angenommen, daß er zum Abendessen bleiben würde,
und hast ihn noch gefragt, ob du ihm etwas zum Essen verwahren
solltest. Bradley, erinnerst du dich nicht auch daran?«

»Tante Appie, falls du versuchst, mir ein Alibi zu verschaffen,
kannst du das getrost vergessen. Ich brauche nämlich keins. Und

was Max betrifft, kann seine eigene Familie bezeugen, wo er war.«

»Keiner von Ihnen hat ihn zurückkommen sehen?« fragte Wilson.

»Nein, das konnten wir gar nicht, wissen Sie«, Appie übernahm es, die Frage zu beantworten. »Wie ich Ihnen bereits gesagt habe, wohnt er unten im Kutscherhaus. Es ist ziemlich weit entfernt vom Haupthaus, weil früher die Pferde immer – na ja, das brauche ich Ihnen sicher hier nicht zu – und die Zufahrt hat dort eine Abzweigung, wenn er also nicht den Weg zum Haupthaus nahm, was er selbstverständlich nicht tun würde, wenn er so spät zurückkäme – «

»Vielen Dank, Mrs. Kelling. Kommen Sie, Bittersohn. Den Rest können Sie uns im Streifenwagen erzählen.«

»Und was machst du, Sarah?« erkundigte sich Bradley. »Soll ich dich nach Hause fahren?«

»Nein, bleib du nur bei Tante Appie. Ich muß den Wagen von Max zurückbringen. Wir können ihn hier nicht so einfach stehenlassen.«

»Bist du auch sicher, daß du es allein schaffst?«

»Warum nicht? Nach dem Studebaker müßte ich eigentlich alles fahren können.«

Sie lächelte Rovedock selbstsicher zu und ging nach draußen, wobei sie spielerisch mit den Autoschlüsseln schnippte. Als sie jedoch hinter dem Lenkrad saß, fühlte sie sich plötzlich gar nicht mehr so sicher. Max liebte seinen Wagen wie ein Cowboy sein Pferd. Wenn sie ihm jetzt auch noch das Auto zu Schrott fuhr, nach allem, was er bereits durchgemacht hatte, würde sie ihm damit den Rest geben.

Es ging jedoch alles gut, denn Sarah fuhr diesmal ganz besonders vorsichtig. Mit dem Ergebnis, daß die Polizei bereits da war und das Kutscherhaus durchsuchte, als sie eintraf. Als sie hineinging, um nachzusehen, was dort vor sich ging, wurde sie Zeuge, wie einer der Männer ein lockeres Brett in der Treppe entdeckte, das sie nie dort bemerkt hatte, und es wie die Klappe eines Briefumschlages hochhielt. Sein Kollege leuchtete mit einer Taschenlampe in den Hohlraum und starrte hinein.

»He, Chef, kommen Sie schnell her!«

Sarah trat ebenfalls näher. Sie hatten ein kleines Aquarell entdeckt, das Sarah aufgrund der typischen violetten Schatten sofort

161

als einen Millard Sheets identifizierte, und eine langstielige Axt, die zwar abgewischt worden war, aber trotzdem noch Blutspuren aufwies.

»Tut mir leid, Bittersohn«, sagte Polizeichef Wilson. »Ich glaube, Sie kommen am besten mit aufs Polizeirevier.«

Kapitel 17

»Dafür können Sie Max nicht verantwortlich machen«, rief Sarah. »Er hat die Sachen dort nicht versteckt!«

»Wer war es denn?« fragte Wilson.

»Ich weiß es nicht. Ich habe aber Geräusche gehört.«

»Ach ja? Und wann war das?«

»Gestern nacht. Gegen Mitternacht, vermute ich. Kurz bevor Max aus New York eintraf, denn ich war immer noch in heller Aufregung, als er hereinkam. Ich habe die Boxen durchsucht, weil ich annahm, daß irgend etwas nicht in Ordnung war. Nicht wahr, Max?«

»Das stimmt zwar, aber das glaubt uns bestimmt keiner.«

»Hören wir uns doch die Geschichte erst einmal an«, sagte Wilson. »Erzählen Sie ruhig weiter, Mrs. Kelling. Wie lange haben Sie denn gesucht?«

»Vielleicht 15 Minuten. Nachdem Max kam, waren wir – abgelenkt.«

»Als Sie diese Geräusche hörten, von denen Sie eben sprachen, wo waren Sie da?«

»Oben in der Wohnung.«

»Tatsächlich? Ich hatte aus den Ausführungen Ihrer Tante geschlossen, daß Sie im Haupthaus schliefen.«

Sarah wußte, daß sie so rot wurde wie eine Feuernelke, doch jetzt war nicht der richtige Zeitpunkt, sich zu zieren. »Was meine Tante gesagt hat, entspricht völlig der Wahrheit. Ich bin nur zufällig unten am Zeltplatz gewesen und habe dort mit meinem Cousin Lionel gesprochen.«

»Ist das der Kerl, der vor zwei Tagen Ihr Bootshaus niedergebrannt hat?« fragte einer von Wilsons Männern.

»Ich glaube nicht, daß Lionel selbst etwas mit der Sache zu tun hatte, und seine Söhne schwören Stein und Bein, daß sie es auch nicht gewesen sind. Ich dachte jedenfalls, sie seien abgefahren,

163

was sich jedoch als falsch herausstellte. Doch ich zäume das Pferd von hinten auf. Passiert ist folgendes. Ich war gestern mit Bradley Rovedock und den Larringtons auf Little Nibble, wie Sie bereits wissen. Da hat auch Fren Larrington die Ziege getötet. Als wir gegen sechs Uhr nach Hause kamen, sind die anderen irgendwohin zum Abendessen gefahren, und ich habe sie gebeten, mich bei mir zu Hause abzusetzen. Ich war müde und wollte mich ausruhen. Dann bin ich eingeschlafen. Gegen acht Uhr wurde ich wieder wach, und weil ich überhaupt nicht mehr müde war, bin ich ein wenig spazierengegangen. Ich traf Lionel und seine Bande unten auf der Lichtung, wo früher das Bootshaus gestanden hat, also habe ich eine Pause gemacht und mich ein bißchen mit ihnen unterhalten.«

»Ein bißchen mit ihnen unterhalten?« fragte Wilson. »Jed Lomax hat mir aber erzählt, daß Sie sie von Ihrem Grundstück gejagt hätten.«

»Das hatte ich auch, aber sie müssen wohl nicht zugehört haben. Jedenfalls sind sie wieder zurückgekommen und haben einen Ziehbrunnen, eine Zweighütte und eine Feuerstelle gebaut. Sie hatten sich wirklich schrecklich viel Mühe gegeben. Es wurde bereits dunkel, und ich habe es nicht übers Herz gebracht, sie wieder wegzuschicken. Lionel und ich haben uns auf einen Baumstamm gesetzt, und er hat angefangen, mir von seinen Problemen zu erzählen. Vare – das ist seine Frau, Sie haben sie eben selbst in Miffys Haus getroffen –«

»Die Frau, die die Fesseln der Mutterschaft abgeschüttelt hat?«

»Genau die. Sie hat ihn mit den Kindern sitzenlassen, und die sind absolute kleine Teufel, das können Sie mir glauben, aber daran ist Vare genauso schuld wie Lionel. Sie fordert Unmengen Geld von ihm für ihren Unterhalt, die sie dann mit ihrer Freundin Tigger teilt, und benimmt sich auch sonst wirklich abscheulich. Vare ist übrigens eine Beaxitt. Ich erwähne diese Tatsache aus offensichtlichen Gründen. Lionel und ich haben uns nie besonders nahegestanden, aber er mußte unbedingt mit jemandem sprechen, und ich hatte gerade nichts Besseres zu tun, also bin ich bei ihm geblieben und habe zugehört.«

»Bis wann?«

»Ungefähr bis zehn, glaube ich. Es war schon eine ganze Weile dunkel, als ich mich auf den Heimweg machte.«

»Wie konnten Sie denn etwas sehen?«

»Ich hatte meine Taschenlampe dabei. Ich war immer noch nicht besonders müde, deshalb bin ich hinunter zum Strand gelaufen und dort eine Zeitlang spazierengegangen; dann bin ich zurück zum Kutscherhaus, um zu sehen, ob Max schon zurück war. Er war noch nicht da, also wollte ich in der Wohnung auf ihn warten.«

»Aus irgendeinem besonderen Grund?«

»Ja. Während ich am Strand spazierenging, habe ich beschlossen, ihn zu heiraten. Das wollte ich ihm sagen.«

»Hervorragendes Timing«, murmelte einer der Polizeibeamten.

»Tut mir leid, aber so war es eben. Und das geht wirklich nur Max und mich etwas an.«

»In Ordnung, Mrs. Kelling«, sagte Wilson. »Sie sind also nach oben in die Wohnung gegangen. Wie sind Sie hineingekommen? War die Tür denn nicht abgeschlossen?«

»Doch. Das heißt, das Kutscherhaus – wo wir uns gerade befinden – war nicht abgeschlossen, aber die Wohnung oben schon. Ich habe einen Zweitschlüssel am Schlüsselbund, zusammen mit meinen eigenen Schlüsseln, also konnte ich aufschließen.«

»Sie sind offenbar immer auf alles vorbereitet.«

»Ich bin es so gewöhnt. Mein verstorbener Mann legte großen Wert darauf, weil wir hier so abgelegen leben. Jedenfalls habe ich die Außentür nicht abgeschlossen, weil ich wußte, daß Max bald kommen würde, aber ich bin sicher, daß ich oben die Tür abgeschlossen habe, als ich in die Wohnung ging. Ich erinnere mich noch, daß ich deswegen erleichtert war, als ich die Geräusche hörte.«

»Können Sie die Geräusche beschreiben, Mrs. Kelling?«

»Irgendwie scharrend, könnte man vielleicht sagen. Zuerst dachte ich, es sei ein Tier, doch dann erkannte ich, daß es ein Mensch war, der versuchte, leise zu sein.«

»Sie haben nicht die Tür geöffnet und gerufen, um rauszukriegen, wer es war?«

»Chief Wilson, es ist immerhin gerade erst ein besonders scheußlicher Mord passiert, der offensichtlich verübt wurde, weil Alice Beaxitt einen Einbrecher überrascht hat. Nein, ich habe die Tür nicht geöffnet und auch nicht gerufen. Ich verhielt mich so still wie möglich und hoffte, daß die Person da unten nicht auf die Idee kommen würde, nach oben zu kommen.«

»Wie lange hat es etwa gedauert?«

»Fünf bis zehn Minuten, nehme ich an. Es kam mir allerdings vor wie eine Ewigkeit.«

»Wieso hat der Einbrecher das Licht in der Wohnung nicht gesehen?«

»Weil gar keins gebrannt hat. Ich hatte meine Taschenlampe an, als ich hineinging, wissen Sie. Ich weiß nicht genau, warum ich das Licht nicht angeschaltet habe, ich habe es eben einfach nicht getan. Und ich muß sagen, nach allem, was geschehen ist, bin ich schrecklich froh darüber.«

»Sie hatten also schon eine ganze Zeitlang dort oben allein gesessen, bis Sie dieses scharrende Geräusch, wie Sie es nennen, gehört haben.«

»Nein, um ganz ehrlich zu sein, ich hatte mich auf Max' Bett gelegt und war wieder eingeschlafen.« Das genügte als Erklärung, fand Sarah. »Ich nehme an, daß mich das Geräusch dann geweckt hat.«

»Woher konnten Sie so sicher sein, daß es nicht Bittersohn war, den Sie da kommen hörten?«

»Weil Max immer die Treppe stürmt wie mein Großonkel Nathan damals den San Juan Hill. Seit Januar gehört er zu den Mietern in meinem Haus in Boston, wie Ihnen vielleicht bekannt ist. Ich weiß genau, was für einen Lärm er macht, wenn er im Haus ist. Es wäre jedenfalls absurd zu glauben, daß er so lange Zeit nach dem Raubmord hereingeschlichen käme, um diese Sachen hier zu verstecken, und dann wieder fortgehen würde, um später noch einmal zurückzukommen. Er hatte außerdem keine Ahnung, daß ich oben war.«

»Wir wissen nicht, ob der Lärm, den Sie angeblich gehört haben, überhaupt etwas mit dem Beweismaterial, auf das wir hier gestoßen sind, zu tun hat, Mrs. Kelling«, sagte Wilson.

»Das Bild hätte er doch ohne weiteres nach New York mitnehmen können, um es dort zu verkaufen, und als er keinen Käufer fand, brachte er es vielleicht wieder mit und legte es in das Versteck«, meinte einer der anderen Männer. Die Theorie klang recht einleuchtend.

Wilson nickte. »Um wieder auf das Geräusch zurückzukommen, Mrs. Kelling, wie lange war es etwa zu hören?«

»Nicht sehr lange, es sei denn, es hatte bereits angefangen, als ich noch schlief. Ich hörte es jedenfalls nur kurze Zeit. Dann quietschte die Außentür und der Kies draußen in der Einfahrt knirschte, als ob sich jemand entfernen würde. Wie ich schon erwähnt habe, blieb ich noch eine Weile ganz still liegen. Mir kam der Gedanke, daß es vielleicht einer der Söhne meines Cousins gewesen war, der ein neues Feuer gelegt hatte, also riß ich mich zusammen und ging nach unten. Da war ich auch noch, als Max hereinkam; und ich war dabei, nach Spuren von Rauch zu schnuppern oder das Ticken einer Zeitbombe auszumachen, oder was mir sonst noch drohen konnte.«

»Einer Zeitbombe? Ist das Ihr Ernst?«

»Sie kennen eben die kleinen Engelchen noch nicht. Denen ist wirklich alles zuzutrauen.«

»Sogar Mord?«

»Na ja, das würden sie vielleicht doch nicht fertigbringen. Ich glaube jedenfalls nicht, daß sie etwas von dem Mord an Alice B. wußten, bis sie hörten, wie ich ihrem Vater am folgenden Morgen davon erzählte, denn da brüllten sie alle: ›Wir wollen die Leiche sehen!‹«

»Auf der Beerdigung waren sie aber nicht, oder?«

»Nein, Lionel hat mich gefragt, ob er sie mitnehmen sollte oder nicht, und ich habe mit allen Mitteln versucht, ihn davon abzubringen, weil ich genau wußte, was sie für einen Affenzirkus veranstalten würden. Erstaunlicherweise hat er sogar auf mich gehört.«

»Sie sagten, seine Frau sei mit Alice B., wie Sie sie nennen, verwandt?«

»Ja. Vare ist ihre Nichte. Nach dem zu urteilen, was ich heute bei Miffy gehört habe, ist sie in der letzten Zeit recht häufig dort aufgetaucht, offenbar um Alice B. zu veranlassen, ihr Geld zu hinterlassen. Vare kennt sich mit Äxten und Beilen gut aus, denn sie hat einen dieser Kurse für Überlebenstraining mitgemacht. Wenn Lionel ihr wirklich den Geldhahn zudreht, wie er ihr gerade androht, ist sie finanziell schlecht dran, denn Tigger scheint mir nicht nur eine professionelle Schnorrerin, sondern auch noch eine recht unangenehme Person zu sein. Vare hat kein eigenes Geld, soviel ich weiß, und ihre Eltern werden sie sicherlich nicht unterstützen, wenn Tigger davon profitiert. Ich kenne sie. Ich bin der Meinung, Sie sollten sich auf jeden Fall erst die Testamente ansehen, bevor Sie irgend etwas unternehmen, Chief Wilson.«

»Vielen Dank für den Vorschlag, Mrs. Kelling. Zufällig haben wir daran auch schon selbst gedacht. Miss Beaxitt hat ihren gesamten Besitz, der sich auf etwas mehr als 300 000 Dollar beläuft, Margaret Tergoyne hinterlassen. Der Ersatzerbe wäre Alexander Kelling gewesen.«

»Alexander Kelling?« stammelte Sarah. »Aber – aber welcher Alexander Kelling denn? Der Name kommt in unserer Familie recht häufig vor. Ich habe einen Cousin namens Alexander Brooks Kelling und einen anderen, der – «

»In unserem Fall handelt es sich um einen gewissen Alexander Archibald Douglas Kelling. Gibt es davon auch so viele?«

Sarah schüttelte den Kopf. Sie hatte das Gefühl, jeden Moment in Ohnmacht zu fallen. »Nein, gar keinen mehr. Das war der Name meines Mannes. Warum um alles in der Welt hätte Alice B. ihm ihr Geld vermachen sollen?«

»Im Testament steht: ›In Gedenken an unsere wundervolle Beziehung.‹ Sagt Ihnen das etwas?«

»Allerdings.« Ihre Stimme zitterte jetzt. »Das bedeutet, daß sie alle glauben machen wollte, sie sei Alexanders Geliebte gewesen. Das ist typisch für sie! Alice B. konnte sich nicht einmal umbringen lassen, ohne damit eine Gemeinheit zu verbinden.«

»Sie haben nichts von dem Vermächtnis gewußt?«

»Gewußt? Natürlich habe ich davon nichts gewußt! Von allen ekelhaften, scheußlichen – tut mir leid. Was nutzt es mir schon, wenn ich jetzt schimpfe und tobe? Sie hatte ihren Spaß, und ich muß eben die Folgen ertragen. Sie können genausogut mich verhaften, Chief Wilson, denn wenn ich gewußt hätte, was sie vorhatte, hätte ich die hinterhältige Hexe eigenhändig erschlagen.«

»Dann sind Sie also nicht der Ansicht, daß sie tatsächlich eine intime Beziehung zu Ihrem Ehemann gehabt hat – damals, als die beiden noch jung waren, meine ich?«

»Es ist mutig von Ihnen, mir diese Frage zu stellen, Chief Wilson. Nein, das glaube ich nicht. Mein Mann war derart schwer traumatisiert – ich denke, das ist das richtige Wort – durch die einzige verhängnisvolle Affäre, die er hatte, als er praktisch noch ein kleiner Junge war, daß er sich überhaupt nicht für Sex interessiert hat. Und erst recht nicht mit einer Frau, die herumlief und überall alles ausposaunte, was sie wußte, und oft auch das, was sie nur vermutete. Es ist allerdings durchaus möglich, daß Alice B. in Alexander verliebt war, denn er war schließlich ein außerordentlich attraktiver Mann, wie Sie selbst wissen. Da er allen gegenüber immer höflich und rücksichtsvoll war, hat Alice B. mög-

168

licherweise mehr in sein Verhalten hineininterpretiert, als er beabsichtigte. Noch wahrscheinlicher ist allerdings, daß dies bloß
wieder einmal einer ihrer gemeinen Späße war. Das wird ein
schönes Gerangel unter den Beaxitts geben.«

»Und Sie selbst, Mrs. Kelling?«

»Wie meinen Sie das? Ich habe doch damit nichts zu tun.«

»Sie sind die Alleinerbin Ihres Mannes, nicht wahr? Jetzt, wo
sie beide tot sind, könnten Sie sich doch einen geschickten Anwalt
nehmen –«

»Ich denke nicht im Traum daran! Miffy hat Gott sei Dank
lange genug gelebt, um alles zu erben, daher bezweifle ich, daß
ich eine rechtliche Grundlage hätte, angenommen, daß ich überhaupt je auch nur einen Pfennig davon angerührt hätte. Die Beaxitts werden bestimmt durchdrehen. 300 000 Dollar sind ein ganz
schöner Batzen Geld. Ach herrje«, Sarah war gerade ein merkwürdiger Gedanke durch den Kopf gegangen. »Vielleicht schenkt
Fren Larrington mir deshalb plötzlich soviel Aufmerksamkeit.«

»Wie meinen Sie das?«

»Nun ja, wie Sie vielleicht wissen, hat er sich vor kurzem scheiden lassen. Ich würde Alice B. durchaus zutrauen, daß sie Andeu-
tungen gemacht hat, daß Sarah Kelling gar nicht so mittellos sei wie
allgemein angenommen. Ich bin sicher, die wissen alle auf den
Pfennig genau, was ich von meinem Vater geerbt habe, was natürlich nach heutigen Maßstäben kein großes Vermögen ist. Offensichtlich glaubt Fren, daß ich noch einiges zu erwarten hätte.«

»Warum hätte denn Miss Beaxitt so etwas tun sollen?«

»Teilweise aus Spaß, teilweise, weil sie Max und mich auseinan-
derbringen wollte.«

»Sarah!« begann Max in warnendem Ton.

»Max, schlimmer, als sie jetzt ist, kann deine Situation doch gar
nicht mehr werden, und ich teile Chief Wilson schließlich nichts
mit, was er nicht auch selbst herausfinden kann. Wenn er es nicht
sowieso schon weiß. Miffy Tergoyne war reich, gelangweilt, nicht
besonders intelligent und alles andere als liebenswürdig. Alice B.
war ihr Hofnarr. Miffy liebte Skandale, also hat Alice B. Skandale für sie ausspioniert. Wenn sie keine fand, hat sie eben selbst
für eine Sensation gesorgt, um Miffy bei Laune zu halten.«

»Sie glauben also, daß diese Miss Beaxitt versucht hat, Ihre
geplante Hochzeit mit Bittersohn platzen zu lassen, um Miss Tergoyne zu amüsieren?«

»Natürlich nicht nur deshalb. Miffy war ein eingefleischter Snob, und außerdem läuft man nicht einfach herum und macht andere Leute unmöglich, wenn man nicht auch Angst vor ihnen hat.«

»Warum sollte sie vor Bittersohn Angst gehabt haben?«

»Weil meine Heirat mit Max ein weiterer Schritt zur Auflösung der alten Yachtclub-Clique gewesen wäre. Miffy hat sich an den Yachtclub geklammert, nehme ich an, weil er für sie die einzige Familie war, die sie noch hatte. Es wäre ihr am liebsten gewesen, wenn sich nichts verändert hätte, wenn alles genauso geblieben wäre wie in ihrer Jugendzeit, als das Leben noch eine Riesenparty für sie war. Aber natürlich war das völlig unmöglich. Die Leute wurden erwachsen und zogen fort, traten in andere Clubs ein oder verloren ihr Geld und konnten den Mitgliedsbeitrag nicht mehr aufbringen. Diejenigen, die noch dageblieben sind, stammen größtenteils aus Miffys Generation und sterben allmählich aus.«

»Und was ist mit den Söhnen und Töchtern?«

»Die haben entweder nicht genug Zeit oder kein Interesse. Ich übrigens auch nicht, doch man hat mich mehr oder weniger zwangsweise einbezogen. Meine verstorbene Schwiegermutter und ihr Mann sind mit dem Club gesegelt. Nach dem Tod ihres Mannes hat sie die Mitgliedschaft gekündigt, doch Miffy hat sie trotzdem immer noch wie ein Clubmitglied behandelt. Meine Schwiegermutter hatte es gern, wenn sie an Dingen teilhaben durfte. Mein Mann und ich mußten mitgehen, weil seine Mutter allein nicht zurechtkam.«

Sarah zuckte die Achseln. »Als ich in diesem Sommer zurückkam, hatte ich nicht vor, mich hier wieder auf irgend etwas einzulassen, aber Miffy hing schon am Telefon, als ich kaum meinen Fuß ins Haus gesetzt hatte, und verlangte, daß ich mit Max vorbeikommen sollte, damit sie ihn sich ansehen konnte. Da sie bereits meine Tante überredet hatte zu kommen, konnte ich schlecht ablehnen. Ich bin sicher, daß sie und Alice B. die Geschichte mit Max' alter Freundin sorgfältig vorbereitet hatten, weil sie genau wußten, daß es für uns beide sehr peinlich sein würde, und hofften, daß es zu einem Streit zwischen uns führen würde, was dann ja auch passierte.«

Wilson grinste. »Sie konnten die beiden wirklich nicht ausstehen, was?«

»Ich hätte liebend gern nichts mit ihnen zu tun gehabt – wenn sie mich in Ruhe gelassen hätten. Ich versuche nur, Ihnen zu schildern, was für Menschen sie waren. Glauben Sie bloß nicht, daß Max und ich ihre einzigen Zielscheiben waren.«

»Sie wollen also damit andeuten, daß alle möglichen Leute einen Grund gehabt hätten, sie aus dem Weg zu räumen, und nicht nur wegen des Geldes.«

»Ich will damit nur sagen, daß es nicht richtig ist, Max zu verhaften, weil absolut klar ist, daß man ihn benutzt, für eine Tat zu büßen, die jemand anderes begangen hat.«

Und es war auch absolut klar, daß Polizeichef Wilson der Meinung war, daß Sarah Kelling genau dasselbe gesagt hätte, wenn er Max Bittersohn auf frischer Tat mit der Axt in der Hand neben der Leiche ertappt hätte. Und jetzt hatte sie lediglich den Eindruck erweckt, ebenfalls eine bösartige Klatschtante zu sein. Wilson war schon auf dem Weg zum Streifenwagen, in Begleitung von Max. Sie hatten nicht einmal Zeit für einen Abschiedskuß gehabt.

Kapitel 18

Vor sechs Monaten wäre Sarah wohl ins Haus gelaufen, hätte sich auf dem Sofa zusammengerollt und richtig ausgeweint. Aber inzwischen war sie stärker geworden, und außerdem hatte sie immer noch die Autoschlüssel von Max. Zehn Minuten später war sie bei den Rivkins.

Miriam stand allein in der Küche und rührte in einem dampfenden Topf mit Nudeln. »Hallo, Sarah. Gerade rechtzeitig zum Tee. Warum siehst du denn so bedrückt aus? Ist Max denn nicht bei dir?«

»Nein, sie haben ihn aufs Polizeirevier gebracht. Miriam, sag schnell, wo ist dein Onkel?«

»Mike hat ihn in die Stadt gefahren, weil er sich das *Wall Street Journal* kaufen wollte.«

»Wie lang ist das her?«

»Kurz bevor ich mit den Nudeln angefangen habe. Ich mache gerade Kascha Varniskes. Vor etwa 15 Minuten vielleicht. Sie müßten eigentlich jede Minute zurück sein, es sei denn, sie wollten noch haltmachen, um – hast du gerade gesagt, Max sei auf dem Polizeirevier? Ich glaube, dann rufe ich am besten bei Freddy an.«

Miriam lief zum Wandtelefon und wählte die Nummer des einzigen Ladens in Ireson Town, in dem man sowohl das *Wall Street Journal* als auch eine halbwegs akzeptable Zigarre kaufen konnte.

»Freddy, hier ist Mrs. Rivkin. Sind mein Sohn und mein Onkel zufällig noch da? Dann bestellen Sie ihnen bitte, sie sollen sich beeilen und schnellstens zurückkommen. Das Haus brennt.«

Sie legte wieder auf und kicherte verlegen. »Ach du liebe Zeit, warum habe ich das bloß gesagt? Jede Wette, daß Freddy auf der Stelle die Feuerwehr anruft. Sarah, setz dich bitte, bevor du zusammenbrichst. Iß doch was.«

Sarah wollte gerade sagen: »Ich kann nicht«, als ihr einfiel, daß sie seit dem Frühstück keinen Bissen mehr zu sich genommen hatte, abgesehen von dem Glas Tomatensaft bei Miffy. Vielleicht würde sie sich ein wenig sicherer auf den Beinen fühlen, wenn sie etwas im Magen hatte. Als Miriam schließlich eine Tasse heißen Tee und ein Sandwich mit Geflügelleberpastete vor sie hinstellte, aß sie ein wenig. Doch dann fiel ihr ein, daß Max auch kein Mittagessen gehabt hatte, und sie schob den Teller wieder fort.

Miriam beobachtete sie besorgt. »Magst du keine Geflügelleber?«

»Doch. Aber – oh, Miriam!«

Auf keinen Fall wollte sie zu weinen anfangen. Dazu war jetzt keine Zeit. Sie mußte unbedingt einen klaren Kopf behalten und genau erklären, was passiert war. Doch alles, was sie sagen konnte, war: »Max und ich werden heiraten.«

»*Mazel-tow!* Herzlichen Glückwunsch! Wie bald denn schon?«

»Ich weiß nicht.« Sarah trank einen Schluck heißen Tee, um sich zu beruhigen. «Das ist das Problem. Zuerst muß ich ihn aus dem Gefängnis holen.«

»Wie meinst du das, aus dem Gefängnis? Was hat er denn angestellt?«

»Nichts, das ist es ja gerade. Irgend jemand versucht, es so aussehen zu lassen, als ob Max den Raubüberfall begangen und Alice B. und Miffy umgebracht hat.«

»Was für eine Miffy? Wovon sprichst du überhaupt?«

Sarah erzählte ihr stockend die ganze Geschichte, während sie versuchte, das Sandwich hinunterzuwürgen, und sich immer wieder mit einem Papiertaschentuch die Tränen abwischte, wenn sie ihre Fassung verlor. Miriam rührte weiter in ihren Nudeln, mit wütendem Gesicht und zusammengepreßten Lippen.

»Jetzt weißt du alles.« Sarah versuchte noch einmal, an dem Sandwich zu knabbern. »Tut mir leid, Miriam. Es schmeckt sehr gut, aber ich kann jetzt einfach nichts essen.«

»Du bist wirklich total vernarrt in ihn, nicht?«

»Allerdings.«

Miriam trug die Nudeln zur Spüle und ließ sie dort abtropfen, wobei sie ihr Gesicht von dem aufsteigenden Dampf abwandte. Dann kam sie zu Sarah an den Tisch, ließ sich schwerfällig ihr gegenüber auf einen Stuhl sinken und sah plötzlich um Jahre gealtert aus.

173

»Ich wußte genau, daß du es sein würdest, schon im ersten Augenblick, als er hierher zur Tankstelle kam und nach dir suchte, nachdem dein erster Mann –« Sie schüttelte den Kopf. »Mein kleines Brüderchen. Mein Gott, was wird Ma bloß dazu sagen?«

»Ich weiß genau, was sie sagen wird, Miriam. Dasselbe, was sie alle im Yachtclub über mich sagen. Warum hat er nicht eine nehmen können, die zu ihm paßt? Aber wir passen doch zusammen. Miriam, ich bin deinem Bruder nicht nachgelaufen. Ich habe ihm jede Möglichkeit gegeben, sich wieder aus meinem Leben zurückzuziehen, wenn er nur gewollt hätte. Im Moment würde ich alles tun, damit eure Eltern mit unserer Hochzeit einverstanden sind, aber ich kann ihn nicht aufgeben, nur um es ihnen recht zu machen. Warum sprechen wir überhaupt darüber? Jetzt ist dazu keine Zeit. Wo um alles in der Welt bleibt dein Onkel bloß?«

»Immer mit der Ruhe, Sarah. Sie sind gerade auf den Hof gefahren.«

Mike kam bereits ins Zimmer gestürmt, bevor seine Mutter den Satz zu Ende gesprochen hatte. »Wo brennt es?«

»Nirgendwo«, informierte ihn Miriam. »Dein Onkel Max ist festgenommen worden, und wir brauchen Onkel Jake, um ihn wieder herauszuholen. Das konnte ich ja wohl kaum alles Freddy erzählen, oder?«

»Ach, Ma! Du mit deinen Hemmungen! Onkel Max ist doch schon öfter geschnappt worden. Was soll er denn jetzt wieder getan haben?«

»Sie behaupten, er hätte die beiden Frauen vom Yachtclub umgebracht und alle ihre Gemälde gestohlen.«

»Das darf nicht wahr sein!« Sogar Mike war diesmal beeindruckt. »Das ist eindeutig ein Komplott.«

»Natürlich ist es das«, sagte Sarah. »Genau das habe ich Chief Wilson die ganze Zeit zu erklären versucht, aber er will mir nicht glauben. Onkel Jake, wir müssen ihn unbedingt herausholen.«

»So?« sagte der ältere Mann. »Jetzt bin ich also schon Onkel Jake!«

»Sarah und Max haben sich gerade verlobt«, erklärte Miriam matt.

»Hervorragender Zeitpunkt. Ihr habt eben von zwei Frauen gesprochen. Wer ist denn die zweite?«

»Miffy Tergoyne«, erklärte Sarah. »Ihr gehörten die Bilder. Max hatte mich zu Alice B.s Beerdigung gefahren – das ist die

174

Frau, die bei dem Überfall mit der Axt erschlagen wurde. Wir wollten eigentlich danach nicht mit zurück ins Haus gehen, aber meiner Tante Appie zuliebe haben wir es doch getan. Miffy hat Max ihren Drink in die Hand gedrückt, weil sie sich den Hüfthalter ausziehen wollte. Danach hat sie ihm das Glas wieder abgenommen, den Inhalt getrunken und ist tot umgefallen.«

»Nun mal langsam. Wieso hat sie denn vor Max ihren Hüfthalter ausgezogen?«

»Nicht bloß vor Max, sondern vor uns allen.«

»Benimmt man sich bei euch immer so?« fragte Miriam entgeistert.

Sarah spürte einen Anflug von Wut. Da war sie schon wieder, diese Unterscheidung in »wir« und »die anderen«, jetzt sogar von der Frau, die bald ihre Schwägerin sein würde. Und sie dachte daran, wie oft die Rivkins wohl gefragt worden waren, ob sie nicht in den Yachtclub eintreten wollten, und wie viele Gegenstimmen sie bekommen hätten, wenn sie es tatsächlich jemals versucht hätten.

»Nein, so benimmt man sich bei uns nicht immer«, erklärte Sarah. »Miffy hat sich zufällig an diesem Mittag so aufgeführt. Sie war eine ältere Frau, die gerade ein schreckliches Erlebnis durchgemacht hatte und wahrscheinlich immer noch unter Schock stand. Sie hatte viel zuviel getrunken, außerdem war sie sowieso schon immer ein bißchen verrückt. Ich bin so an sie gewöhnt, daß mir das, was sie getan hat, nicht einmal sehr merkwürdig vorgekommen ist. Sie hat den Hüfthalter wegen ihrer Strümpfe getragen. Sonst hatte sie nie Strümpfe an, weder im Sommer noch im Winter. Ich vermute, sie hat sich darin nicht wohl gefühlt.«

»Warum hat sie denn Max ihr Glas gegeben?«

»Weil er genau vor ihr stand. Können wir ihn jetzt nicht endlich rausholen gehen?«

»Wo denn rausholen?« fragte Jacob Bittersohn. »Sie haben ihn doch nicht etwa ins Staatsgefängnis gebracht, oder?«

»Ich weiß es nicht. Sie sagten bloß, sie wollten aufs Polizeirevier. Sehen Sie, die Polizei hat unten im Kutscherhaus, in dem Max zur Zeit wohnt, die blutbeschmierte Axt und eins der gestohlenen Bilder in einem Versteck gefunden. Ich habe versucht, alles zu erklären, aber Chief Wilson dachte, ich wollte Max nur decken.«

»Hören Sie, warum fangen Sie nicht ganz von vorn an?«

Mit Hilfe der sachkundigen Fragen des Rechtsanwalts gelang es Sarah schließlich, eine einigermaßen zusammenhängende Geschichte zu erzählen. Als sie geendet hatte, nickte er.

»Sie haben ihn also in Untersuchungshaft genommen? Dann wollen wir mal die Haftkaution stellen.«

»Wird man uns denn überhaupt lassen?«

»Keine Sorge, die werden froh sein, wenn sie ihn wieder los sind. Wir brauchen bloß Geld.«

»Dann wende ich mich am besten zuerst an meinen Cousin Dolph. Er hat zentnerweise Geld. Er trennt sich zwar nur höchst ungern davon, aber seine Frau wird ihn schon überreden. Mary liebt Max nämlich heiß und innig.«

»Wir sind auch nicht gerade Bettler«, sagte Bittersohn etwas verärgert. »Am besten, wir finden erst einmal heraus, wieviel sie wollen, bevor wir in Panik geraten. Wer will mitkommen und ihn abholen?«

»Ich«, sagte Mike. »Du auch, Ma?«

»Nein, geht ruhig ohne mich. Ich werde in der Zwischenzeit deine Großmutter anrufen, bevor sie es von jemand anderem erfährt, was der Himmel verhüten möge.«

»Bitte, sag ihr, daß es ein dummes Mißverständnis ist«, bat Sarah. »Die Polizei wird bald feststellen, daß er mit der Sache nichts zu tun hat.«

»Die Polizei?« Miriam zuckte die Achseln. »Das ist Onkel Jakes Aufgabe. Ich mache mir mehr Sorgen darüber, wie sie wohl auf die Verlobung reagiert.«

Kapitel 19

»Sie haben das medizinische Gutachten bekommen, als ich auf dem Revier war.«

Max klang erschöpft. Es hatte ewig gedauert, bis man ihn endlich auf Kaution wieder freigelassen hatte. Jetzt saß er auf dem Rücksitz seines eigenen Wagens, vielleicht zum ersten Mal, seit er das Auto gekauft hatte, und hatte beide Arme fest um Sarah geschlungen.

»Dieser Cocktail muß halb aus Gin und halb aus Nikotin bestanden haben. Ein Wunder, daß die Frau lange genug gelebt hat, um das Zeug zu schlucken.«

Mike bestätigte das, ohne nach hinten zu sehen. Er saß am Steuer, sichtlich stolz, aber auch ein wenig nervös. »Muß ja scheußlich geschmeckt haben.«

»Das wäre Miffy völlig egal gewesen.« Sarahs Stimme hörte sich gedämpft an, denn sie hatte ihr Gesicht an Max Bittersohns Brust geschmiegt. »Sie hätte alles getrunken, solange man es ihr nur in einem Cocktailglas gereicht hätte. Aber wie konnte der Täter so etwas riskieren? Max, du hättest doch genausogut die Gläser verwechseln und das Zeug selbst trinken können?«

»Ich hatte gar kein Glas. Es sieht daher ganz so aus, als ob jemand tatsächlich geplant hatte, Miffy Tergoyne aus dem Weg zu räumen und mir den Mord anzuhängen. Ich wüßte nur gern, ob ich rein zufällig oder aus persönlichen Motiven zum Sündenbock gemacht werden sollte.«

»Gibt es in der Clique irgendwelche fanatischen Judenhasser, Sarah?« fragte Onkel Jake scharf.

»Ich weiß es wirklich nicht, Onkel Jake. Einige von ihnen lassen sich gelegentlich zu abfälligen Bemerkungen über Juden hinreißen, und ich bin sicher, daß sie Max und mich nicht fragen werden, ob wir in den Club eintreten wollen, aber ich wette, daß sie uns andererseits großzügig bezahlen lassen würden, wenn wir sie in ein teures Restaurant einladen würden. Natürlich sind sie nicht alle so. Ich meine die wirklich schlichten Gemüter wie die Beaxitts und die Larringtons. Miffy war die Schlimmste von allen, aber sie hat sich ja wohl kaum selbst vergiftet, nur um es Max in die Schuhe zu schieben, weil er Jude ist.«

»Wenn sie ihr Gehirn all die Jahre in purem Gin eingelegt hat, war sie vielleicht sogar zu einer solchen Wahnsinnstat fähig, oder?«

»Ich habe auch schon an Selbstmord gedacht«, gab Sarah zu. »Aber Lassie Larrington hat mit Miffy im selben Wagen gesessen und behauptet, daß Miffy sich die ganze Zeit nur darüber aufgeregt hat, daß sie jetzt eine neue Haushälterin einstellen müsse, denn Alice B. hat ja vorher immer alle Arbeiten erledigt. Miffy schien nicht besonders niedergeschlagen, nicht wahr, Max?«

»Sie benahm sich wie jemand, der volltrunken ist. Oder hat sie sich sonst auch in aller Öffentlichkeit ausgezogen?«

»Wenn sie dazu Lust gehabt hätte, vielleicht, aber sie hat nie vorher ihre Kleider verbrannt. Miffy hing derart an ihren Sachen, daß Alice B. behauptete, sie müßte den Müll immer heimlich wegschaffen, wenn Miffy gerade nicht aufpaßte. Das hat mich übrigens überhaupt erst auf die Idee mit dem Selbstmord gebracht. Erinnerst du dich, wie sie gesagt hat, sie würde den alten Hüfthalter nie mehr tragen, und wie sie ihn dann ins Feuer warf, unmittelbar bevor sie das Glas leer trank?«

»Vielleicht ist ihr die Idee ganz plötzlich gekommen?« schlug Mike vor.

»Wie hätte sie das denn anstellen sollen? Ich weiß nicht viel über Nikotin, außer daß man es früher auf Pflanzen streute, um Ungeziefer zu vernichten, statt dieser Mittel in den Sprühdosen, die man heute benutzt. Vielleicht macht man das heute auch noch, aber es ist höchst unwahrscheinlich, daß jemand das Zeug im Wohnzimmer herumliegen läßt. Außerdem hätte Max dann gesehen, wie sie mit der Flasche oder etwas anderem herumhantierte, worin sich das Gift befand. Miffy war absolut unfähig, irgend etwas unauffällig zu tun.«

»Und was war mit dem Drink?« fragte Onkel Jake. »Wer hat den eingeschüttet?«

»Es gab einen Barkeeper«, erklärte Max, »und zwei Frauen zum Servieren. Soweit ich mich erinnere, hat eine der Kellnerinnen ein Tablett mit Drinks gebracht, und Miffy Tergoyne hat sich ein Glas genommen.«

»Es war nicht das letzte Glas auf dem Tablett?«

»Wohl kaum. Etwa 14 Personen bedienten sich gleichzeitig. Ich glaube fast, man kann die Hypothese, daß der Drink schon vergiftet war, als er auf dem Tablett stand, getrost vergessen, es sei denn, es wäre der Person mit dem Gift völlig gleichgültig gewesen, wer vergiftet wurde. Also, wenn Miffy Tergoyne nicht selbst das Opfer gewesen wäre, würde ich sagen, sie hätte die Striptease-Nummer absichtlich inszeniert, um alle abzulenken und einem Komplizen die Möglichkeit zu geben, den Drink in meiner Hand zu vergiften.«

»Wäre das möglich gewesen, ohne daß du es bemerkt hättest?«

»Warum nicht? Teufel auch, ich habe genauso gegafft wie alle anderen auch. Wenn jemand das Zeug in der Hand gehabt hätte, wie Chief Wilson gemeint hat, hätte er kaum mehr als eine Sekunde gebraucht, ein Gläschen voll hineinzukippen. Wenn dabei etwas auf meine Hand getropft wäre, hätte ich lediglich angenommen, ich hätte etwas vom Drink verschüttet. Ihr wißt ja, wie es ist, man kann 50 Menschen in einen Raum stecken, der so riesig ist, daß man eine ganze Armee darin unterbringen könnte, und eh man sich versieht, stehen 47 von ihnen dichtgedrängt in einer Ecke. Es ist wohl der Herdentrieb.«

»Warst du es, der sie alle zusammengetrieben hat?«

»Ganz im Gegenteil, Onkel Jake, sie haben mich in die Enge getrieben. Miss Tergoyne hat mich über mein Liebesleben ausgequetscht, und die anderen haben versucht zu verstehen, was ich geantwortet habe.«

Sarah kicherte. »Max nimmt Sie auf den Arm, Onkel Jake. Aber Miffy konnte tatsächlich schrecklich unhöflich sein, und ich muß zugeben, so schlimm wie heute habe ich sie noch nie erlebt. Aber bis jetzt hat Alice B. auch immer die Verhöre übernommen. Alice war etwas weniger plump und sehr viel geschickter, wenn sie andere aushorchte. Sie hätte bestimmt ein hervorragendes Gestapo-Mitglied abgegeben, habe ich schon immer gedacht. Aber Pussy Beaxitt ist auch nicht ohne. Sie stand schon parat, um dich zu löchern, doch Miffy hat ihr keine Gelegenheit dazu gegeben. Weißt du, Max, deine Idee von Miffys Plan, der dann nicht funktioniert hat, ist eigentlich gar nicht so schlecht. Vielleicht hat sie gedacht, wenn sie dir einen Martini reicht, würdest du ihn auch austrinken. Sie selbst hätte nämlich keinen Moment gezögert.«

»Aber wenn wirklich Gift darin war, warum hat sie ihn dann selbst getrunken, als ich ihn ihr zurückgab?«

»Möglicherweise ein Reflex.«

»Unsinn, Liebling. Sie hätte ihn doch genausogut zufällig umstoßen und sich einen neuen nehmen können.«

»He!« rief Mike über seine Schulter nach hinten. »Ich unterbreche diese interessante Diskussion zwar nur sehr ungern, aber wohin soll es überhaupt gehen?«

»Am besten, ihr setzt mich bei mir zu Hause ab, bevor ihr weiterfahrt«, teilte Sarah ihm mit. »Ich glaube, Miriam hat inzwischen mehr als genug von mir.«

»Was soll das denn heißen?« wollte Max wissen.

»Wäre doch ganz natürlich, oder? Miriam glaubt bestimmt, daß du nur wegen mir in diese Sache hineingeraten bist, und damit hat sie absolut recht. Ich bin sicher, dein Onkel denkt genauso und ist nur zu höflich, es zu sagen.«

»Nein, das bin ich nicht«, sagte Jacob Bittersohn. »Ich weiß verdammt gut, daß es nicht Ihre Schuld ist. Ich weiß auch, daß Max sicher in irgendeinem anderen Schlamassel stecken würde, wenn es dieser nicht wäre. Sie glauben doch nicht etwa, daß ich ihn heute zum ersten Mal herausgehauen habe? Ich bin sicher, daß Miriam das versteht. Ira versteht es bestimmt, Isaac auch. Was allerdings meine Schwägerin Bayla betrifft – nun ja! Haben Sie vielleicht zufällig ein Gästezimmer in Ihrem Haus?«

»Fünf, und sie stehen Ihnen jederzeit alle zur Verfügung«, erklärte Sarah.

»Sehr gut«, sagte Mike. »Denn wenn Onkel Jake sich aus dem Staub machen muß, geh' ich direkt mit. He, was ist denn das schon wieder?«

Er war gerade im Begriff, in die Auffahrt zu Sarahs Haus einzubiegen, als er sich plötzlich einer Straßensperre aus Sägeböcken, einem riesigen Schild mit der Aufschrift »Zutritt verboten« und einem Wachposten mit einer gutgeschliffenen Sense gegenübersah.

»Mr. Lomax«, stieß Sarah hervor. »Was machen Sie denn hier?«

»Die Leute abhalten.« Der selbsternannte Wachposten stellte seine Sense auf den Boden.

»Welche Leute denn, um Himmels willen?«

»Alle, sozusagen.«

»Aber wieso denn? Oh, mein Gott! War die Sache mit der Axt im Kutscherhaus etwa schon in den Nachrichten?«

»Könnt' man sagen, woll. Dieser hundsgemeine Kerl von einem Neffen«, Lomax senkte den Kopf so tief, daß der lange Schirm seiner Kappe sein Gesicht völlig verdeckte. »Ich schäm' mich so, daß der mit mir verwandt is'«, murmelte er.

»Was hat er denn getan? Hat er seinen Freunden erzählt, daß die Polizei hier war?«

»Viel schlimmer noch.«

Lomax richtete sich auf und trat ihnen so mutig entgegen wie sein gleichnamiger Vorfahre am Bunker Hill den Rotröcken entgegengetreten war. »Pete treibt sich mit 'nem Flittchen rum, das beim Party-Service arbeitet. Als die Leute vom Party-Service bei Miss Tergoyne fertig waren, is' Pete hin, um die Reste zu verputzen. Sie hat ihm erzählt, was passiert is', un' die beiden sind sofort im Affentempo hergeflitzt. Sie ham sich in den Büschen versteckt un' gesehen, wie Wilson un' seine Männer das Kutscherhaus durchsucht ham. Sie ham die Axt un' das Bild gesehen, un' dann ham sie gesehen, wie Max im Streifenwagen weggefahren worden is'. Da ham sie gedacht, warum sollen wir da nich' was dran verdienen, un' ham 's Fernsehen un' die Zeitung angerufen.«

»Das ist wirklich das allerletzte Mal, daß –«, begann Sarah, doch Mr. Lomax hob beschwichtigend die Hände.

»Sie brauchen mir nich' zu sagen, daß ich Pete feuern soll, weil ich das schon längst gemacht hab'. Ich würd' mich selbst am liebsten gleich mitfeuern, weil ich dämlich genug war, ihm zu trauen, aber dann hab' ich gedacht, es wär' besser, wenn jemand hier die Stellung halten tät, bis Sie wieder da sind, sonst bleibt nachher nix mehr von dem Haus übrig.«

»Mr. Lomax, Sie dürfen nicht einmal daran denken zu kündigen. Was sollte ich denn ohne Sie anfangen? Schwarze Schafe gibt es doch in jeder Familie. Ich bin nur dankbar, daß Sie hier waren und die Geistesgegenwart hatten, die Zufahrt zu sperren. Am besten, ich steige hier aus und gehe zu Fuß nach Haus.«

»Von wegen!« sagte Max. »Wir bleiben zusammen. Mike, spring mal schnell raus, und räum die Sägeböcke aus dem Weg, ja? Jed, Sie kennen doch meinen Neffen Mike, den Sohn von Ira? Und das hier ist mein Onkel Jake.«

»Ich kannte Mike schon, als er noch 'n Dreikäsehoch war.« Lomax nahm die Sense in die linke Hand und streckte seine Rechte durch das offene Wagenfenster. »Sie müssen Isaacs Bruder sein. Der Anwalt. Nett, Sie kennenzulernen, Sir. Sie ham Max aus der Patsche geholfen, damit er seine Hochzeit nich' verpaßt, nehm' ich an.«

»Mr. Lomax«, rief Sarah, »woher wissen Sie das? Sagen Sie bloß nicht, Pete – «

»Hat mir keiner sagen müssen. Ich hab' doch Augen im Kopf! Verdammt! Da kommt ja schon wieder so 'n mobiles Kamerateam. Ihr macht am besten, daß ihr schnellstens hoch zum Haus kommt. Ich bleib' hier un' halt' sie auf.«

»Ich helfe Ihnen«, sagte Mike. »Hast du einen Wagenheber, Max?«

»Bloß keine Körperverletzung!« warnte sein Großonkel.

»Keine Sorge, Onkel Jake. Ich kenne mich in juristischen Dingen aus. Ich werfe mich vor den Aufnahmewagen und lasse mich überfahren. Dann können Ma und Pa den Fernsehsender verklagen.«

»Ein *goldenes Kind*. Na, mach schon, Maxie!«

Max hatte sich wieder selbst ans Steuer gesetzt. Der große Wagen schoß die Zufahrt hoch und war bald für die Kameras außer Sichtweite.

»Dieser Lomax ist ein guter Mann«, kommentierte Jake. »Aber was nutzt es schon, wenn er die Zufahrt blockiert? Sie können sich doch sicher auch über die Wiesen herschleichen, oder nicht?«

»Nur wenn sie bereit sind, sich die Kleider vom Leibe reißen zu lassen«, teilte ihm Sarah mit. »Wir haben seit Jahren die Dornensträucher um die Wiesen ungestört wachsen lassen, um ungebetene Besucher abzuhalten und die Pflanzen und Tiere zu schützen. Inzwischen ist das Gestrüpp sechs Meter hoch und zwölf Meter breit. An der Strandseite ist eine hohe Klippe, die man so gut wie überhaupt nicht überwinden kann, außer über die Treppe. Wir müssen uns überlegen, wie wir die Stufen am besten bewachen. Max, fahr doch bitte zum Bootshaus, ja? Wenn Lionel und seine Banditen noch da sind, haben sie bestimmt Lust, sich an einem kleinen Guerillakrieg zu beteiligen.«

Kapitel 20

»Lionel«, sagte Sarah, »einen besseren Zeitpunkt hättest du wirklich nicht wählen können.«

Wer sonst wäre auf die brillante Idee gekommen, den beschädigten Anlegesteg am Bootshaus ausgerechnet jetzt zu reparieren, wo jeder Fremde, der hier an Land ging, die endgültige Katastrophe auslösen konnte? Noch schlimmer war die Tatsache, daß Lionel und seine Mannen wirklich hervorragende Arbeit geleistet hatten.

»Vielen Dank, Sarah.« Wie gewöhnlich war Lionel von penetranter Selbstzufriedenheit.

»Wie du siehst, haben wir haargenau auf dieselbe Methode zurückgegriffen, die zweifellos auch zum Transport der Felsblöcke für die Pyramiden in Ägypten, die Megalithen in Stonehenge und andere sogenannte Weltwunder angewandt wurde, nämlich Schlitten und Rollen. Die Jungen haben am Strand und im Wald nach den größten Steinen gesucht, während ich mich mit der Konstruktion einer Rampe befaßte und Pfähle zugeschnitten habe, die dann als Rollen fungierten. Diese Pfähle sollen später für den Bau eines Floßes verwendet werden, das wir morgen anfertigen wollen. Wir hatten gehofft, nach den Anleitungen von Henry Wadsworth Longfellow in seinem Werk *Hiawatha* ein Kanu zu konstruieren, aber in den Wäldern hier fanden sich leider keine Papierbirken, ganz zu schweigen von den faserigen Wurzeln des Tamarakbaums, auch Lärche genannt.«

»Lionel«, sagte Sarah, »vergiß die Lärchen. Wir werden belagert.«

»Wie bitte?«

»Siehst du die beiden Motorboote dort draußen?«

»Selbstverständlich sehe ich sie. Sie scheinen genau auf uns zuzusteuern. Wunderbar. Jetzt werden wir gleich herausfinden, ob unsere Konstruktion auch tatsächlich etwas taugt.«

»Lionel, wenn du diese Boote hier anlegen läßt, werde ich dich eigenhändig erschlagen.«

»Sarah, geht es dir nicht gut?«

»Ich bin fuchsteufelswild. Ein Kamerateam versucht gerade, die Auffahrt hochzufahren, und Gott allein weiß, was sich unten an der Treppe zu den Klippen abspielt. Ich habe angenommen, daß wenigstens dieser Bereich sicher sei, weil doch der Anlegesteg zerstört war und die Bucht blockierte, und jetzt muß ich feststellen, daß hier die schwächste Stelle von allen ist. Lionel, ich will keinen Unbefugten auf dem Gelände haben. Du darfst keinem erlauben – und das gilt auch für deine Freunde vom Yachtclub, deine Frau und besonders für ihre Freundin –, den Anlegesteg ohne die offizielle Erlaubnis von mir oder der Polizei auch nur zu betreten. Hast du mich verstanden?«

»Sarah, du zeigst allmählich Symptome von Paranoia.«

»Ich zeige gleich Mord- und Totschlagsymptome, wenn du sie nicht sofort wegjagst. Lionel, du schuldest es mir.«

»Warum diese ganze Aufregung?«

»Weil die Axt, mit der Alice B. ermordet worden ist, in unserem Kutscherhaus gefunden wurde und die Reporter verrückt spielen.«

»Wow! Das müssen wir uns unbedingt ansehen!«

Die Jungen, die durch das Gespräch der Erwachsenen vom Steinesammeln abgelenkt worden waren, umzingelten sie und begannen im Chor zu brüllen.

»Haltet endlich den Mund!« rief Sarah. »Nein, ihr könnt die Axt nicht sehen. Sie befindet sich auf dem Polizeirevier, und da wirst du ebenfalls bald landen, Woody, wenn ich dich dabei erwische, wie du Eintrittskarten an Schaulustige verkaufst. Jesse und James, ihr steigt ins Auto von Mr. Bittersohn. Ihr müßt die Treppe an den Klippen bewachen. Die übrigen bleiben hier und vertreiben die Eindringlinge.«

»Das hättest du uns auch früher mitteilen können«, erregte sich Lionel. »Zu diesem Zeitpunkt ist es uns kaum möglich, uns mit Geschützen auszurüsten. Wenn ich rechtzeitig informiert worden wäre, hätte ich wenigstens eine simple Balliste oder zumindest ein Katapult konstruieren können.«

»Bis vor zwei Minuten hatte ich selbst noch keine Ahnung. Könnt ihr nicht einfach brüllen und Felsbrocken auf die Boote werfen?«

»Speere, das ist es! Zu den Waffen, Jungs!«

Sarah verließ ihren Cousin wieder, der gerade Woody und den kleinen Frank, der sich in kindlicher Freude darüber ausließ, wie toll es doch wäre, jemandem das Ding mitten in die Eingeweide zu bohren, mit spitzen Pfählen ausstaffierte. Max fuhr die beiden anderen oben auf die Klippe und instruierte sie.

»Bleibt genau an dieser Stelle, und rührt euch nicht vom Fleck. Wenn irgend jemand versucht, hochzuklettern, schreit euch die Lunge aus dem Leib.«

»Wie wär's, wenn wir ihnen ein paar Felsblöcke auf den Kopf schmeißen?« bot James hilfsbereit an.

»Auf keinen Fall. Ihr könntet dabei jemanden umbringen.«

»Ich habe eine Idee!« rief Sarah. »Fischköpfe!«

»Wie bitte?« fragte Max.

»Komm mal mit.«

Sie bewaffnete sich mit einer Schaufel und einigen von Alexanders Feuerwehreimern aus dem Kutscherhaus und lief hinunter zum Komposthaufen, auf dem Abfälle aus der Fischfabrik in der Junisonne stinkend vor sich hinfaulten.

»Kusch, kusch, Möwen!« scheuchte sie eine Schar futternder Möwen hoch und begann, ihre Eimer zu füllen.

»Mein Gott«, stieß Max hinter seinem Taschentuch hervor. »Das Zeug stinkt ja zum Himmel!«

»Ich weiß. Eine Handvoll alter Fischdärme mitten ins Gesicht dürfte so gut wie jeden abschrecken, meinst du nicht auch? So, nimm diesen Eimer hier, und bring ihn schnell zu den Jungs. Komm bloß nicht damit an deine Kleidung!«

»Sarah, ich hatte wirklich einen anstrengenden Tag.«

Trotzdem nahm Max die widerliche Eimerladung und schleppte sie über den Hügel. Er war so erschöpft, daß er Jesse schickte, um den zweiten Eimer zu holen. Im Gegensatz zu Max war Jesse Feuer und Flamme.

»Irre! Sollen wir das Zeug nicht auch auf die Stufen schmieren? Dann kommen die Möwen und bombardieren die Kerle gleich mit.«

»Gute Idee. Wenn ihr alles aufgebraucht habt, könnt ihr euch hier genug Nachschub holen. Aber geht nicht beide gleichzeitig von der Treppe weg. Viel Spaß!«

Molly Pitcher, die Heldin in der Schlacht von Monmouth, hätte die Situation vielleicht mit mehr Geschick gemeistert, doch auch

Sarah hatte ihr Bestes getan. Sie reichte Jesse die Schaufel und ging nach Hause, um ein Bad zu nehmen. Als sie wieder nach unten kam, frisch geduscht und umgezogen, war Max in eine heiße Diskussion am Telefon verwickelt.

»Tut mir leid, wenn du das so siehst, Ma. Aber vielleicht änderst du deine Meinung, wenn du sie kennenlernst.«

Er legte den Hörer so behutsam auf die Gabel zurück, daß klar war, daß er am liebsten das Telefon aus der Wand gerissen hätte. Sarah ging zu ihm und umarmte ihn.

»Max, es tut mir leid.«

»Sie wird schon darüber hinwegkommen. Und wenn nicht, ist es auch egal.«

Er rieb sein Gesicht an ihrem Haar. »Wie wär's mit einer Tasse Tee für mich und Onkel Jake?«

»Ach, du Ärmster, ich wette, du hattest noch keinen Bissen zum Mittagessen.«

»Auf dem Revier habe ich ein altes Doughnut und lausigen Kaffee bekommen.«

»Polizeibrutalität! Ich mache dir sofort ein Sandwich. Möchte dein Onkel vielleicht einen Whiskey?«

»Lieber keinen Alkohol, wenn es Ihnen recht ist. Im Moment ist mir irgendwie die Lust vergangen.«

»Wundert mich gar nicht. Einen Moment noch, ich setze sofort das Wasser auf.«

Während das Wasser heiß wurde, bereitete Sarah einige Hühnchensandwiches vor und schnitt ein paar Stücke von einem besonders köstlichen Schokoladenkuchen ab, den ebenfalls Cousine Theonia gestiftet hatte.

Als sie das Tablett ins Wohnzimmer trug, fand sie Max und seinen Onkel ausgestreckt in zwei arg mitgenommenen Sesseln vor dem Kamin, in dem sich nur graue Asche und einige zusammengeknüllte Zeitungen befanden. Sie legte etwas Treibholz darauf und zündete ein Streichholz an.

»Dann wird es hier ein bißchen gemütlicher«, erklärte sie. »Wie haben Sie Ihren Tee am liebsten, Mr. Bittersohn?«

»Jetzt bin ich plötzlich wieder Mr. Bittersohn. Wieso nicht mehr Onkel Jake? Sind Sie wütend auf mich?«

»Nein, aber ich bin mir nicht sicher, was Sie von mir halten.«

»Ich auch nicht. Zitrone und zwei Zuckerstückchen, wenn Sie haben.«

Jake Bittersohn nahm ein Sandwich, kaute genüßlich, lehnte sich zurück und rührte in dem Tee, den Sarah ihm gegeben hatte. »Und was machen wir jetzt, Max?«

»Bitte, lassen Sie ihn doch erst seinen Tee trinken und etwas essen«, bat Sarah. »Wissen Sie, ich mache mir Gedanken über diese Freundin von Pete Lomax, die für den Party-Service arbeitet.«

»Was denn für Gedanken?«

»Erstens frage ich mich, ob es ihre Idee war, die Presse zu informieren, oder die von Pete. Irgendwie glaube ich eher, daß es Petes Einfall war, denn wenn eine Frau, die sich mit ihm abgibt, kein Flittchen ist, dann kann sie nur strohdumm sein. Meiner Meinung nach taugt Pete Lomax nichts.«

»Und wie zuverlässig ist Ihr Urteil? Das würde mich interessieren.« Jake nahm sich ein weiteres Hühnchensandwich.

»Ziemlich zuverlässig, würde ich sagen. Immerhin leite ich eine Pension, und ich bin eine recht gute Menschenkennerin. Pete habe ich in der letzten Zeit viel öfter gesehen, als mir lieb war, während er hier oben seinem Onkel bei der Arbeit geholfen hat. Er ist hinterlistig und faul und hat es faustdick hinter den Ohren, und ich frage mich, ob er wirklich vor einer Gewalttat zurückschrecken würde. Er hätte vor kurzem fast einen meiner Neffen zerstückelt, was Max bezeugen kann.«

Max nickte mit vollem Mund.

»Seit ich von dem Diebstahl bei Miffy Tergoyne gehört habe«, fuhr Sarah fort, »habe ich gedacht, daß es unbedingt zwei Personen gewesen sein müssen, eine drinnen im Haus, die wußte, was sie zu stehlen hatte, und eine draußen, die alles in Empfang nahm und in den Fluchtwagen schaffte.«

»Und weiter?«

»Pete kennt das Haus bestimmt sehr gut. Vor Saisonbeginn, als die Sommergäste noch nicht da waren, hat er mit seinem Onkel alle möglichen Arbeiten für Miffy übernommen. Miffy glaubte, daß sie dann weniger bezahlen müßte.«

»Was aber nicht zutraf.«

»Natürlich nicht. Mr. Lomax setzte einfach einen höheren Preis an und ließ sich auf die Summe herunterhandeln, die er normalerweise verlangt hätte.«

»Jetzt weißt du auch, warum ein Jude an einem Yankee nichts verdienen kann«, teilte Jake Bittersohn seinem Neffen mit.

»Also gut, beide Parteien sind zufrieden, keiner ist übers Ohr gehauen worden, was hat das Ganze also mit Diebstahl zu tun?«

»Nichts, außer daß Pete, weil er mit seinem Onkel zusammen war, zweifellos gesehen hat, wie Miffy und Alice mit dem Buch herumgingen.«

»Mit welchem Buch?«

»Miffy hatte dieses Inventarverzeichnis mit Fotografien und Beschreibungen ihrer Wertobjekte. Ich selbst habe es nie gesehen, aber meine Tante Appie kennt es. Sie hat einmal ein paar Tage bei Miffy gewohnt, als Alice B. am Blinddarm operiert wurde, und sie sagte, daß Miffy jeden Morgen, den Gott erschaffen hat, durch das Haus lief und mit einem Buch in der Hand überprüfte, ob alles in Ordnung war und nichts fehlte. Ich habe auch schon Freunde darüber Witze machen hören, allerdings nie in Gegenwart von Miffy.«

»Dann hätte im Grunde jeder, der an das Inventarverzeichnis hätte kommen können, diesen Diebstahl ausführen können, den die Polizei nur einem Kunstexperten zutraut.«

»Jeder, der von dem Buch wußte und clever genug war, es zu benutzen. Ganz bestimmt.«

»Warum will die Polizei diesen Diebstahl dann unbedingt Max anhängen?«

»Ich glaube gar nicht, daß sie das will. Ich nehme vielmehr an, daß die Leute vom Yachtclub sie unter Druck setzen. Sie müssen sich auf Miffys Versicherung verlassen, daß sich das Buch nachts unter ihrem Kopfkissen befand und daß es niemand hätte wegnehmen können, ohne sie zu wecken, was völlig absurd ist. Sie hatte sich wieder einmal sinnlos betrunken und hätte nicht einmal gemerkt, wenn man ihr das Bett unter ihrem Körper weggenommen hätte.«

»Können Sie vor Gericht beschwören, daß sie in der Tatnacht total betrunken war?«

»Nein, natürlich nicht. Das kann wohl keiner, vermute ich, außer Alice B., und die ist tot.«

»Besteht irgendeine Möglichkeit, daß diese Alice B. und Ihr Freund Pete den Diebstahl gemeinsam ausgeführt haben und er sie umgebracht hat, nachdem sie ihm die Wertgegenstände übergeben hatte?«

»Mein Gott, daran habe ich bislang ja überhaupt noch nicht gedacht.«

Sarah überlegte einen Moment lang und schüttelte dann den Kopf. »Das wäre bestimmt zu machen gewesen, aber warum sollte Alice B. Miffy bestehlen? Sie hat doch sowieso von Miffy bekommen, was sie wollte, und sie hätte nach Miffys Tod alles geerbt.«

»Woher wissen Sie das?«

»Das wußte jeder. Vielmehr haben wir alle angenommen –«

»Das genügt mir nicht. Wer ist Miss Tergoynes Anwalt?«

»Mr. Pertwee, soweit ich weiß; er lebt hier in der Stadt. Er hat sie jedenfalls mehrfach vor Gericht vertreten. Sie war immer wegen irgend etwas hinter irgend jemandem her.«

»Also Pertwee? Den kenne ich. Fähiger Mann. Wo ist Ihr Telefon?«

»In der Diele.«

»Entschuldigen Sie mich einen Moment.«

Jacob Bittersohn stellte seine leere Tasse ab und verließ das Zimmer. Sarah sah nach dem Feuer und trug das Tablett in die Küche. Kurze Zeit später kam der Anwalt zurück. Er sah ziemlich selbstzufrieden aus.

»Margaret Tergoyne hat ihrer Freundin keinen Cent hinterlassen und dies auch offensichtlich niemals beabsichtigt. Das vorliegende und aller Wahrscheinlichkeit nach gültige Testament wurde vor etwa 15 Jahren aufgesetzt und sieht vor, daß Miss Tergoynes Vermögen zu gleichen Teilen auf Pauline Larrington Beaxitt, Laura Beaxitt Larrington und Appolonia Kelling Kelling verteilt wird. Sind Ihnen diese Personen bekannt?«

»Pussy, Lassie und Tante Appie? Das glaube ich nicht!«

»Doch, das können Sie ruhig glauben.«

Sarah schüttelte den Kopf. »Ich bin – sprachlos. Natürlich hat Miffy gewußt, daß Alice B. selbst Geld hatte, und vielleicht hat sie auch gedacht, da sie Alice ja die ganzen Jahre finanziell unterstützt hat – aber trotzdem – Hätte Alice B. denn davon irgendwie erfahren können?«

»Wie groß ist Pertwees Kanzlei?«

»Nicht besonders groß, denke ich. Ich war zwar selbst nie da, aber ich weiß, daß er sein Büro bei sich zu Hause hat und seine Frau die meiste Schreibarbeit für ihn erledigt. Mrs. Lomax hat ein- oder zweimal die Woche ausgeholfen, bis ihre Arthritis so schlimm wurde, daß sie damit aufhören mußte.

Ich weiß nicht, ob die Pertwees inzwischen einen Ersatz für sie gefunden haben.«

»Sagten Sie Mrs. Lomax? Etwa die Frau Ihres Hausverwalters?«

»Ja.«

»Wie versteht sie sich mit ihrem Neffen?«

»Keine Ahnung. Aber ich kann mir nicht vorstellen, daß sie etwas aus dem Büro nach draußen trägt, wenn Sie das meinen. Das würde überhaupt nicht zu ihr passen.«

»Wie gut kennen Sie denn diese Mrs. Lomax?«

Sarah überlegte einen Moment und mußte dann gestehen: »Im Grunde nicht besonders gut. Die Familie Lomax legt großen Wert darauf, eine gewisse Distanz zu ihren Arbeitgebern zu wahren. Ich habe mehrfach eine Nachricht für Mr. Lomax bei ihm zu Hause hinterlassen, und sie kommt manchmal im Kleinlaster ihres Mannes mit hierher, wenn er nur wenig zu erledigen hat. Wir grüßen uns, ich erkundige mich nach ihrer Arthritis, sie macht eine höfliche Bemerkung über die Fliederbüsche oder so, und damit erschöpft sich die Konversation auch schon. Ich habe Mrs. Lomax immer für eine intelligente, gebildete Frau gehalten, die viel auf sich hält. Aber mehr kann ich beim besten Willen nicht über sie sagen.«

Der Anwalt nickte. Er hatte das schönste Haar, das Sarah je bei einem Mann seines Alters gesehen hatte, dicht, wellig und eisengrau. In 30 Jahren würde das Haar von Max sicher genauso aussehen. Momentan war Max allerdings in seinem Lehnstuhl eingeschlafen, sein Kopf pendelte hin und her, und sein Mund stand ein wenig offen. Sie mußte wirklich hoffnungslos in ihn verliebt sein, denn selbst in diesem Zustand fand sie ihn einfach hinreißend.

»Erzählen Sie mir von Alice Beaxitt«, befahl der ältere Bittersohn, während Sarah ein Sofakissen unter Max' Kopf schob.

Das war nicht besonders schwer. Sarah sagte ihm alles, was ihr einfiel, und vergaß auch nicht das gemeine Verhalten, das Alice B. auf der Party Max gegenüber an den Tag gelegt hatte.

Er schob seine Unterlippe vor und dachte eine Weile nach. Dann sagte er: »Interessant. Aber wenn die Dame Tergoyne wirklich nur eine schwachsinnige Säuferin war und ihre Freundin immer mit soviel Geschick ihre Nase in die Angelegenheiten anderer Leute gesteckt hat, gibt das alles keinen Sinn. Wie konnte

Miss Tergoyne dann ihr Testament so lange geheimhalten, und warum ist Miss Beaxitt bei ihr geblieben und hat die ganze Arbeit für sie gemacht, wenn doch nichts für sie dabei heraussprang?«

»Aber für Alice B. ist eine ganze Menge dabei herausgesprungen«, erinnerte ihn Sarah. »Ich habe Ihnen ja schon erzählt, daß Miffy immer sämtliche Rechnungen bezahlt hat. Alice B. hat offenbar nie auch nur einen Cent von ihrem eigenen Geld ausgeben müssen, sonst hätte sie wohl kaum ein so großes Vermögen hinterlassen. Vorausgesetzt natürlich, es gibt das Geld wirklich, und das Testament ist nicht lediglich einer von Alice B.s kleinen Scherzen.«

»Das Geld gibt es tatsächlich, sagt jedenfalls Pertwee. Also gut, Alice B. lebte sorgenfrei und kostenlos und hatte außerdem eine schöne Summe in Reserve. Würde sie das darüber hinweggetröstet haben, in Miss Tergoynes Testament völlig übergangen zu werden?«

»Wohl nicht«, gab Sarah zu. »Alice B. war eine eitle Person. Sie hat immer irgendwie versucht, im Mittelpunkt zu stehen, und ich weiß, daß sie es gern hatte, daß man sie als Miffys Erbin ansah. Sie war einige Jahre jünger als Miffy und hat mehr auf ihre Gesundheit geachtet, also hat sie natürlich angenommen, sie würde Miffy überleben. Ich glaube, es hätte ihr schwer zu schaffen gemacht, wenn eines Tages die Wahrheit herausgekommen wäre und sie als die Gedemütigte dagestanden hätte, weil dann alle gewußt hätten, daß sie für Miffy nur eine Mischung zwischen einer Gesellschafterin und einem Sozialfall gewesen ist. Sie wäre zwar nicht sofort wutschnaubend davongestürmt, denn schließlich hatte das Leben mit Miffy ja auch seine guten Seiten, aber es würde mich nicht wundern, wenn sie es seit Jahren gewußt und ihren Groll so lange unterdrückt hätte, bis sie einen Weg gefunden hatte, Miffy zu überlisten und sich das zu nehmen, was ihr ihrer Meinung nach zustand. Man braucht sich nur anzusehen, wie lange Alice B. die Information über Max für sich behalten hat und sie erst dann benutzte, als sie den richtigen Moment für gekommen sah. Das war typisch für sie.«

Sarah erwärmte sich immer mehr für diese Theorie. »Wie Sie wissen, gab es hier in der Sommerkolonie eine ganze Reihe von Einbrüchen. Angenommen, Pete Lomax hat sie begangen, und Alice B. bekam es spitz. Sie hatte unglaublich raffinierte Methoden, an Informationen zu kommen. Sie hätte ihn erpressen können, damit er ihr half, was sicher nicht allzu schwer war, solange er sich einen Profit davon versprach. Vielleicht hat sie ihn auch nur ganz richtig als jemanden eingeschätzt, der im geeigneten Moment zum Dieb werden konnte.«

»Mit vielleicht kommen wir aber nicht weiter«, warf der Anwalt ein.

Max war inzwischen aufgewacht. »Laß Sie reden, Jake. Weiter, Sarah. Wenn Miss Beaxitt nun Pete Lomax tatsächlich dazu überredet hätte, ihr zu helfen und Miss Tergoyne zu bestehlen? Warum haben sie dann aber nur die Kunstwerke genommen? Silber und Schmuck hätte man doch viel leichter weiterverkaufen können.«

»Stimmt. Aber Alice B. hätte es ja nicht wegen des Geldes getan. Das hatte sie gar nicht nötig. Sie wollte lediglich Miffy treffen, ohne dabei entdeckt zu werden. Das heißt, sie brauchte jemanden, dem sie das Verbrechen in die Schuhe schieben konnte. Du bist der ideale Kandidat, weil du nicht zur Clique gehörst, aber trotzdem aus der Gegend stammst, dich gut auskennst und genau die richtigen Fachkenntnisse hast.«

»Aber sie hat mich doch überhaupt nicht gekannt«, protestierte Max.

»Sie wußte aber etwas über dich, oder nicht? Es würde mich nicht wundern, wenn sie den Plan ausgeheckt hätte, als du im Wohnzimmer warst und sie in der Küche mit ihren Pasteten beschäftigt war. Sie hätte Pete ganz leicht von dort aus anrufen können, um sich für einen späteren Zeitpunkt mit ihm zu verabreden. Es würde mich nicht einmal wundern, wenn die beiden sich auf irgendeine harmlos klingende Codenachricht geeinigt hätten, die Alice B. dann durch eine dritte Person ausrichten ließ.

Dann hätte sie nichts weiter zu tun brauchen, als dafür zu sorgen, daß Miffy einen starken Schlaftrunk bekam, denn sie kannte ja die Inventarliste und wußte genau, welche Kunstwerke ein Experte auswählen würde. Ich wette, die Bemerkung über deine frühere Freundin hat sie absichtlich fallenlassen, um dich wütend zu machen. Dann hätte sie anschließend behaupten können, du wärst zurückgekommen, um das Haus als eine Art Racheakt auszuräumen.«

»Klingt wie die Handlung einer Verdi-Oper.«

»Ich weiß, aber so war Alice B. ja auch, theatralisch und mit viel Lärm hinter den Kulissen.«

»Dann hat sie sich wohl selbst erschlagen, um der Handlung mehr Dramatik zu verleihen?« knurrte Jake.

»Natürlich nicht. Das hat sich Pete ganz allein ausgedacht. Er wußte genau, daß er vor ihrer scharfen Zunge nicht sicher sein würde, solange Alice B. noch am Leben war, und er ist ein gewalttätiger Mann. Es war bestimmt leicht, sie umzubringen, denn mit einem Angriff auf sich selbst hatte sie sicher nicht gerechnet. Alice B. war immer selbst die Angreiferin, nie das Opfer, und dann kämpfte sie ja auch mit Worten und nicht mit Waffen. Indem er sie aus dem Weg räumte, hätte sich Pete nicht nur von einer drohenden Gefahr befreit, sondern auch die Beute ganz für sich allein gehabt.«

»Und wie soll ein Mann wie er einen Haufen gestohlener Bilder weiterverkaufen?« fragte Max sanft.

»Woher soll ich das wissen? Wenn er schon früher an Diebstählen beteiligt war, hat er doch sicher Beziehungen, nicht? Oder vielleicht hat auch Alice B. jemanden ausfindig gemacht. Sie hätte sich eine Lüge ausdenken können, etwa, daß Miffy heimlich einige Kunstwerke loswerden wollte und sie als Vermittlerin fungieren sollte. Vielleicht hat sie einen Kunsthändler gefunden, der ihr geglaubt hat oder wenigstens so getan hat, weil er sich davon finanziell etwas versprach.«

»Möglich wär's schon«, stimmte Max zu.

»Alice B. ist dann auf die Idee gekommen, den Millard bei dir unterzustellen, also hat Pete das hübsche kleine Versteck in der Treppe eingerichtet. Er ist handwerklich recht geschickt.«

»Okay«, sagte Onkel Jake. »Aber wie hat er es geschafft, Miss Tergoyne in Gegenwart all ihrer Freunde umzubringen, ohne überhaupt anwesend zu sein?«

»Das war ganz einfach, kann ich mir vorstellen, denn seine Freundin war doch als Kellnerin dort. Und Pete arbeitet ständig in irgendwelchen Gärten, dort hätte er doch gut irgendwo in einem Gartenhäuschen oder Geräteschuppen das Nikotin finden können. Ich glaube, man darf es heute gar nicht mehr benutzen, aber manche Leute bewahren ja ihre Sachen jahrelang in irgendwelchen Ecken auf.

Und das Motiv für den Mord an Miffy hätte sein können, daß ihr Gehirn doch nicht so alkoholumnebelt war, so daß sie mitbekommen hat, wie Pete dort herumschlich und vielleicht ein zu großes Interesse an Dingen zeigte, die ihn nichts angingen, etwa an dem Inventarbuch. Wie Miffy so war, hat sie ihn sich bestimmt vorgeknöpft und ihm gedroht, daß sie ihn verpfeift, wenn er ihr nicht sofort die Bilder zurückgibt. Ihr ging es sicher mehr darum, ihr Eigentum zurückzubekommen als um irgendwelche moralischen Dinge, etwa, daß der Gerechtigkeit Genüge getan wird oder dergleichen.«

»Nicht schlecht«, sagte Max. »Sie wird ihm eine Frist gesetzt haben. Nehme ich jedenfalls an. Er war gezwungen, sie zum Schweigen zu bringen, bevor die Frist abgelaufen war, was ihm aber nicht gelang. Also mußte er das Risiko eingehen, sie in aller Öffentlichkeit umzubringen, statt zu warten, bis es dunkel war, und sie rückwärts mit einem Laster zu überrollen. Ich nehme an, die Kellnerin hätte die Gelegenheit gehabt, Miss Tergoyne den vergifteten Drink heimlich unterzuschieben. Vielleicht hat sie ihn absichtlich zurückgehalten, als sie das Tablett herumreichte, um sicherzugehen, daß niemand sonst dieses Glas bekam. Damit ist sie allerdings ein schreckliches Risiko eingegangen, wenn man bedenkt, daß sie mit einem tödlichen Gift herumjonglierte.«

»Möglicherweise hat sie nicht gewußt, daß es sich um Gift handelte. Pete kann ihr erzählt haben, daß er mit dem Nikotin lediglich einen harmlosen Scherz vorhatte, wie mit K. O.-Tropfen beispielsweise oder mit einem Mittel, von dem Miffy sich in aller Öffentlichkeit übergeben müßte. Pete würde das bestimmt sehr lustig finden. Wenn die Kellnerin ein Sensibelchen ist, hat er ihr vielleicht gesagt, daß es sich um eine Medizin handelt, die der Arzt Miffy verschrieben hat und die ihr nur auf diese Weise verabreicht werden kann. Jedenfalls halte ich es für einen Fehler von Chief Wilson, daß er nicht die Kellnerin, sondern dich verhaftet hat.«

»Das erzählst du besser diesem Mann hier«, bemerkte Max, als sich ein vertrautes Gesicht am Seiteneingang zeigte. »Hallo, Jofferty. Wie sind Sie denn an den Wachposten vorbeigekommen?«

»Ich hab' ihnen meinen Muschelfischerschein unter die Nase gehalten. Der alte Jed hat fünf oder sechs Kumpel aufgereiht, die eine ziemlich gute Postenkette abgeben. Er behauptet, Mike sei oben auf der Klippe und bombardiere Eindringlinge mit Fischköpfen. Ich nehme an, er wußte, wovon er sprach.«

»Ganz richtig«, informierte ihn Sarah. »Zwei Söhne meines Cousins waren schon vorher da. Ich weiß allerdings nicht, wie Mr. Lomax von den Fischköpfen erfahren hat. Vielleicht durch eine Art Inspiration.«

»Jed weiß immer alles. Hab' gehört, hier gab es wieder Ärger mit der Polizei. Tut mir leid, daß ich nicht im Dienst war, als Max festgenommen wurde.«

»Mir auch. Ich habe Bradley Rovedock ausdrücklich gebeten, nach Ihnen zu fragen, als er auf dem Revier angerufen hat, um den Mord an Miffy Tergoyne zu melden, aber offenbar hat er nicht schnell genug geschaltet. Ich bin sicher, Sie hätten Chief Wilson vernünftig zureden können.«

Für Sarah war es ungewohnt, Jofferty in seiner Freizeituniform, einem karierten Hemd und hohen Gummistiefeln, gegenüberzustehen, aber sie freute sich wirklich, ihn zu sehen. »Darf ich Ihnen etwas anbieten, Sergeant? Wir trinken zwar gerade nur Tee, aber ich habe auch Whiskey oder Bier, falls Sie das lieber mögen.«

»Vielen Dank, aber ich hatte gerade Kaffee auf dem Revier. Ich war kurz da, um die letzten Neuigkeiten über Max zu erfahren. Chief Wilson amüsiert sich damit, auf Staatskosten überall herumzutelefonieren. Er prüft nach, ob Sie gestern tatsächlich bei den Adressen in New York waren, die Sie angegeben haben, Max.«

»Ich bete zu Gott, daß es ihm gelingt.«

»Sieht ganz so aus. Muß sich wohl 'nen neuen Köder an die Angel hängen und sich 'nen neuen Verdächtigen herausfischen.«

»Sarah hat schon jemanden für ihn.«

Max erzählte, um wen es sich handelte und welche Gründe dafürsprachen. Jofferty nickte.

»Klingt gut, Mrs. Kelling. Der einzige Haken an der Sache ist, daß ich Pete in der Nacht, in der Alice Beaxitt ermordet wurde, persönlich gegen halb zehn betrunken am Steuer erwischt habe. Wir haben ihn bis morgens bei uns in der Zelle gehabt. Ich befürchte, daß Pete daher sozusagen ein wasserdichtes Alibi hat.«

Kapitel 21

»So ein Mist!« entfuhr es der feinen Dame aus Boston.
Onkel Jake schmunzelte. Sarah errötete.

»Tut mir leid, aber es paßte doch wirklich alles so schön zusammen. Ich wollte sogar noch hinzufügen, daß wir den Spiegel aus Bilbao nur deshalb gefunden haben, weil Pete ihn hier hingebracht hat. Wenn Alice B. ihm den Spiegel nicht bereits gegeben hat, bevor der Diebstahl stattfand, kann ich nicht verstehen, warum er schon vorher in meinem Haus war. Sie war die einzige, die am nächsten Morgen vortäuschen konnte, daß der Spiegel noch da war, als sie für Miffy alles überprüfte, was sie wohl gemacht haben muß. Vorausgesetzt natürlich, daß es sich um ein und denselben Spiegel handelt.«

»Ich habe mir eine Kopie von dem Foto besorgt, das sie in ihrem Buch hatte«, sagte Jofferty, »bin rüber zur Bank gegangen und habe es mit dem Spiegel verglichen, den wir in Ihrer Diele gefunden haben. Und von dem hab' ich dann auch noch ein Polaroidfoto gemacht, wo ich schon mal da war. Meiner Meinung nach sehen sie gleich aus. Wurden diese Spiegel denn alle nach demselben Muster gebaut?«

»Keinesfalls«, erklärte Max. »Damals gab es noch keine Fließbandproduktion. Ihnen lag zwar ein bestimmter Entwurf zugrunde, aber die Details waren immer höchst unterschiedlich. Selbst wenn ein Kunsthandwerker versucht hätte, ein exakt gleiches Paar anzufertigen, waren da doch noch subtile Unterschiede in der Maserung des Marmors.«

Er sah sich die beiden Fotografien, die Jofferty ihm gegeben hatte, genau an. »Ich würde sagen, es ist ein und derselbe Spiegel. Haben Sie diese Bilder schon jemandem gezeigt?«

»Nein, und mein Chef macht mir bestimmt die Hölle heiß, weil ich es nicht getan habe. Ich hatte so eine Ahnung, daß ich vielleicht besser den Mund halten sollte, bis Sie mir grünes Licht geben. Das hat sicher mit diesem Komplott gegen Sie zu tun, nicht wahr, Max? Ich nehme an, die haben sich gedacht, daß sie den Spiegel am besten schon ins Haus schaffen, bevor Sie auftauchen, wo doch auch Sarahs Tante kommen wollte und so. Entschuldigen Sie, Mrs. Kelling, ich wollte wirklich nicht–«

»Mir ist es sehr viel lieber, wenn Sie mich Sarah nennen«, erwiderte sie. »Ich werde sowieso nicht mehr lange Mrs. Kelling sein, vorausgesetzt natürlich, daß Max lange genug auf freiem Fuß bleibt, damit wir zur Kirche gehen können.«

Jacob Bittersohns Augen verengten sich zu Schlitzen. »Zur Kirche?«

»Oder auch woandershin, wenn es der Mutter von Max lieber ist. Mir ist vollkommen gleichgültig, von wem wir getraut werden, solange es eine schlichte Zeremonie ist und es nicht lange dauert. Was den Spiegel betrifft, halte ich allerdings an der Meinung fest, daß er nur deshalb bei unserer Ankunft hier sein konnte, weil Alice B. Miffy weisgemacht hat, er befände sich immer noch in ihrem Haus. Wenn Pete Lomax nicht der Komplize von Alice war, muß es eben jemand anderes gewesen sein.«

»Hätte er nicht gestohlen werden können, nachdem die beiden ihren täglichen Rundgang gemacht hatten, und bevor Sie hier eingetrudelt sind?« schlug Jofferty vor.

»Daran habe ich auch schon gedacht, aber dann muß dieser jemand sich mehr als beeilt haben. Alice und Miffy sind nie früh aufgestanden. Sehr wahrscheinlich hat sich Miffy von ihrem Kater erst gegen Mittag soweit erholt, daß sie geradestehen konnte, ganz zu schweigen von einer Inspektion ihrer Kunstschätze. Und woher sollte der Dieb wissen, ob er uns nicht genau in die Arme laufen würde? Bis wir eintrafen, wußten wir doch selbst nicht, wann wir hier sein würden. Wir wollten eigentlich viel früher losfahren, aber dann kam dauernd etwas dazwischen, und schließlich erhielt Max auch noch einen Anruf aus Honululu. Außerdem würde das bedeuten, daß der Dieb den Spiegel am hellichten Tag gestohlen hat.«

»Aber vielleicht ist Miss Tergoyne mit ihrer Freundin zusammen für die Party einkaufen gegangen–«

»Miffy ist nie irgendwo hingegangen, wenn sie es vermeiden konnte, außer zum Yachtclub. Alice B. war bestimmt allein einkaufen, entweder am Vortag oder während Miffy am Telefon die Gäste zusammentrommelte. Da fällt mir ein, daß sie den Spiegel ja selbst hätte herbringen können, sie brauchte nur irgendwie ins Haus zu kommen. Nein, das kann auch nicht sein, denn sie konnte nicht fahren. Miffy fand es zu teuer, einen Wagen zu unterhalten, deshalb haben sie sich entweder immer von Freunden herumkutschieren lassen oder das Bahnhofstaxi genommen. Außerdem erreichte Alice B. die Geschäfte auch sehr gut zu Fuß, immerhin wohnten die beiden ja mitten im Ort. Sie hat sicher alles allein erledigt und ist dann zurückgegangen, um ihre Pasteten zu machen.«

»Und hat dabei einen Mord geplant?« Offenbar bereitete diese Vorstellung Jofferty einige Schwierigkeiten.

»Alice B. hat sich doch den Mord nicht ausgedacht«, erinnerte ihn Sarah. »Sie hat lediglich einen Diebstahl geplant und war bestimmt ganz schön stolz auf ihre Idee, weil sie ihren Plan für so absolut perfekt hielt. Man verdächtigt wohl kaum kleine alte Damen, die heiße Pasteten mit Meeresfrüchten zubereiten, oder?«

»Okay, Sarah, das mit den Meeresfrüchtepasteten mag ja stimmen. Aber wenn sie einen Komplizen hatte und Pete es nicht war, wer konnte es dann gewesen sein?«

»Einer von den Beaxitts, nehme ich an, denn die waren die nächsten Verwandten. Ich habe auch schon an Vare, die Frau meines Cousins, gedacht, oder vielmehr an deren Freundin Tigger. Das ist die Frau, die sozusagen narkotisiert werden mußte, bevor sie sich die Fingerabdrücke abnehmen ließ.«

»Ach ja, davon hab' ich gehört. Meine Kollegen versuchen gerade herauszufinden, ob sie vorbestraft ist. Und sie ist eine Nichte des Opfers?«

»Vare ist die Nichte, aber Tigger scheint hinter dem Geld her zu sein. Und dann ist da noch Lassie Larrington, eine von Miffys Erbinnen. Wegen des Tomatensafts, wissen Sie.«

»Wie bitte?«

»Oh, tut mir leid, das muß ich erklären. Also, bei der Beerdigung oder vielmehr danach in Miffys Haus drängten sich die meisten Personen um Max und Miffy. Ich stand abseits und suchte verzweifelt nach einer Möglichkeit, Max zu befreien, während ich mit Lassie redete. Sie beschwerte sich, daß die Bloody Mary so schlaff wäre. Ich sagte ihr, daß sie sich wahrscheinlich aus Versehen ein Glas einfachen Tomatensaft genommen habe, denn den trank ich auch gerade. Lassie machte natürlich ein Riesentheater, rannte zur Bar und holte sich zwei Martinis. Biff Beaxitt behauptet, sie habe ihm eines der Gläser gegeben, aber ich habe den Eindruck, daß er lügt.«

»Würde er sie in einem Mordfall decken?«

»Wahrscheinlich, wenn er sich davon einen Vorteil verspräche. Biff und Lassie sind Cousin und Cousine oder so ähnlich, und er ist mit einer Verwandten von Lassies Mann verheiratet, mit Pauline Beaxitt, eine von Miffys Erbinnen. Wahrscheinlich würde er den guten Namen der Familie schützen wollen – und auch das Erbe. Es ist wirklich völlig untypisch für Lassie, sich einen falschen Drink zu nehmen. Vielleicht wußte Biff, daß sie ein kleines Spielchen arrangiert hatte, um Miffy das Gift zu verabreichen, als sie sich zu den anderen stellte?«

»Immer nur Vermutungen«, stöhnte Jacob Bittersohn. »Wie wäre es mit ein paar Beweisen?«

»Wie wäre es mit einem Motiv?« sagte Max. »Haben die Larringtons Geldprobleme?«

»Ich weiß nicht. Don hat gestern auf dem Boot über den schrecklichen Verfall der Aktienkurse an der Börse gejammert, falls das auf etwas schließen läßt.«

»Wäre Lassie denn fähig, Alice Beaxitt mit einer Axt zu erschlagen?«

»Könnte ich mir vorstellen. Sie ist eine von diesen Fitneßfanatikern, wie alle im Yachtclub. Wahrscheinlich ist es leichter, eine Axt zu schwingen, als jemandem ein Messer in den Körper zu rammen, findet ihr nicht? Es ist dabei nicht so wichtig, wo genau man hintrifft, und eine Axt erledigt die Sache fast automatisch, weil sie so schwer und scharf ist.«

»Menschenskind, das ist mir noch gar nicht aufgefallen. Ich meine, daß man immer an einen Mann denkt, wenn man an eine Axt denkt.« Jofferty schüttelte in chauvinistischer Verwunderung den Kopf.

»Zum Beispiel Lizzie Borden«, fügte Max hilfsbereit hinzu. »Sie soll ja auch ihre Eltern erschlagen haben.«

»Jetzt laß bloß Lizzie Borden aus dem Spiel«, sagte sein Onkel gereizt und ungeduldig. »Sucht lieber nach Beweisen, die vor Gericht haltbar sind. Weiter, Sarah. Sonst noch jemand, gegen den irgendwelche triftigen Argumente vorzubringen wären?«

»Fren Larrington wäre ein denkbarer Kandidat. Er ist Lassies Schwager. Fren ist ein ungebildeter Grobian, der schrecklich jähzornig werden kann. Er hat sich vor kurzem scheiden lassen, und möglicherweise gab es eine ganze Menge unerfreulicher Dinge, die vor Gericht unter den Teppich gekehrt worden sind. Wie Alice B. war, hat sie vielleicht die Einzelheiten gekannt und auch benutzt, um ihn zu zwingen, ihr zu helfen.«

»Aber wo bleiben die Fakten?« lautete die unerbittliche Frage des älteren Bittersohn.

»Also, ich nehme an, daß es sehr wohl eine Tatsache ist, daß Fren mir urplötzlich ein derart großes Interesse entgegenbringt. Beispielsweise ist er vorgestern hier hereingestürzt, als Max und ich beim Frühstück saßen, und hat mir mehr oder weniger befohlen, mich mit ihm abends zum Essen beim Yachtclub zu treffen. Gestern auf Bradley Rovedocks Yacht hat er eine fürchterliche Szene gemacht, weil ich an dem Abend nicht gekommen bin. Er war nicht sehr überzeugend, und wenn er wirklich falsche Spuren gelegt hat, wäre der Umstand, daß er einer Witwe den Hof macht, eine gute Entschuldigung für ihn, sich auf dem Gelände hier herumzutreiben.«

»Was ich noch fragen wollte«, sagte Jake, »wieso hat er eigentlich diesen Spiegel, von dem ihr dauernd sprecht, so offen hingehängt? So dämlich kann doch kein Mensch sein!«

»Hat er gar nicht«, widersprach Sarah. »Das heißt, hat er schon, aber normalerweise wäre es nicht so, wenn Sie wissen, was ich meine.«

»Ich verstehe kein Wort.«

»Dann kommen Sie mal mit.«

Sie führte ihn in die vollgestopfte kleine Diele. »Hier an dieser Wand hat der Spiegel gehangen. Wenn man durch die Eingangstür kam, sah man ihn sofort, aber wir benutzen diese Tür so gut wie niemals. Der Seiteneingang, der direkt ins Wohnzimmer führt, ist viel praktischer und wird deshalb auch immer von allen benutzt. Aber an dem Tag, als Max und ich hier angekommen sind, hatte ich zufällig meine Handtasche voller Krimskrams, und der erste Türschlüssel, den ich fand, gehörte zur Eingangstür, also habe ich den genommen. Wahrscheinlich hätte der Spiegel tage-, wenn nicht sogar wochenlang hier gehangen, ohne daß ich ihn entdeckt hätte.«

»Und diese Beaxitts und Larringtons wußten das auch?« fragte Jake, als sie zurück zu Max und Jofferty gingen.

»Alice B. war es ganz bestimmt bekannt. Sie wußte, daß ich nie dazu kam, die Diele aufzuräumen, weil dort sowieso nie jemand

200

war, deshalb ist sie immer absichtlich zur Eingangstür gekommen. Dann mußten wir jedesmal überall nach dem Schlüssel suchen.«

Jofferty stand auf. »Allmählich frage ich mich, warum diese Miss Beaxitt nicht schon längst vorher erschlagen worden ist. Muß mich jetzt aber wirklich auf die Socken machen, Leute. Meine Frau wartet nämlich auf einen Eimer Muscheln zum Abendessen. Übrigens, möchten Sie auch welche, Sarah?«

»Schrecklich gern – aber nur ein paar. Ich werde sie allerdings ganz allein essen müssen. Hier haben Sie eine Schüssel für die Muscheln.«

»In Ordnung. Dauert nur ein oder zwei Minuten. Ich habe meinen Wagen unten stehen lassen, damit Jed seine Barrikade nicht wegzuräumen brauchte.«

»Ich fahre Sie hin«, bot Max an. »Ich nehme an, Onkel Jake möchte zurück zu Miriam.«

»Er ist herzlich eingeladen, hierzubleiben und mit uns zu essen«, sagte Sarah.

»Danke vielmals, aber wie ich Miriam kenne, hat sie bestimmt den ganzen Nachmittag am Herd gestanden und würde es mir nie verzeihen, wenn ich einfach wegbliebe.« Jake erhob sich widerwillig aus dem Sessel, in dem er es sich gerade wieder bequem gemacht hatte. »Wollen Sie nicht mitkommen, Sarah?«

»Nein, ich warte lieber auf die Muscheln.«

Sarah befürchtete, daß man sie bei den Rivkins im Moment nicht gerade mit offenen Armen empfangen würde. Außerdem mußte sie ja auch noch kochen. Sie war schon in der Küche und wollte gerade anfangen, als sie jemanden rufen hörte.

»Hallihallo! Ist denn keiner zu Hause?«

»Tante Appie!«

Sarah eilte zurück ins Wohnzimmer. »Wie bist du denn hergekommen?«

»Pussy und Biff passen auf das Haus auf, also haben Bradley und ich beschlossen zu schwänzen, und jetzt sind wir also hier. Ich muß allerdings sagen, daß die Fahrt ganz schön beschwerlich war. Was soll das ganze Theater da unten an der Auffahrt? Ich mußte Mr. Lomax richtig zusammenstauchen, damit er uns überhaupt durchließ.«

»Lomax scheint seine Pflichten als Hausverwalter wohl ein bißchen zu ernst zu nehmen«, knurrte Bradley.

»Da bin ich allerdings völlig anderer Meinung«, informierte ihn Sarah ziemlich spitz. »Wenn er nicht gewesen wäre, könnten wir uns jetzt vor Kamerateams und Souvenirjägern nicht retten.«

»Meine Güte, davon hatte ich ja keine Ahnung! Wer rechnet auch schon mit so etwas, aber jetzt, wo du es sagst, fällt mir ein, daß unten bei Miffy auch schon ziemlich viele Menschen waren. Gott sei Dank stand ein Polizist draußen und hat sie alle weggescheucht. Das hast du meiner Ansicht nach alles diesem Halunken zu verdanken, der dich getäuscht hat, damit du ihm dein Kutscherhaus vermietest. Wir haben gehört, daß er sich in Haft befindet. Jetzt ist dir bestimmt ein Stein vom Herzen gefallen. Pussy hat uns eine phantastische Geschichte erzählt, daß man die Mordwaffe und eins von Miffys Bildern zwischen seinen Socken oder so versteckt gefunden hat, aber ich vermute, sie hat mal wieder, wie so oft, alles falsch verstanden. So dumm kann der Mann doch nicht sein.«

»Nein, Max ist bestimmt alles andere als dumm«, antwortete Sarah. »Und ich bin wirklich erstaunt, daß derjenige, der die Beweisstücke versteckt hat, geglaubt hat, ein so dummer Trick würde funktionieren. Pussy hatte allerdings recht, die Polizei hat tatsächlich die Axt und das Bild gefunden, aber nicht in der Wohnung von Max. Die Sachen waren hinter einem lockeren Brett im Treppenhaus versteckt.«

»Wirklich raffiniert!« rief Tante Appie. »Ich wußte ja, daß er clever ist. Wie schade, daß ihm keiner beigebracht hat, daß man nicht so einfach hingehen und Leute umbringen kann. Also ich persönlich halte ja die Eltern dafür verantwortlich. Soll ich dir eine schöne Tasse Tee machen, Liebes?«

»Ich hatte gerade schon welchen mit Max und seinem Onkel, vielen Dank. Würdet ihr euch bitte aus dem Kopf schlagen, daß mein Verlobter jemanden umgebracht hat? Und was seine Eltern angeht, sie sind ziemlich wütend auf mich, weil ich ihn mit den falschen Leuten zusammengebracht habe.«

»Also, weißt du, Liebes, das passiert leider, wenn Menschen nicht aus denselben Kreisen stammen. Eine glückliche Ehe – «

»Wohl wie die von Vare und Lionel?«

Das war nicht sehr nett, und Sarah taten ihre Worte sofort leid, wenn auch nicht allzu sehr. Appie und Bradley wechselten bedeutungsvolle Blicke.

»Appie, hast du nicht eben gesagt, du brauchst ein paar Sachen aus deinem Gepäck?« fragte Bradley.

Das war möglicherweise ein Stichwort, auf das sie sich vorher geeinigt hatten. Appie zwinkerte zweimal und lief dann so leicht-füßig die Treppe hinauf wie eine der Ganlor-Ziegen, die über die Klippen von Little Nibble hüpften. Bradley berührte Sarah leicht am Arm.

»Wie wär's, wenn du uns einen Drink eingießt, dich zu mir setzt und ein wenig mit mir plauderst?«

Was blieb ihr anderes übrig, als zu fragen: »Scotch oder Sherry?«

»Sherry wäre zur Abwechslung sehr schön. Ich lege noch ein bißchen Holz nach, ja?«

Sarah wäre es lieber gewesen, wenn Bradley das nicht getan hätte. Ein gemütliches Tête-à-tête vor dem Feuer konnte nur be-deuten, daß Bradley ihr eine unangenehme Predigt darüber hal-ten wollte, wie sie sich am besten von Max Bittersohn trennte und zu den Ihren zurückkehren konnte. Sie hatte bereits von beiden Seiten genug davon zu hören bekommen, aber sie konnte Bradley Rovedock nicht so einfach vor den Kopf stoßen. Am besten, sie ließ ihn sagen, was er auf dem Herzen hatte, teilte ihm mit, was sie davon hielt, und brachte es hinter sich. Sarah nahm den Drink, den sie eigentlich gar nicht wollte, und setzte sich zu ihm auf das Sofa.

»Was macht die Perdita?« fragte sie, weil ihr keine bessere Ein-leitung einfiel.

»Seit unserem kleinen Ausflug war ich nicht mehr an Bord.«

Bradley streckte seine Beine in Richtung Kaminfeuer aus und nippte an seinem Sherry. »Ich glaube, dies ist der erste glückliche Moment für mich seit unserer kleinen Reise. Es ist so schön fried-lich bei dir, Sarah.«

Kein Wunder, schließlich war er die ganze Zeit mit Tante Ap-pie zusammen gewesen. Der arme Bradley! Manchmal wurde man für seine Freundlichkeit und Hilfsbereitschaft wirklich schrecklich bestraft. Sie lächelte zurück, und er legte seine freie Hand sanft auf die von Sarah.

»Du hast keine Ahnung, wie sehr ich Alex die ganzen Jahre beneidet habe.«

Das hatte sie nun gar nicht erwartet. »Aber warum denn?« stammelte sie. »Alexanders Leben war voller Entsagungen. Du hattest doch alles, was du wolltest.«

»Aber dich hatte ich nicht, Sarah.«

Bradleys Hand umschloß die ihre. »Seit einer Ewigkeit habe ich gegen das Gebot verstoßen: ›Du sollst nicht begehren deines Nächsten Weib.‹«

»Wie kannst du nur so etwas sagen?« stammelte sie völlig verwirrt. »Du hast doch mit mir als Alexanders Frau kaum etwas zu tun gehabt, wenn man es mit all den Jahren vergleicht, als ich noch ein Kind war. Wenn du liebenswürdig zu mir sein willst, wäre es mir lieber, wenn du damit aufhören würdest.«

»Ich will nur ehrlich sein. Verdammt noch mal, Sarah, muß ich den Rest meines Lebens damit verbringen, der nette alte Trottel zu sein, der dich früher ab und zu zum Segeln mitgenommen hat?«

»Es gibt keinen Grund, warum wir nicht weiterhin–« Sarah zögerte. Es gab nur allzu viele Gründe, warum sie von Bradley Rovedock nicht mehr erwarten konnte, sie in Zukunft zu Segeltörns einzuladen, wenn sie erst einmal Mrs. Max Bittersohn geworden war.

Bradley dachte entweder wirklich, sie hätte etwas anderes gemeint, oder tat zumindest so. »Natürlich hast du recht, es gibt wirklich keinen Grund dafür. Liebste Sarah, bitte, hör mich an. Ich kann dir das Leben bieten, das Alex sich immer für dich gewünscht hat, das Leben, das dir aufgrund deiner Herkunft und Erziehung zusteht. Als erstes bringen wir den Unsinn mit der High-Street-Bank in Ordnung, und dann brauchst du dir wegen nichts mehr Sorgen zu machen, nie mehr. Mein Gott, wenn ich mir vorstelle, daß du gezwungen warst, dein schönes altes Haus in eine gewöhnliche Pension zu verwandeln!«

»Sie ist ganz und gar nicht gewöhnlich, Bradley.« Wo um alles in der Welt war sie bloß schon wieder hineingeraten? »Es ist eine sehr luxuriöse Pension, das kann ich dir versichern.«

»Wie tapfer du doch bist!«

Seine Lippen waren viel zu nah an ihrem Ohr. »Sarah, mein anbetungswürdiges kleines Mädchen, du weißt gar nicht, wie sehr ich dich dafür bewundere, daß du es schaffst, auch aus der schlimmsten Situation noch das Beste zu machen. Aber glaub mir, wenn ich rechtzeitig davon erfahren hätte, wäre dir das alles erspart geblieben.«

Sie rückte so unauffällig wie möglich von ihm fort. »Bradley, ich habe selbst Verwandte, die mir geholfen hätten, wenn ich sie gebeten hätte. Ich habe mich entschieden, mit dem Problem auf meine Weise fertigzuwerden, und ich kann nicht sagen, daß es mir geschadet hat.«

»Geschadet? Jetzt bist du sogar schon mit einem – Sarah, Liebes, du hast so viel ertragen müssen. Ich befürchte, daß du einiges nicht mehr klar sehen kannst. Was du wirklich brauchst, ist ein Tapetenwechsel. Was hältst du davon, wenn wir beide heimlich an Bord der Perdita gehen und ganz allein fortsegeln? Wir könnten uns die Inseln um Casco Bay ansehen, damit du die Möglichkeit hättest, dich an die Perdita und mich zu gewöhnen. Ich verspreche dir hoch und heilig, mich wie ein vollendeter Gentleman zu benehmen. Solange du es möchtest.«

Jetzt streichelte er ihr Haar. So konnte es wirklich nicht weitergehen. Sarah stand auf.

»Bradley, ich werde Max Bittersohn heiraten, sobald wir das Aufgebot bestellt haben.«

»Bittersohn? Diesen Kriminellen? Sarah, du mußt verrückt sein! Tut mir leid, Liebes, ich hab's nicht so gemeint. Du bist nur völlig durcheinander wegen all dieser schrecklichen Dinge, die dir zugestoßen sind, und Bittersohn hat deine Situation schamlos ausgenutzt, der Himmel weiß wie. Auf so einen Menschen hättest du dich niemals einlassen dürfen.«

»Aber ich nehme an, es wäre völlig in Ordnung, wenn ich mich mit einem Flegel wie Fren Larrington einlassen würde.«

»Zumindest ist Fren einer von uns, und er ist noch nie im Gefängnis gewesen. Sarah, denk doch nur einmal an das Milieu, aus dem er kommt. Dieser Winkeladvokat von einem Onkel, ein Tankstellenbesitzer als Schwager, und sein Vater ist ein ganz gewöhnlicher Arbeiter –«

»Jacob Bittersohn ist alles andere als ein Winkeladvokat. Ira Rivkin ist ein sympathischer, intelligenter Mann, der sich aus dem Nichts ein gutgehendes Geschäft aufgebaut hat. Und was die Sache mit dem ganz gewöhnlichen Arbeiter angeht, bin ich schließlich auch nicht anders. Außerdem ist der Vater von Max einer der meistgeachteten Männer hier in der Gegend, du brauchst dich nur umzuhören, wenn es dich interessiert.«

»Sarah –«

»Bradley, ich habe keine Ahnung, welche romantischen Vorstellungen du von mir hegst, aber du hast offenbar ein völlig falsches Bild von mir, wirklich. Ich bin ganz anders, als du denkst. Wir beide haben vollkommen unterschiedliche Wertvorstellungen, wir mögen nicht einmal dieselben Menschen. Es hat keinen Zweck, so mit mir zu reden. Wir würden uns am Ende nur streiten, und das möchte ich nicht. Dazu mag ich dich zu sehr.«

»Ist das nicht ein wunderbarer Anfang? Sarah, Liebling, ich befürchte, du bist diejenige mit den romantischen Vorstellungen. Du darfst dich doch nicht so wegwerfen. Kannst du denn nicht verstehen, was passiert ist? Nach dem Tod von Alex hast du dich einsam und verlassen gefühlt. Da kam dieser Bittersohn und hat sich bei dir eingeschmeichelt, genau wie er sich auch in Miffys Haus eingeschlichen hat. Und über die Folgen brauche ich dich wohl kaum aufzuklären, die kennst du ja selbst.«

»Du kennst sie offenbar nicht, denn du hast offensichtlich alles völlig falsch verstanden.«

»Mein liebes Mädchen, schau dir doch die Fakten etwas genauer an. Bittersohn hat sogar die Frechheit gehabt, dich in die furchtbare Sache mit hineinzuziehen, indem er dich wie seine Komplizin dastehen ließ. Die Polizei läßt sich so leicht nicht hinters Licht führen, weißt du. Sie haben sicher längst den Verdacht, daß du ihm das Versteck unter der Stufe im Kutscherhaus gezeigt hast. Wie hätte er es sonst finden können? Alex muß dir erzählt haben, daß wir es zusammen gebaut haben, als wir noch Jungen waren. Mein Gott, kaum zu glauben, daß es jemand für solche Zwecke mißbrauchen konnte!«

»Ich habe von dem Versteck im Treppenhaus überhaupt nichts gewußt, Bradley. Ich vermute, Alex und du habt euch ewiges Stillschweigen geschworen, als ihr es gebaut habt, und er hat seinen Schwur nie gebrochen. Das hätte genau zu ihm gepaßt, weißt du.«

»Sarah, versuch doch nicht, den Kerl zu decken. Das ist er nicht wert. Mein Gott, er hat sogar die Unverschämtheit gehabt, Miffys Spiegel mitten in deine Diele zu hängen!«

Sergeant Jofferty trat gerade in das Zimmer, in dem es inzwischen dunkel wurde. Die Schüssel mit Sarahs Muscheln hielt er in der Hand. »Woher wollen Sie denn wissen, daß wir den Spiegel aus Bilbao gefunden haben, Mr. Rovedock?«

»Wer zum Teufel sind Sie denn?«

War das wirklich derselbe Bradley Rovedock, den sie ihr ganzes Leben lang gekannt hatte? Oder hatte sie ihn nie wirklich gekannt? Sarah sagte, was es zu sagen gab.

»Das hier ist Sergeant Jofferty von der Polizei in Ireson Town. Sag ihm, wie du von dem Spiegel erfahren hast, Bradley.«

»Nun ja, ich – « Rovedock sah plötzlich vorsichtig aus. »Ich nehme an, Pussy Beaxitt hat es mir erzählt oder auch Lassie Larrington. Normalerweise sind sie immer diejenigen, die über alles auf dem laufenden sind. Ich kann mich, ehrlich gesagt, nicht mehr genau erinnern. Im Club redet natürlich jeder über diese furchtbare Geschichte. Aber das ist ja wohl normal, oder?«

»Hat diese fragliche Person Ihnen auch gesagt, wie der Spiegel gefunden wurde?« erkundigte sich Jofferty.

»Was gab es denn da schon groß zu erzählen? Ich nehme an, Sie haben einfach nachgeschaut und ihn entdeckt. Mrs. Kelling dürfen Sie nicht vorwerfen, daß sie nichts gewußt hat, Sergeant. Sie selbst benutzt nie die Vordertür, das haben die Kellings nie getan. Alice B. hat immer Witze darüber gemacht, als wäre es eine Art Terra incognita.«

»Wo die Spinnen so groß werden wie Katzen und seit 77 Jahren keiner die Spinnweben entfernt hat«, beendete Sarah seinen Satz. »Glaubst du etwa, darauf wären wir nicht gekommen? Denk mal genau nach, Bradley. Wer hat dir von dem Spiegel erzählt?«

»Ich kann mich nicht erinnern, das habe ich doch schon gesagt. Was soll denn daran so wichtig sein?«

»Eine ganze Menge, Mr. Rovedock«, teilte ihm Jofferty mit, setzte die Schüssel mit Muscheln ab und stellte sich ein wenig anders hin. »Die Polizei hat den Spiegel nämlich gar nicht gefunden, wissen Sie. Sarah und Max haben ihn sofort bei ihrer Ankunft entdeckt und mich umgehend benachrichtigt, und ich habe den Spiegel mitgenommen, sorgfältig eingepackt natürlich, und im Polizeisafe in der Bank, für den ich persönlich verantwortlich bin, deponiert. Ich habe keinen Bericht verfaßt. Wir haben uns darauf geeinigt, niemandem ein Wort zu sagen, und daran haben wir uns gehalten. Die einzigen, die wußten, wo Miffy Tergoynes Spiegel war, sind Sarah Kelling, Jed Lomax, Max Bittersohn, die Person, die ihn in Sarahs Diele aufgehängt hat, und ich selbst.«

»Aber es war Bittersohn, der den Spiegel aufgehängt hat. Das müssen Sie doch einsehen!«

»Da bin ich nicht Ihrer Meinung, Mr. Rovedock. Max ist mit Sarah aus Boston hergekommen, er war niemals vorher in Miss Tergoynes Haus und hatte keine Ahnung, daß er die Dame jemals kennenlernen würde, bis Sarah und er auf jener Cocktailparty erschienen sind, und den Spiegel hatte ich bereits vorher weggebracht. Außerdem war es die Idee von Max, den Spiegel wegzuschaffen und darüber Stillschweigen zu bewahren. Er wußte genau, daß etwas so Wertvolles nur Diebesgut sein konnte, und er rechnete sich aus, daß die beste Möglichkeit, den Dieb zu erwischen, darin bestand, nichts zu sagen und abzuwarten, was geschehen würde. Fällt Ihnen jetzt etwas ein, was Sie mir gern sagen würden?«

Bradley schüttelte den Kopf. »Sarah benutzt niemals die Vordertür.«

»Diesmal schon«, sagte Sarah. »Dein Pech, Bradley, aber so ist es nun einmal. Meine Großmutter hat immer gesagt, daß das Rovedock-Vermögen durch Seeräuberei und Opiumhandel erworben wurde. Ich hätte mich früher daran erinnern sollen. Die ganzen mysteriösen Kreuzfahrten und die vielen unaufgeklärten Diebstähle. Alice B. hat sicher herausgefunden, was du im Schilde führtest, nicht? Und hat dich erpreßt, weil du ihr bei ihrem eigenen Vorhaben helfen solltest, und du wußtest, was passieren würde, wenn du darauf eingehen würdest, also mußtest du sie umbringen.«

»Sarah, was ist bloß in dich gefahren? Du warst doch sonst immer so ein gefügiges, kleines Mädchen.«

»Nicht gefügig, Bradley. Nur unterdrückt. Es war Erpressung, nicht?«

Er sah sie nur schweigend an.

»Du kannst jetzt ruhig gestehen, weißt du. Die Spuren der Perdita lassen sich leicht zurückverfolgen. Es wird sowieso alles ans Licht kommen, jetzt, wo du aufgeflogen bist.«

»Aufgeflogen?« Bradley verzog die Lippen zu einem herablassenden Grinsen. »Diese Ausdrucksweise hast du wohl von deinem Mr. Bittersohn gelernt, wie?«

»Das und eine Menge interessanter Informationen über den Handel mit Antiquitäten. Es ist sehr schwer nachzuweisen, ob etwas gestohlen ist, wenn man es einmal außer Landes geschafft hat, oder? Ich vermute, ein Mann aus deinen Kreisen und mit deinen Beziehungen hat bestimmt keine Probleme, Diebesgut wieder loszuwerden.«

»Sarah, eben hast du doch noch gesagt, daß du mich magst.«

»Das war, bevor du versucht hast, deine eigenen Verbrechen einem Unschuldigen anzuhängen, nur weil du der Meinung bist, daß er aufgrund seiner sozialen Stellung sowieso nicht zählt. Du bist ein echter Pirat, nicht wahr, Bradley?«

»Wie du meinst, meine liebe Sarah. Da ich offenbar aus einem Grund, den ich noch immer nicht verstehe, deine Gastfreundschaft überstrapaziert habe, sollte ich besser daran denken, mich zu verabschieden. Würde es dir etwas ausmachen, noch ein letztes Gläschen mit mir zu trinken?«

Er nahm die Sherryflasche und begann einzuschenken. Jofferty stürzte sich auf ihn und entriß ihm eine winzige Glasphiole.

»Nein, das lassen Sie schön sein! Eine pompöse Selbstmordszene können Sie sich ruhig sparen. Jetzt wollten Sie wohl zur Abwechslung mal Ihren eigenen Drink vergiften, was?«

»Falsch, Sergeant.« Zum ersten Mal hißte Bradley Rovedock die schwarze Flagge. »Nicht meinen Drink. Den von Sarah.«

Kapitel 22

Genau wie ihr Sohn hatte auch Appie Kelling ein bemerkenswertes Talent für schlechtes Timing. Sie wählte ausgerechnet diesen Moment, um mit strahlendem Gesicht ins Wohnzimmer zu eilen.

»Darf ich euch gratulieren, Kinderchen? Sarah, ich freue mich ja so für dich!«

Sie versuchte, ihre Nichte zu umarmen, doch Sarah schob sie zur Seite.

»Um Gottes willen, Tante Appie, doch nicht jetzt!«

»Aber warum denn nicht, Liebes? Aber was um alles in der Welt macht dieser Mann da mit unserem Bradley? He, Sie, hören Sie sofort damit auf!«

Bradley hatte sich offenbar zu sehr auf die natürliche Überlegenheit der Rovedocks verlassen. Er war zwar stark, aber Jofferty war ein Mann der Muschelbänke.

»Sarah, greifen Sie mal in meine Gesäßtasche, und geben mir die Handschellen, ja? Meine Frau liegt mir immer in den Ohren, weil ich sie auch in Zivil mit mir herumschleppe. Behauptet, sie reißen mir die Taschen kaputt. Aber ich sage immer zu ihr, man kann nie wissen, wann man sie braucht. Halt still, du Mistkerl! Ich muß dir deine Rechte vorlesen.«

Jofferty hatte alle Formalitäten beendet, Sarah beauftragt, den Polizeichef zu benachrichtigen, und war gerade dabei, Bradleys Füße mit dessen eigener eleganter Seidenkrawatte zu fesseln, als Max Bittersohn zurückkam, einen Teller, der mit Aluminiumfolie abgedeckt war, in der Hand.

»Miriam hat mir ein bißchen Bubka mitgegeben. Wo ist denn Sarah überhaupt? Was zum Teufel ist hier los?«

»Genau das versuche ich auch die ganze Zeit schon herauszufinden«, erwiderte Appie Kelling mit ungewohnter Arroganz. »Bradley und ich hatten gemeinsam beschlossen, daß es das Beste sei, wenn er Sarah heiratet und sie wieder zur Vernunft bringt.

Jetzt muß ich mitansehen, wie er derart grob und brutal mißhandelt wird. Ich vermute, dieser Mensch da ist einer Ihrer Handlanger?«

Sarah kam von ihrem Telefonanruf zurück. »Er ist Polizist und nimmt Bradley wegen Mordes fest.«

»Oh, aber es war doch Miffy, die Alice B. umgebracht hat«, rief Appie. »Sie hat es mir selbst erzählt. Ich habe schon überlegt, ob ich es jemandem sagen soll oder nicht, aber es schien mir so gefühllos, ihren Namen zu beschmutzen, jetzt, wo sie so schrecklich dafür gesühnt hat –«

»Einen Moment mal«, sagte Jofferty. »Falls diese Dame eine Aussage zu machen hat, spricht sie besser mit dem Chef. Kommt er, Sarah?«

»Ja, er sagt, er wäre gleich hier, und er bringt noch ein paar Männer und einen Streifenwagen für Bradley mit.«

»Einen Streifenwagen?« stieß Appie hervor. »Du meinst doch nicht etwa einen richtigen Streifenwagen von der Polizei? Sarah! Ich verstehe überhaupt nichts mehr!«

»Tante Appie«, sagte Sarah verzweifelt. »Warum gehst du nicht in die Küche und machst uns einen schönen Tee und ein paar Scheiben gebutterten Toast?«

»Nun ja, Liebes, wenn du wirklich möchtest, daß ich –«

»Es wäre mir eine große Hilfe.«

Das überzeugte Appie. Sie eilte schnurstracks in Richtung Küche.

»Also dann«, sagte Jofferty, »ich denke, wir können uns genausogut hinsetzen, während wir auf den goldenen Wagen warten, wie es so schön im Lied heißt.«

»Ich bestehe darauf, mit meinem Anwalt zu sprechen«, sagte Bradley.

»Sie dürfen eigentlich erst dort anrufen, wenn Sie offiziell verhaftet worden sind, aber hol's der Teufel, wenn Sarah nichts dagegen hat, soll es mir egal sein. Kommen Sie mit, und machen Sie bloß keine Faxen, wenn Sie keinen gebrochenen Arm haben wollen.«

Jofferty band Bradleys Füße wieder los, packte seine Arme mit den Handschellen mit geübtem Polizeigriff und führte ihn in die Diele. Sarah nutzte die Gelegenheit, Max eine kurze Zusammenfassung der Ereignisse zu geben, die sich während seiner Abwesenheit zugetragen hatten.

211

Max schien nicht überrascht zu sein. »Ich hatte bereits Nachforschungen über Rovedock angestellt«, teilte er ihr mit. »Wenn jemand so viel Zeit damit verbringt, überall herumzureisen, und niemals versucht, Farbdias von seinen Reisen vorzuführen, macht er sich bei mir automatisch verdächtig. Du kennst wirklich merkwürdige Leute, *Kätzele*.«

»Das hat Bradley mir eben auch zu sagen versucht.«

Sie kuschelte sich an ihn. »Jetzt, wo ich Bradley Rovedock ruiniert habe, bin ich wenigstens die Yachtclub-Clique los – oder vielmehr das, was davon noch übrig geblieben ist. Ich würde mich schrecklich fühlen wegen Bradley, wenn er nicht versucht hätte, dir alles in die Schuhe zu schieben. Und wenn er mich nicht gefügig genannt hätte.«

»Du und gefügig?« schnaubte Max. »Ich könnte ihm da ein paar Dinge erzählen.«

Er begann, sein Gedächtnis aufzufrischen, doch sie schob seine Hand weg. »Da kommt Polizeichef Wilson. Willst du etwa, daß ich wegen Exhibitionismus verhaftet werde?«

»Da hast du es ja!«

Widerwillig nahm Max von weiteren Nachforschungen Abstand und ging die Tür öffnen. Wilson sah verständlicherweise sehr zufrieden aus.

»Hab' gehört, ihr habt ein Geschenk für mich, Leute.«

»Allerdings«, antwortete Sarah. »Sergeant Jofferty war übrigens einfach großartig. Er hat mir sogar das Leben gerettet, also seien Sie bitte nicht böse, weil er Beweismaterial zurückgehalten hat, indem er Ihnen nichts von dem Spiegel aus Bilbao erzählt hat. Max und ich haben ihn überhaupt erst dazu überredet.«

»Moment mal, am besten, ich schreibe mir das alles erst einmal auf.«

Der Polizeichef zückte sein Notizbuch. Jofferty führte seinen Gefangenen wieder zurück ins Wohnzimmer.

»Möchten Sie eine Aussage machen, Rovedock?«

»Ich sage lediglich, daß ich Sie wegen Freiheitsberaubung belangen lasse, sobald diese lächerliche Farce ein Ende hat.«

Eskortiert von mehreren Beamten begab sich Bradley Rovedock schließlich gelassen zu dem wartenden Streifenwagen.

»Menschenskind, hat der Mann Nerven!« kommentierte Jofferty. »Sarah, wo ist Ihre Tante hin? Sie wollte uns doch noch etwas erzählen.«

212

»Einen Moment, ich hole sie.«

Sarah ging in die Küche und fand Tante Appie bis zu den Knien in Mehl.

»Es tut mir ja so leid, Liebes. Es gab nicht genug Brot, um für so viele Personen Toast zu machen, da habe ich gedacht, ich könnte genausogut einen Schwung Plätzchen backen. Aber irgendwie ist mir die Mehldose – «

»Das macht doch überhaupt nichts. Komm lieber mit, Polizeichef Wilson möchte mit dir reden. Warte, ich bürste dir noch schnell das Mehl ein bißchen aus den Sachen, sonst hinterläßt du überall Spuren im Haus. Bist du so lieb und trittst dir die Füße hier auf der Matte ab?«

»Aber natürlich, Liebes.«

Appie säuberte sich mit großer Energie die Schuhe. »So, das hätten wir, jetzt bin ich wieder entmehlt. Aber mein Haar ist bestimmt noch – «

»Mach dir deswegen keine Sorgen. Abigail Adams hat sich das Haar auch immer gepudert, warum solltest du es also nicht ebenfalls tun?«

»Wie interessant. Ich habe nie gewußt, daß die liebe Abigail sich das Haar gepudert hat. Ich dachte immer, es wäre einfach ergraut, weil sie es bei John aushalten mußte.«

Sarah ließ sich auf keine Diskussion ein, weil sie sich ehrlich gesagt gar nicht genau erinnern konnte, ob die liebe Abigail sich nun wirklich das Haar gepudert hatte oder nicht, sondern schob ihre Tante einfach ins Wohnzimmer.

Appies erste Worte lauteten: »Aber wo ist denn Bradley? Chief Wilson, ich möchte mich bei Ihnen über diesen Mann hier beschweren.«

Dabei zeigte sie auf Jofferty. »Ich habe persönlich mit angesehen, wie er unseren lieben Freund Bradley Rovedock tätlich angegriffen hat.«

»Ich werde es notieren, Ma'am«, sagte Wilson. »Aber man hat mir gesagt, daß Sie uns etwas darüber mitzuteilen haben, daß Miss Tergoyne ihre Freundin Alice Beaxitt ermordet habe. Sie hat es Ihnen also gestanden?«

»Ich weiß eigentlich nicht, ob man es als Geständnis bezeichnen kann. Jedenfalls ist es kein Geständnis im üblichen Sinn. Um ganz ehrlich zu sein, Miffy war zu dem besagten Zeitpunkt nicht ganz sie selbst.«

Wilson kratzte sich mit seinem Kugelschreiber das Kinn. »Am besten berichten Sie mir so genau wie möglich, was Miss Tergoyne gesagt hat.«

»Lassen Sie mich nachdenken. Miffy fing damit an, daß sie über Alice B. herzog, weil sie angeblich immer zuviel redete. Daran habe ich auch gemerkt, daß etwas nicht stimmte, wissen Sie, denn normalerweise hat Miffy Alice B. immer gedrängt, mehr zu erzählen. Alice B. hatte auch wirklich so eine witzige Art, sich auszudrücken, selbst wenn ich manchmal den Eindruck hatte, daß ein bißchen mehr Nachsicht auch ganz gut wäre – aber wie dem auch sei.«

»Warum hat Miffy, ich nehme an, damit meinen Sie Miss Tergoyne, denn geglaubt, ihre Freundin rede zuviel?«

»Weil sie der Meinung war, man habe sich deshalb nicht auf sie verlassen können.«

»Und wen hat sie mit ›man‹ gemeint?«

Appie zögerte. »Sie hat Bradley erwähnt, aber ich bin sicher, Miffy wollte damit bestimmt nicht sagen –«

»Mrs. Kelling, es ist nicht unsere Aufgabe zu entscheiden, was Miss Tergoyne gemeint hat. Ich möchte lediglich wissen, was sie gesagt hat. Bitte versuchen Sie, sich an den genauen Wortlaut zu erinnern –«

»Du liebe Zeit, mein armes altes Gehirn ist nicht – wäre es nicht fair, wenn ich zuerst noch einmal das Band anhören könnte, um mein Gedächtnis ein wenig aufzufrischen?«

»Das Band? Heiliger Strohsack, Sie wollen doch damit nicht etwa sagen, daß Sie das Gespräch auf Band aufgenommen haben?«

»Ich versichere Ihnen, daß dabei alles korrekt vor sich gegangen ist. Mein Motiv war völlig altruistisch und humanitär. Um ganz offen zu sein, und ich sehe ein, daß mir in diesem Fall wohl keine andere Wahl bleibt, die arme Miffy hatte die Gewohnheit, sich weitaus öfter dem Alkohol hinzugeben, als ihr gut tat. Das soll natürlich keineswegs bedeuten, daß ich irgend etwas gegen ein feuchtfröhliches Beisammensein unter Freunden einzuwenden hätte, doch als ich sah, welche Unmengen von Gin Miffy im wahrsten Sinne des Wortes in sich hineinschüttete – Sie müssen wissen, ich habe mich um sie gekümmert, nachdem die liebe Alice B. auf so tragische Weise – jedenfalls war mir klar, daß hier etwas geschehen mußte.«

Mrs. Kelling strich ihren Rock glatt und ließ dabei eine kleine Mehlwolke aufsteigen. »Wahrscheinlich wissen Sie nicht, daß ich über beträchtliche Kenntnisse im medizinischen Bereich verfüge. Mein Ehemann war viele Jahre lang leidend. Folglich hat er sich umfassend – und du kannst bestätigen, daß ich nicht übertreibe, nicht wahr, Sarah? – über sämtliche Krankheiten und neuen Behandlungsmethoden und all das informiert und alles immer genauestens mit mir besprochen. Ich will damit nicht sagen, daß er an dem traurigen Leiden der armen Miffy litt, verstehen Sie. Mein Gatte war stets ein enthaltsamer Mann. Nur ein oder zwei Glas Guinness zum Mittagessen, weil Guinness so gesund ist, wissen Sie, und ein kleines Gläschen Port nach dem Abendessen, damit er besser einschlafen konnte. Und einen Schuß Brandy in seine Egg-Noggs. Aber ich schweife sicher ab, nicht wahr?«

»Nun ja – «

»Ich weiß schon. ›Weg mit dem Geschirr und ran an die Pferde‹, wie der liebe alte Sam immer so schön sagte. Jedenfalls kann ich mich daran erinnern, daß er mir von einigen Leuten erzählt hat, die vom Alkoholismus geheilt wurden, weil jemand sie gefilmt hat, als sie betrunken waren, und ihnen die Filme gezeigt hat, als sie wieder nüchtern waren, so daß sie mit eigenen Augen sehen konnten, wie albern sie sich benahmen. Ich konnte natürlich keine Bilder von Miffy machen, aber ich hatte meinen Kassettenrecorder dabei, also habe ich angenommen, eine Bandaufnahme wäre vielleicht genauso gut.«

»Würde es Ihnen etwas ausmachen, uns zu erklären, wieso Sie den Kassettenrecorder zufällig zur Hand hatten, Mrs. Kelling?«

»Nur, wenn Sie versprechen, nicht zu lachen.«

»Nichts läge uns ferner«, versicherte Wilson.

»Na dann – aber bitte auch nicht kichern! Ich lebe nämlich in Cambridge. Zuerst lag unser Haus in einer hübschen, ruhigen Wohngegend, aber man kennt das ja, wie das in den großen Städten so ist. Mit den Jahren nimmt der Verkehr immer mehr zu, bis man sich an den Lärm so sehr gewöhnt hat, daß man ihn gar nicht mehr wahrnimmt, bis er nicht mehr da ist, wenn Sie wissen, was ich meine. Wenn ich also nach Ireson's fahre, geht mir die Ruhe hier so sehr auf die Nerven, daß ich nicht mehr schlafen kann. Natürlich kann man sich darüber kaum bei seiner Gastgeberin beklagen, daher habe ich mir eine Kassette mit unseren vertrauten Straßengeräuschen aus Cambridge aufgenommen und mitgebracht. Ich besitze einen dieser kleinen Ohrstöpsel, damit ich niemanden störe, und spiele mir das Bremsengekreisch, das Hupen und Auspuffknallen vor, bis ich schließlich entspannt einschlafe. Es klappt einfach immer.«

Sie strahlte ihn an und fügte hinzu: »Das mit den Plätzchen tut mir wirklich leid.«

Klugerweise versuchte Polizeichef Wilson nicht, die letzte Bemerkung zu verstehen. »Aber Sie haben bei unserem letzten Gespräch gesagt, Sie hätten eine unruhige Nacht gehabt.«

»Nun, das Band ist nur 30 Minuten lang, wissen Sie, und man kommt sich doch etwas albern vor, wenn man es die ganze Nacht immer wieder zurückspult.«

»Ich verstehe. Sie haben die Kassette nicht zufällig bei sich?«

»Doch, das habe ich. Irgendwo hier in meiner Tasche. Ach ja, hier ist sie schon.«

Sie kramte in ihrer Riesentasche und zog schließlich einen kleinen, billigen Kassettenrecorder heraus. »Ehrlich gesagt, war mir nicht ganz wohl dabei, ihn in Miffys Haus zu lassen, während Pussy da war. Ich habe vollstes Verständnis für gesunde Neugier, ich selbst bin nicht frei davon, doch der Gedanke, daß Pussy meine Kassette anhören könnte, hat mir nicht sehr zugesagt. Aber da Sie hier die zuständige Autorität sind, voilà!«

Wilson nahm das kleine schwarze Gerät und sah ein klein wenig belustigt aus. »Ich brauche also lediglich auf diesen Knopf zu drücken, und schon haben wir das Geständnis.«

»Wenn Sie es so nennen wollen. Sie schwatzt nur so daher, wissen Sie. Aber der Teil, in dem sie davon spricht, wie sie Alice B. mit der Axt erschlagen hat – es hätte mir wirklich nicht sehr behagt, wenn Pussy – aber ich dachte mir, irgend jemand – es ist so nett von Ihnen, daß Sie mir diese Verantwortung von meinen Schultern nehmen. Herrje, ich habe ja immer noch keinen Tee aufgesetzt, nicht?«

»Das macht doch nichts«, sagte Wilson. »Meine Güte, Bittersohn, ich wünschte, Ihr Onkel wäre hier. Würde ein Richter so etwas wie das hier als Beweismaterial zulassen? Ein heimlich aufgenommenes Gespräch –«

»Heimlich war es nun ganz und gar nicht«, unterbrach Appie ein wenig verärgert. »Sie glauben doch nicht im Ernst, daß ich eine – wie heißt das komische Wort doch gleich? – Wanze in Miffys Schlafzimmer angebracht habe? Ich habe ihr vorher klar und

deutlich erklärt, was ich vorhatte, und auch meine Gründe darge-
legt.«

Polizeichef Wilson drückte auf den Startknopf. Lautes Sirenen-
geheul schrillte aus dem Apparat.

»Oh, das ist mein Verkehrslärm. Sie müssen die Kassette um-
drehen. Ich hatte nur diese eine Kassette dabei, wissen Sie, daher
habe ich die andere Seite bespielt. Am besten, Sie spulen das
Ganze zurück, dann können Sie auch mich sprechen hören. Ich
bin ganz am Anfang.«

Wilson machte sich ein oder zwei Minuten an dem Apparat zu
schaffen, dann ertönte Appie Kellings Stimme, gravitätisch und
etwas blechern.

»Also Miffy, laß dir von mir erklären, daß ich jetzt meinen Kassettenrecorder angeschaltet habe, weil ich möchte, daß du dir an-
hörst, welchen Unsinn du redest. Ich mache dies aus therapeuti-
schen Gründen, in der Absicht, dir zu helfen, deinen unmäßigen
Konsum an alkoholischen Getränken einzudämmen.«

»Mein Gott, du blökst ja wie ein Schaf!«

Die Stimme klang lallend, doch sie gehörte eindeutig Miffy.
»Glaubst du etwa, daß ich mich auch nur einen Deut darum
schere, was du tust? Brauchst dir gar nicht einzubilden, daß du
jetzt hier einziehen kannst, um mich so auszunehmen, wie Alice
es getan hat. Hab' ihr immer all das verdammte Zeug gegeben,
das sie wollte. Kleider, Kochbücher, den ganzen verfluchten
Mist. Auf einmal fing sie an, mehr zu wollen. Hat ihren Anteil
verlangt. Da hab' ich ihr eben mehr gegeben, genau das, was sie
verdient hat. Hat mich 'ne Axt und das Geld für die Reinigung
gekostet, aber es hat Heidenspaß gemacht! Ruck, zuck! Das
war's! Ihr Gehirn is' über den ganzen Teppich gespritzt. Wußte
gar nicht, daß ich so fest zuschlagen kann! Steckt doch noch Leben in dem alten Mädchen, was, Appie?«

»Solange es Leben gibt, gibt es auch Hoffnung.« Appies
Stimme klang verwirrt. »Miffy, du kannst doch unmöglich – «

Miffy klang nicht so, als ob sie Appie mehr Aufmerksamkeit
schenkte als sonst. »Brad soll für die Axt zahlen. Das mit dem
vorgetäuschten Diebstahl war seine Idee. Wollte die Sache Sarahs
Judenfreund anhängen. Ab in die Gaskammer mit ihm! Wo sie
alle hingehören. Aber er soll mir bloß meinen Spiegel aus Bilbao
heil zurückbringen, sonst nagel' ich ihn an die Wand. Er weiß
genau, daß ich dazu imstande bin. Wollte zuerst bei den Dieb-

stählen nicht mitmachen. Erschien ihm nicht ehrenwert. Na!
Wann war jemals ein Rovedock ehrenwert? Ne Schiffsladung halb
voll Missionare und halb voll Rum, das paßte zu ihnen. Haben
Riesengeschäfte mit Opium gemacht. Was man zu Hause nicht
weiß, macht keinen heiß. Typisch Brad. Halb Missionar, halb – «

»Bradley Rovedock? Also Miffy, du merkst doch sicher auch,
daß der Gin aus dir spricht. Wenn ich dir jetzt vorspiele, was du
gerade alles gesagt hast – «

»Jetzt hör schon auf, Appie. Paß lieber auf deine Nichte auf,
wenn du dich unbedingt nützlich machen willst. Der alte Brad will
sich die kleine Sarah nämlich an Land ziehen. Kann die Finger
nicht von den Mädels lassen, hat er nie gekonnt. Damit hab' ich
ihn auch in die Enge getrieben. Alice hat es spitzgekriegt. Gott
allein weiß, wie viele es waren. Willkommen an Bord, Süße. Nach
Hause kannst du dann schwimmen. Erst machst du's mir, dann
raus mit dir. Wird aber bald langweilig. Genau wie bei mir.
Darum hab' ich mir auch die Sache mit den Diebstählen ausgedacht. Ist immer so schrecklich öde hier, wenn die Saison vorbei
ist.«

Wilson schaltete den Recorder aus. »Ich glaube, wir haben fürs
erste genug gehört. Sie haben sich sehr klug und umsichtig verhalten, Mrs. Kelling.«

»Tatsächlich?«

Appie klang überrascht. »Wenn doch nur mein Mann das noch
erlebt hätte und das gehört hätte! Sarah, Liebes, die Sache mit
dem Mehl auf dem Küchenfußboden – «

Sarah erholte sich allmählich wieder von ihrem Schock und
lehnte sich zu ihrer Tante hinüber, um ihr einen Kuß zu geben.
»Vergiß doch das Mehl endlich. Merkst du denn nicht, daß du
jetzt eine richtige Heldin bist?«

»Wer? Ich? Aber ich habe doch nur helfen wollen, so gut ich
eben konnte. Ich bedaure zutiefst, daß ich nie dazu gekommen
bin, Miffy das Band vorzuspielen. An dem Morgen vor der Beerdigung schien es mir reichlich unpassend, und danach war es zu
spät.«

»Mach dir bloß keine Vorwürfe. Wenn Miffy jemals in nüchter-
nem Zustand gehört hätte, was du aufgenommen hast, wäre es für
dich zu spät gewesen.«

»Du übertreibst bestimmt, Liebes. Aber wenn ich daran denke,
was sie über Alice B. gesagt hat – trotzdem, sie hätte bestimmt

nicht zweimal eine Teppichreinigung bezahlen wollen, meinst du nicht?«

Appie beobachtete besorgt, wie Polizeichef Wilson das wertvolle Beweisstück in einen Umschlag steckte, diesen verschloß und mit äußerster Sorgfalt in die Innentasche seiner Uniformjacke schob.

»Aber kann ich denn jetzt nicht meine Kassette zurückbekommen? Wie soll ich bloß heute nacht ohne meinen Verkehrslärm einschlafen?«

Sarah hatte eine Eingebung. »Tante Appie, wäre es dir vielleicht lieber, wenn du einfach heim nach Cambridge fahren und die Nacht in deinem eigenen Bett verbringen könntest?«

»Oh, Sarah, wäre das möglich? Du kannst dir gar nicht vorstellen, wie sehnsüchtig ich – obwohl hier alle so lieb zu mir waren – und ich habe doch auch wirklich versucht zu helfen.«

»Du hast bereits mehr für uns getan, als du dir überhaupt vorstellen kannst. Ich bin sicher, daß Chief Wilson derselben Meinung ist.«

»Ganz bestimmt, Mrs. Kelling. Ich stelle Ihnen auf der Stelle eine Empfangsbestätigung für die Kassette aus. Später benötige ich von Ihnen zwar noch einige Aussagen, und wahrscheinlich werden Sie bei Rovedocks Prozeß als Zeugin auftreten müssen, doch es besteht kein Grund für Sie, sich heute nacht in Ireson Town aufzuhalten. Einer meiner Männer kann Sie heimfahren. Oder vielleicht möchte Mr. Bittersohn Sie auch nach Hause fahren, jetzt, wo Sie ihm aus der Patsche geholfen haben.«

»Es gibt nur eine Sache, die ich lieber täte«, sagte Max. »Kommen Sie, Tante Appie, wir holen Ihr Gepäck.«

Kapitel 23

»Also, Chef«, sagte Jofferty, »wenn Sie mich nicht mehr brauchen, mache ich mich am besten auf die Socken und bringe meiner Frau die Muscheln. Sie hat bestimmt schon eine Riesenwut auf mich.«

»Sie können sie doch von hier anrufen und ihr erklären, was Sie aufgehalten hat«, schlug Sarah vor.

»Vielen Dank. Das mache ich. Dann kann sie sich etwas abkühlen, bevor ich komme.«

Jofferty begab sich zum Telefon. Polizeichef Wilson verstaute gerade sein Notizbuch, als Lionel ins Haus stürmte und mit einem Stück zerfetzten Metall in der Luft herumfuchtelte.

»Wir haben eine Spur gefunden«, keuchte er. »Schau mich nicht so an, Sarah. Mein Posten ist trotzdem besetzt. Vare ist zu uns zurückgekehrt. Ohne Tigger, sollte ich vielleicht hinzufügen. Sie hat entschieden, daß die alternative Selbstverwirklichung doch nicht ihr Bier ist.«

»Das hatte ich mir beinahe gedacht«, sagte Sarah und dachte an Miffys Testament. »Was habt ihr denn gefunden?«

»Woody hat die eigentliche Entdeckung gemacht. Er hat sich dabei eine geringfügige Verletzung zugezogen, die ich mittels meines Erste-Hilfe-Kastens ganz nach Anweisung der maßgeblichen medizinischen Notfallvorschriften verarztet habe. Er und Frank widmeten sich gerade einer spannenden Freizeitgestaltung am Anlegesteg.«

»Mit anderen Worten, Lionel, sie trieben Unfug«, dolmetschte Sarah. »Und Frank schubste Woody ins Wasser, wo er sich an diesem Ding den Fuß verletzt hat. Was ist es denn überhaupt?«

»Die Überreste eines Zylinders von zehneinhalb Zentimeter Länge, aus dünnem Messing und mit haargenau demselben Innendurchmesser wie eine Geschoßhülse Kaliber zwölf, wie man sie für Schrotflinten verwendet.«

220

»Ach ja?«

»Offenbar bist du dir nicht bewußt, Sarah, daß die Patronenhülse, die normalerweise bei einer Signalpistole benutzt wird, auch eine Geschoßhülse Kaliber zwölf ist. Natürlich eine Platzpatrone. Es besteht allerdings keinerlei Grund, warum ein Objekt wie dieses nicht ebenfalls in die Hülse eingeführt worden ist und dann mit der Signalpistole abgefeuert wurde.«

»Und warum sollte das jemand tun?«

»Man könnte annehmen, daß du ein bißchen mehr auf Draht wärst, wie meine Söhne sich ausdrücken würden. Um das Bootshaus in Brand zu setzen, selbstverständlich. An diesem Metall sind Spuren von Chemikalien. Ich bezweifle keinen Augenblick, daß es als Gehäuse für irgendeinen Brandsatz gedient hat. Ich verfüge momentan nicht über die notwendigen Geräte, um die Spuren zu analysieren, doch ich bin ganz sicher, daß man sie im Polizeilabor ganz leicht identifizieren kann. Lange Rede, kurzer Sinn, Sarah, während du uns mit derartig unfairen Beschuldigungen überschüttet hast, weil du glaubtest, wir hätten das Bootshaus angezündet, hast du übersehen, daß wir in Wahrheit unter Beschuß standen. Wie du dich vielleicht erinnerst, fanden an dem betreffenden Tag Probewettfahrten für die Regatta statt. Ich selbst habe später ebenfalls daran teilgenommen.«

»Jetzt fällt es mir wieder ein«, gab Sarah zu. »Max und ich haben einen Startschuß gehört, als wir zu Mittag gegessen haben. Und Bradley Rovedock hat ihn von der Perdita aus abgefeuert, weil er zu fair war, an der Regatta teilzunehmen, da allgemein bekannt war, daß er das schnellste Boot hatte.«

»Es stimmt zwar, daß Bradley die Regatta gestartet hat«, pflichtete Lionel ihr bei, »doch die Tatsache, daß er den Startschuß abgegeben hat, widerlegt meine Theorie keinesfalls. Die Vorrichtung kann auch ohne sein Wissen in die Signalpistole eingesetzt worden sein.«

»Ich bin sicher, daß dies nicht der Fall war. Du weißt es noch nicht, aber Bradley ist eben festgenommen worden, weil er Miffy ermordet hat. Die brillante Detektivarbeit deiner Mutter hat ihn überführt.«

»Meiner Mutter?«

Lionels Augen wurden vor Erstaunen immer größer und begannnen vor freudigem Stolz zu glänzen. Vielleicht war es tatsächlich reine Sohnesliebe. Vielleicht erinnerte er sich aber auch wie Vare daran, daß Appolonia Kelling Kelling eine von Miffys Erbinnen war.

Sarah hielt es für besser, ihn nicht darauf anzusprechen, wie heftig das Testament von diversen alten Bekannten angefochten werden würde, in deren Häuser Miffy hatte einbrechen lassen, weil sie sich außerhalb der Saison langweilte. Warum sollte sie auch die Begeisterung dämpfen, mit der Lionel auf seine Mutter zueilte und sie in seine Arme schloß?

»Mutter, ich bin ja so stolz auf dich!«

»Oh, mein Sohn!«

Appie vergoß einen Moment lang Tränen des Glücks in den Armen ihres Sohnes und trocknete sich dann mit einem Papiertaschentuch ihre imposante Nase. »Aber sag mir doch bitte, Lieber, warum Bradley Sarahs Bootshaus abbrennen wollte.«

»Ehrlich gesagt, Mutter, ich habe keine Ahnung.«

»Ich denke, ich kenne den Grund«, sagte Max Bittersohn. »Ich habe nämlich unter anderem herausgefunden, daß Bradley Rovedock zur Geschäftsführung der High-Street-Bank gehört. Das Feuer im Bootshaus war zweifellos ein weiterer Versuch, Sarah zu ruinieren. Als nächstes hätte er wahrscheinlich dieses Haus hier niedergebrannt. Das würde auch erklären, warum er sich am Tag unserer Ankunft an den Lichtschaltern zu schaffen gemacht hat, um schadhafte Kabel vorzutäuschen, damit später keiner auf die Idee kommen würde, daß es sich um Brandstiftung handeln könnte. Dann hätte Sarah wirklich Schwierigkeiten mit der Bank bekommen, und er wäre entweder zu ihrer Rettung herbeigeeilt oder hätte ihr die Daumenschrauben angelegt, bis sie ihm endlich verzückt in die Arme gesunken wäre.«

»Das hätte ich nie getan!« protestierte Sarah.

»Rovedock hat aber damit gerechnet. Ich vermute, er hat immer alles bekommen, was er wollte. Warum sollte er es also nicht auch bei dir versuchen?«

»Besonders, wo er mich offenbar als so ein gefügiges, braves Mädchen in Erinnerung hatte«, mußte Sarah zugeben. »Deshalb wollte er mich auch vergiften, als er feststellen mußte, daß sein Plan nicht funktionierte.«

»Er wollte dich vergiften, sagst du?«

»Oh, habe ich dir das noch nicht erzählt? Er hatte die Phiole schon in der Hand, als Sergeant Jofferty auf ihn losgegangen ist.«

»Mein Gott!«

»Du liebe Zeit«, sagte Tante Appie. »Ich fühle mich so – Lionel, mein Lieber, würde es dir sehr viel ausmachen, wenn ich heute abend schon zurück nach Cambridge fahren würde?«

»Überhaupt nichts, Mutter, wenn das dein Wunsch ist. Da fällt mir übrigens etwas ein«, Lionels Augen glänzten noch mehr. »Weißt du was? Wir lassen die Jungen hier bei Vare. Das wird ihre mütterlichen Gefühle intensivieren und ihr zeigen, wie richtig ihre Entscheidung war, wieder in ihre natürliche Rolle zurückzuschlüpfen. Und ich fahre dich persönlich nach Cambridge. Wir beide ganz allein, Mummy, dann können wir die ganze Nacht gemütlich in unseren beiden behaglichen Schlafzimmern verbringen, genau wie in alten Zeiten.«

Ohne mit der Wimper zu zucken, trug er sogar das Gepäck seiner Mutter freiwillig zu seinem Kleinbus.

»Größere Liebe hat nie ein Sohn gezeigt«, bemerkte Sarah, als die beiden fort waren. »Max, ist dir schon aufgefallen, daß wir jetzt ganz allein sind?«

»Tatsächlich. So, so. Und wie soll ich das verstehen?«

Sie schmiegte sich an ihn. Ihre rechte Hand bewegte sich verstohlen nach oben und öffnete die obersten Knöpfe seines Hemdes. »Hättest du vielleicht Appetit auf was Scharfes?« murmelte sie.

»Jetzt nicht, du lüsternes Frauenzimmer. Zieh dir lieber schnell etwas Unbequemes an.«

»Aber warum das denn? Max, Liebling, wir haben den Krieg gewonnen. Es herrscht Frieden.«

»Das glaubst auch nur du, Baby. Die letzte Schlacht steht uns noch bevor. Ich möchte dich nämlich meiner Mutter vorstellen.«

Nachwort

» Wo um Himmels willen kommt denn bloß dieser Spiegel her?« Nur selten gelingt es einem Detektivroman, derart gelungen mit der Tür ins Haus zu fallen und die entscheidende Frage des Romans gleich im ersten Satz zu stellen. Der Spiegel, den Sarah Kelling Kelling noch nie zuvor in der Diele ihres alten Landhauses in Ireson's Landing gesehen hat, kommt aus Spanien, wie ihr Mieter und Freund Dr. Max Bittersohn als Kunstexperte sogleich weiß – aber das muß über 200 Jahre her sein. Das Problem, wie diese kostbare, zerbrechliche und daher äußerst seltene Antiquität jetzt so plötzlich ins Kellingsche Sommerhaus kommt und was sie dort zu suchen hat, wird zum entscheidenden »Clue« des Romans, zum Fadenknäuel der Ariadne, das zunächst in ein Labyrinth hinein-, dann aber am Schluß auch wieder hinausführt, nachdem das Ungeheuer im Herzen des Labyrinths zur Strecke gebracht wurde. Die Antwort auf Sarahs Frage im allerersten Satz ist es, die alle Rätsel des Romans lösen wird.

Die sogleich herbeigerufene Polizei vermutet einen Zusammenhang mit der Einbruchserie, die den kleinen Ort seit längerem beunruhigt und bei der vor allem wertvolle Kunstwerke und exquisite Antiquitäten gestohlen werden.

An sich wollten Sarah und Max ja ruhige Wochen auf dem Sommersitz mit dem riesigen Grundstück direkt am Atlantik verbringen, Max sittsam im alten Kutscherhaus und Sarah im Haupthaus. Dieser Urlaub sollte ihrer Beziehung zugute kommen und vor allem Sarah helfen, nur sieben Monate nach dem gewaltsamen Tod ihres älteren, gütigen und von ihr hochverehrten Ehemanns ihre Gefühle für Max zu klären. Doch inzwischen sind die beiden, wie es Seriendetektiven nun einmal zu geschehen pflegt, auf Morde abonniert, die auch nicht auf sich warten lassen und die mit einem weiteren Kunstdiebstahl zu tun haben. Genau das aber ist das Spezialgebiet des Kunsthistorikers Bittersohn – er arbeitet als Detektiv auf dem weiten Feld der Fälschungen, der manipulierten steuersparenden Stiftungen, des Kunstraubs und des Versicherungsbetrugs. Wenn ihm hier ein Fall wortwörtlich auf die Schwelle des Hauses seiner angebeteten Sarah gelegt wird, ist er natürlich auf den Plan gerufen.

Aber die unerwartete und sicher unrechtmäßige Bereicherung um einen wertvollen Spiegel und ein brutaler Mord in der folgenden Nacht sind nicht die einzigen Störungen für das keimende junge Glück. Wieder einmal gewinnen wir, wie schon in den früheren Bänden der »Boston«-Serie Charlotte MacLeods, neue Einsichten in das Leben der »Bostoner Brahmanen«, der Yankee-Aristokraten Neuenglands, deren Vermögen und verwandtschaftliche Beziehungen bis in koloniale Zeiten zurückreichen. Der boshafte Ausspruch, sie verfügten zwar über eigentümliche Sitten und Gebräuche, nicht aber über Manieren, scheint gerechtfertigt. So kommt ihre selbstverständliche Gastfreundschaft nicht etwa von Herzen, sondern ist die unvermeidliche Folge des abnormen Geizes in diesen Kreisen. Wer in einem großen Haus lebt, muß ständig mit Schlafgästen rechnen, die bei allen Gelegenheiten, an denen die großen Clans zusammenkommen, Hotelkosten sparen wollen; wer – wie Sarah – ein großes Grundstück am Meer besitzt, lädt unfreiwillig zum Camping ein: Kaum ist sie einen Tag in ihrem Haus, stellt sich ihr Vetter Lionel mit seinen vier dicht nacheinander geborenen und nach den jeweils neuesten und rasch wechselnden Methoden unerzogenen Söhnen ein, um ein paar Dollar Campingplatzmiete zu sparen, obwohl er von seinem Vermögen leben kann. Daß Charlotte MacLeod sich diese Konstellation nicht entgehen lassen wird, um ein zwerchfellerschütterndes Durcheinander zu stiften, ahnt jeder, der Romane ihrer »Balaclava«-Serie kennt. Lionels ebenso gutmeinende wie nervenstrapazierende Mutter ist übrigens durch die ungebetene Intervention falscher Freunde schon Stunden nach Sarah ins Haus eingezogen, so wie Sarah einst mit ihren Eltern bei ihren späteren Schwiegereltern Ferientage verlebt hat.

Im Sommer besteht die Gesellschaft von Ireson Town aus drei verschiedenen Schichten: den Inhabern der Sommerresidenzen und Yachten mitsamt ihren meist stammverwandten Gästen, deren Mittelpunkt der Yachtclub bildet, der nach wie vor keine Juden und wohl auch keine emporgekommenen Iren wie die Kennedys aufnehmen würde, sowie den Ortsansässigen, die in dieser armen Gegend froh über die Verdienstmöglichkeiten sind, die die Feudalherren und -damen aus der Bostoner Oberschicht bieten, genauso wie die aus Boston für Sommerjobs anreisenden Studenten. Vertreter aus allen Schichten kommen als Verdächtige für die Kunstdiebstähle und die damit verbundenen Morde in Frage – Einheimische aber eher als Mittäter in Komplizenschaft mit einem Angehörigen aus der Brahmanen- oder der Studentenschicht, denn die Diebstähle sind die Taten eines exzellenten Kenners, der es versteht, immer nur das Feinste und Teuerste mitgehen zu lassen, und das sich protzig Anbietende verschmäht.

Sarah und Max befinden sich hier in einer eigentümlichen und ihre Beziehung belastenden Lage. Für Sarah ist Ireson's Landing seit ihrer Kindheit der Ort, wo sie sich in ihrem Leben am wohlsten gefühlt hat, und Max ist in dieser Gegend aufgewachsen. Die Einheimischen haben die jüdischen Zuwanderer des 20. Jahrhunderts längst akzeptiert; Max' Vater ist Arbeiter, sein Onkel Rechtsanwalt, sein Schwager betreibt die Tankstelle in Ireson Town. In Sarahs Kreisen jedoch kommen zwei Vorurteile massiv zusammen: Zum einen ist Dr. phil. Max Bittersohn für sie Sarahs »Freund von der Tankstelle«, zum andern ist er Jude. Ihn als Ehemann einer Kelling, die meist untereinander heirateten, um das Familienvermögen zusammenzuhalten, zu sehen, erscheint so problematisch wie vor 100 Jahren im märkischen Adel die Heirat der Tochter mit einem jüdischen Bankier. In Boston wird noch Wert auf Familie und Abstammung gelegt: Als eine Firma in Chicago einen Bostoner einstellen wollte und in Boston um Referenzen bat, sandte man ihr eine Aufstellung seiner Vorfahren und wichtigsten Verwandten. Die Antwort aus Chicago lautete: Eigentlich sollte er für uns arbeiten und nicht in der Zucht eingesetzt werden.

Dieses Denken in den Kategorien von richtiger Herkunft und guter, d. h. weiß-angelsächsisch-protestantischer – kurz »Wasp« genannter – Familie führt schließlich dazu, daß Max kurzerhand der Kunstdiebstähle und der Morde verdächtigt wird. Ist er nicht ausgewiesener Experte, kennt er nicht die Gegend, sind die Morde nicht unmittelbar nach seinem Einzug ins Kellingsche Kutscherhaus passiert? Als man dort in einem Geheimversteck unter der Treppe das Mordwerkzeug und eins der gestohlenen Bilder findet, wird er verhaftet, und es bedarf des anwaltlichen

Geschicks seines Onkels Jake, um ihn gegen Kaution freizube-kommen.

Diesmal sind sich alle einig – diese Ereignisse sind die Konse-quenz aus Sarahs Verlassen der eigenen, ihr allein angemessenen Sphäre. Ihr Clan und ihre Freunde denken so, aber Max' Familie nicht minder: Was nicht zusammengehört, sollte getrennt bleiben – kaum läßt sich Max mit einer Wasp-Freundin ein, landet er im Gefängnis. Sarahs Sicht der Dinge aber wird erschüttert. Daß Max es nicht war, ist ihr natürlich klar – aber wer ist für diesen absurden Versuch verantwortlich, ihm so massiv raffinierte Dieb-stähle und brutale Morde in die Schuhe zu schieben?

Man begegnet immer noch der Meinung, der klassische Detek-tivroman beruhe auf einer exakten Scheidung von »gut« und »böse«, und wenn der Täter entlarvt sei, sei die Welt wieder heil und in Ordnung. In Charlotte MacLeods »Balaclava«-Romanen ist dies in der Tat bisweilen so, in ihrer »Boston«-Serie nie. Sie ist ein klassisches Exempel dafür, was Richard Alewyn die »Zerstö-rung einer heilen Welt« genannt hat. Als Sarah mit Max im Fun-dament des im Zusammenhang mit den rätselhaften Ereignissen niedergebrannten Bootshauses die dort eingemeißelte Jahreszahl 1887 entdeckt, weiß sie, daß nach fast 100 Jahren eine Epoche zu Ende gegangen ist und daß die Dinge nie mehr sein werden, wie sie so lange waren.

Um Max' willen muß sie Mißtrauen gegenüber jedermann ent-wickeln, auch gegenüber den eigenen Verwandten und Bekann-ten. Wie schwer ihr das fällt, zeigt der Ausflug nach Little Nibble, wo die Ganlors noch die Ideale der Transzendentalisten aus dem 19. Jahrhundert hochhalten, die für das bessere Neuengland ste-hen: Wertschätzung des Geistigen, des »Idealistischen« gegen bri-tischen Skeptizismus und vor allem gegen den schnöden Materia-lismus. Hochachtung und Freundschaft verbinden die reichen neuenglischen Aristokraten mit diesen Vertretern des einfachen, des geistigen, des alternativen, des besseren Lebens – aber wer-den diese Werte tatsächlich noch geachtet? Von den Ganlors sicherlich – doch wie steht es mit der Yachtclub-Meute? Wie echt ist dort alles, was ist Fassade, die zusammenbrechen kann?

Charlotte MacLeod nutzt, wie schon in den früheren »Boston«-Romanen, den extremen Geiz der Yankee-Aristokraten zur Kon-struktion einer doppelbödigen Welt. Sarah mußte das im ersten Roman erfahren: Was sie selbst als Insider, als eine Kelling Kelling, für extreme Kellingsche Sparsamkeit gehalten hatte, entpuppte sich als bitterste Armut infolge von Erpressungen. Wie wirklich ist der Reichtum, dessen selbstverständlicher Ausdruck die Sommersitze und Landhäuser und Beacon-Hill-Residenzen sind? Steht es vielleicht damit so wie mit ihrem vornehmen Beacon-Hill-Haus oder ihrem Sommersitz – verpfändet und mit Hypotheken überlastet, jederzeit vom Zusammenbruch von einem Tag auf den anderen bedroht? Gibt es die Vermögen noch, aus denen die luxuriösen Yachten auf dem Atlantik finanziert werden? Sind die bitteren Klagen ihres Vetters Lionel, das Trocknen der Schlafsäcke im Waschsalon habe zwei Dollar und fünfundsiebzig Cent verschlungen, Yankee-Geiz oder wirklich Folge der schlechten Börsenkurse und der hausgemachten Familienkrise, über die er ständig klagt? Wie steht es mit den anderen Bekannten von Sarah, die alle klagen, bald im Armenhaus zu enden? Immerhin waren die beiden Mordopfer nicht nur Besitzer und Bewahrer von Kunstgegenständen, woran die Polizei im Zusammenhang mit der Diebstahlserie vor allem denkt, sondern auch ganz schlicht kinderlose, wohlhabende oder gar reiche Erblasser, mit denen fast jeder aus der Yachtclub-Clique verwandt oder verschwägert war – sogar Sarah selbst. Könnte da nicht einer der potentiellen Erben den Tod künstlich vorverlegt haben? Und wie steht es mit den rauhen, aber herzlichen Bediensteten, den Ortsansässigen, den seit Generationen treuen Lehns- und Gefolgsleuten? Könnte da nicht auch in der nachwachsenden Generation die einst selbstverständliche – selbstverständlich auch angemessen bezahlte – Loyalität verlorengegangen sein?

Der Detektivroman zeigt eine Welt, die durch Verbrechen und Morde fragwürdig wird, wortwörtlich Fragen über Fragen aufwirft. Sarah muß alle diese Fragen bejahen. Und nach dieser Probe wird diese friedliche Welt der Ferien, der Yachten und der Sommersitze nie mehr dieselbe sein.

Sarahs und Max' Beziehung übersteht die harte Probe, der sie unterworfen wird – soviel darf hier verraten werden. Vielleicht bringen sie die massiven Probleme sogar schneller zusammen als der friedliche Sommer, den sie für sich erhofft hatten. Doch wie wenig der Detektivroman von der Wiederherstellung einer heilen Welt erzählt, wird am Schluß deutlich. Sarah hat im heimischen Boston bei den diversen Onkeln, Tanten, Vettern und Cousinen des Kelling-Clans durchgesetzt, daß Max akzeptiert wird, bei den

Mitgliedern des Yachtclubs hat sie es diesen Sommer erkämpft. Aber das größte Problem bleibt noch auf der letzten Seite ungelöst: Wie bringt man der streng konservativen jüdischen Mutter von Max Bittersohn bei, daß ihre Schwiegertochter ausgerechnet eine angelsächsische Protestantin blauweißrotesten Blutes ist und ihre Enkel deshalb nach jüdischer Vorstellung keine Juden sein werden? Fragen über Fragen – sie zeichnen den Detektivroman aus.

Volker Neuhaus

DUMONT's Kriminal-Bibliothek

»Knarrende Geheimtüren, verwirrende Mordserien, schaurige Familienlegenden und, nicht zu vergessen, beherzte Helden (und bemerkenswert viele Heldinnen) sind die Zutaten, die die Lektüre zu einem Lese- und Schmökervergnügen machen. Der besondere Reiz liegt in der Präsentation von hier meist noch unbekannten anglo-amerikanischen Autoren.«

Neue Presse/Hannover

Band 1001	Charlotte MacLeod	**»Schlaf in himmlischer Ruh'«**
Band 1016	Anne Perry	**Der Würger von der Cater Street**
Band 1022	Charlotte MacLeod	**Der Rauchsalon**
Band 1025	Anne Perry	**Callander Square**
Band 1033	Anne Perry	**Nachts am Paragon Walk**
Band 1035	Charlotte MacLeod	**Madam Wilkins' Pallazzo**
Band 1050	Anne Perry	**Tod in Devil's Acre**
Band 1063	Charlotte MacLeod	**Wenn der Wetterhahn kräht**
Band 1066	Charlotte MacLeod	**Eine Eule kommt selten allein**
Band 1068	Paul Kolhoff	**Menschenfischer**
Band 1070	John Dickson Carr	**Mord aus Tausendundeiner Nacht**
Band 1071	Lee Martin	**Tödlicher Ausflug**
Band 1072	Charlotte MacLeod	**Teeblätter und Taschendiebe**
Band 1073	Phoebe Atwood Taylor	**Schlag nach bei Shakespeare**
Band 1074	Timothy Holme	**Venezianisches Begräbnis**
Band 1075	John Ball	**Das Jadezimmer**
Band 1076	Ellery Queen	**Die Katze tötet lautlos**
Band 1077	Anne Perry	**Viktorianische Morde** (3 Romane)
Band 1078	Charlotte MacLeod	**Miss Rondels Lupinen**

Band 1079	Michael Innes	**Klagelied auf einen Dichter**
Band 1080	Edmund Crispin	**Mord vor der Premiere**
Band 1081	John Ball	**Die Augen des Buddha**
Band 1082	Lee Martin	**Keine Milch für Cameron**
Band 1083	William L. DeAndrea	**Schneeblind**
Band 1084	Charlotte MacLeod	**Rolls Royce und Bienenstich**
Band 1085	Ellery Queen	**... und raus bist du!**
Band 1086	Phoebe Atwood Taylor	**Kalt erwischt**
Band 1087	Conor Daly	**Mord am Loch acht**
Band 1088	Lee Martin	**Saubere Sachen**
Band 1089	S. S. van Dine	**Der Mordfall Benson**
Band 1090	Charlotte MacLeod	**Aus für den Milchmann**
Band 1091	William L. DeAndrea	**Im Netz der Quoten**
Band 1092	Charlotte MacLeod	**Jodeln und Juwelen**
		(September 2000)
Band 1093	John Dickson Carr	**Die Tür im Schott**
		(September 2000)
Band 2001	Lee Martin	**Neun mörderische Monate**
		(3 Romane)

DUMONT's Kriminal-Bibliothek

Die grössten Erfolge
jetzt als einmalige SONDERAUSGABEN
zu nur je DM 7,95 / öS 58,– / sFr. 7,95

 Band 1003
 Band 1004
 Band 1007
 Band 1008

 Band 1012
 Band 1013
 Band 1017
 Band 1018

 Band 1028
 Band 1029
 Band 1031
 Band 1037

 Band 1042
 Band 1045
 Band 1058
 Band 1062

Band 1001
Charlotte MacLeod
»Schlaf in himmlischer Ruh'«

Weihnachten ist auf dem Campus einer amerikanischen Kleinstadt immer eine große Sache, schließlich ist die ›Lichterwoche‹ auch noch eine Touristenattraktion von herausragender finanzieller Bedeutung. Als Prof. Shandy während der Feiertage eine Dame der Fakultät tot in seinen Räumen findet, ist daher den örtlichen Behörden sehr schnell klar, daß es sich nur um einen Unfall handeln kann.

Charlotte MacLeod ist eine der großen lebenden amerikanischen Autorinnen auf dem Gebiet des Kriminalromans, deren Prosa von der amerikanischen Presse als »elegant, witzig und mit einem liebenswertwarmen Touch« beschrieben wird.

Band 1022
Charlotte MacLeod
Der Rauchsalon

Für eine Lady aus der Bostoner Oberschicht ist es auf jeden Fall unpassend, ihr Privathaus in eine Familienpension umzuwandeln, um ihren Lebensunterhalt zu verdienen. So ist der Familienclan der Kellings entsetzt, als die junge Sarah, die gerade auf tragische Weise Witwe geworden ist, ankündigt, sie werde Zimmer vermieten. Doch selbst die konservativen, stets die Form wahrenden Kellings ahnen nicht, daß Sarahs neue Beschäftigung riskanter ist, als man annehmen sollte – mit den Mietern hält auch der Tod Einzug in das Haus auf Beacon Hill ...
Detektiv Max Bittersohn steht der jungen Frau bei. Er hat mehr als nur ein berufliches Interesse daran, daß wieder Ruhe und Ordnung in das Leben von Sarah Kelling einkehren.

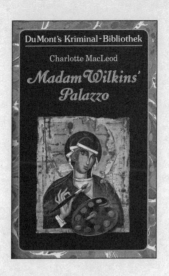

Band 1035
Charlotte MacLeod
Madam Wilkins' Palazzo

Sarah Kelling sagt nur zu gerne zu, als der smarte Detektiv in Sachen Kunstraub und Fälschung, Max Bittersohn, sie zu einem Konzert in den Palazzo der Madam Wilkins einlädt, ein Museum, das für seine exquisite Kunstsammlung berühmt und für den schlechten Geschmack seiner Besitzerin berüchtigt ist. Doch Bittersohns Einladung steht unter keinem guten Stern: Die Musiker sind schlecht, das Buffet läßt zu wünschen übrig – und einer der Museumswächter fällt rücklings von einem Balkon im zweiten Stock des Palazzos. Als Bittersohn dann noch entdeckt, daß die berühmte Kunstsammlung mehr Fälschungen als Originale enthält, steht eines zumindest fest: Mord sollte eben nie als schöne Kunst betrachtet werden.

Band 1063
Charlotte MacLeod
Wenn der Wetterhahn kräht

Der Botanikprofessor und ›Sherlock Holmes der Rübenfelder‹ Peter Shandy und seine kluge Frau Helen sind wieder auf Verbrecherjagd. Es gilt nicht nur, einer ganzen Bande von Wetterfahnen-Dieben das Handwerk zu legen, sondern auch, den Verantwortlichen für den Brand einer Seifenfabrik zu finden. Haben die spektakulären Diebstähle mit integrierter Brandstiftung etwas mit den mysteriösen Überlebenskämpfern zu tun, die sich bei näherem Hinsehen als schießwütige paramilitärische Wehrsportgruppe entpuppen? Peter und Helen lösen nicht nur auf brillante Weise den Fall, sondern treffen auf die skurrilsten Typen und geraten in die erstaunlichsten Gefahren.

Band 1066
Charlotte MacLeod
Eine Eule kommt selten allein

Die alljährliche Eulenzählung ist ein bedeutendes Ereignis für die Dozenten des ehrwürdigen Balaclava Agricultural College. Wie entsetzlich, daß ausgerechnet während dieser nächtlichen Veranstaltung Emory Emmerick, einer der Teilnehmer, erstochen und in einem Netz versteckt im Wald aufgefunden wird! Der Dozent für Nutzpflanzenzucht und Detektiv aus Leidenschaft, Professor Peter Shandy, beginnt mit seinen Ermittlungen und stößt schon bald auf Ungereimtheiten. Und als wäre die heile Welt des Colleges durch diesen heimtückischen Mord noch nicht genug erschüttert, wird auch noch die reiche Miss Winifred Binks entführt! Was geht hier vor?

Band 1072
Charlotte MacLeod
Teeblätter und Taschendiebe

Sarah und ihr Mann Max sitzen mit dem Rest des Kelling-Clans zusammen, um eine Wohltätigkeits-Auktion zu planen. Onkel Fredericks Sammlung von antikem Nippes soll unter den Hammer kommen, um mit den Erlösen den Ausbau des Senior Citizens Recycling Center zu finanzieren. Man sitzt gerade beim Tee, als die Nachricht von der Ermordung eines Mitglieds des Centers die Ruhe des Abends stört. Und was Cousine Theonia in den Teeblättern liest, läßt nichts Gutes ahnen ...

Band 1078
Charlotte MacLeod
Miss Rondels Lupinen

Professor Peter Shandy fährt an die Küste, um blumigen Gerüchten auf den Grund zu gehen. In den wildesten Farben erzählt man sich von prächtigen Lupinen, die hier gedeihen sollen.
Noch andere Überraschungen findet Shandy auf Miss Rondels Farm. Tiere und Pflanzen strotzen vor gespenstischer Gesundheit und auch die alte Dame selbst ist seltsam quicklebendig. Im Gegensatz zu Jasper Flodge, der eines Tags tot über seinem Teller Hühnerfrikasse zusammenbricht.
Peter Shandy darf seinen botanischen und detektivischen Leidenschaften nach Herzenslust frönen. Ein Band aus der Balaclava-Serie.

Band 1084
Charlotte MacLeod
Rolls Royce und Bienenstiche

Eines haben die Billingsgates mit ihren Freunden gemeinsam – kolonialen Reichtum. Vier Dinge zeichnen sie in der neuenglischen Aristokratie aus: Frömmigkeit, eine beachtliche Rolls Royce Sammlung, das schloßähnliche Landgut sowie ihr Sommerfest in altertümlichen Kostümen.
Als Vertreter der Familie Kelling sind Sarah und Max Bittersohn eingeladen. Das auf Kunstdiebstähle spezialisierte Paar soll die Augen offenhalten, denn ein Rolls Royce ist verschwunden.
Doch dann findet man den Chauffeur ermordet, ein weiterer Wagen verschwindet, ohne Spuren zu hinterlassen, und plötzlich löst sich auch noch eine Tante in Luft auf.